小林修

徳田秋聲探究

徳田秋聲探究　目次

凡例

・本書における徳田秋聲作品の引用は、原則として八木書店版『徳田秋聲全集』に拠った。同全集に未収録のものは、初出紙誌もしくは初版に拠った。
・徳田秋聲以外の文献の引用は、特に断りのない場合は初出紙誌より行った。
・引用は原則として旧字を新字にあらため、ルビは必要と思われる場合を除き省略した。
・年号表記は、本来なら西暦に統一するのが一般的であるが、時代性を重視する論の性格上、同時代の事象と文献については原則として和暦を用い（必要に応じて西暦を併記）た。

I　金沢という地霊《ゲニウス・ロキ》

秋聲伝の古層㈠
父徳田雲平の第二妻女と白山神社神主建部貢

一

徳田秋聲は自らの出生に関して、母タケは父雲平の三番目の後妻であると生涯にわたって思い込んでいたようだが、実はタケは雲平にとって四番目の妻であったことは、後年の研究において既に明らかにされている。野口冨士男『徳田秋聲傳』（昭和40・1、筑摩書房）では、最初の妻は白山神社神主建部氏の娘、第二妻女は徳田伴喜の三女、そして三番目の妻が秋聲の母となる津田采女の三女タケであるとされていたが、その後『徳田秋聲の文學』（昭和54・8、筑摩書房）においては、和座（松本）幸子の調査[1]なども参酌して、雲平は生涯に四人の妻を迎え、秋聲の母タケは四番目の妻であったと訂正された。その考証の結果は左記の如くである。

第一妻女（氏名未詳）……………長女しづ（秋聲長姉）は佐藤昌盛と婚姻
第二妻女（建部氏）………………白山神社神主建部貢娘
第三妻女（徳田伴喜三女）………長男直松・次男順太郎・次女きん
第四妻女（津田采女三女タケ）…三女かをり・三男末雄（秋聲）・四女筆

こうした四人の母の中で二番目の義母に関しては、子供も生さなかったこともあり、これまで詳しい調査は為されては来なかった。野口冨士男は金沢在住の小石芳栄（秋聲の長姉しづの孫）に調査を依頼、小石は鶴来の白山比咩《ひめ》神社まで出向いて調べたが、要領を得ない結果に終わった。また野口も白山比咩神社に書面で問い合わせたが、返信を得なかったと記している。（『徳田秋聲の文學』前出）当初この白山神主建部氏の娘がしづ（秋聲長姉）と誤認されていたため、小石芳栄はその曾孫に当たるとの思いから鶴来の白山比咩神社まで出向き、何とか建部氏娘の手掛かりを得ようと腐心したものと思われる。しかし、この女性は第二妻女であり、雲平との間に子を生さなかったことが明らかになったところから、野口や小石もそれ以上の調査を試みなかったものと推察される。結果的に、この義母に関しては、秋聲に係わる異母兄姉も無く縁の薄い存在でしかなかったと見做されたからである。しかし、たとえ縁の薄い義母であったとしても秋聲の意識に何の痕跡も残さなかったとは思われない。また徳田家と白山神主家との縁組みという事実も秋聲伝の深層に関わるものとして興味深いものがある。

秋聲は自伝的小説『光を追うて』(2)に次のように書いている。

等《ひとし》は祖先のことについては、何一つ知るところもなかつた。（略）たゞ墓参をする度に両側に数基並んでゐる蓋のある大きい墓石と、少年の頃うら盆が来る度に、墓のうへに渡した綱に吊るすための五つか六つの角燈籠の両面に、五つぐらゐづつ並べて、代々の戒名を書かされたことなどから考へると、強ち恥ぢるほどの系譜でもなささうであつた。（二）

徳田家の菩提寺である金沢市の静明寺には、現在は片側の五基だけが残っている。一番右手の最も大きな墓石には、祖父母徳田十右衛門夫妻及び父雲平と三人の妻（この中に秋聲の母タケも含まれる）など九人の戒名が刻されている。次に大きいのが五基の中央にある雲平の二番目の妻のものである。この墓石には次のごとく刻まれている。

（正　面）浄心院妙周日敬大姉
（右側面）白山神主建部貢為娘建之
（左側面）徳田氏墓

雲平の四人の妻の内、この妻だけが独立した墓碑を持ち、しかも立派な墓石であるだけに、『光を追うて』に先のように記した秋聲にとっても記憶に残るものであったに違いない。また長じて後の法事や墓参の折に記憶に留めたことは容易に推察される。後年誤解されたように、父の最初の妻のものと秋聲も誤認していたとしてもである。むしろそうとすれば、前述の如く、これは長姉しづの母の墓ということになり、なおさら記憶に残ったであろう。また白山神主家と自家との結縁という事実も、秋聲の意識に何の痕跡も残さなかったとは思われない。

ところで、この墓に限って何故に夫である雲平もしくは徳田家当主（当時は十右衛門）が建立しなかったのか？　静明寺の過去帳によれば、嘉永五年の箇所に次のように記されている。

浄心院妙周日敬大姉
十月八日　徳田十右衛門伜二番目妻　十七才

意外なことに此の二番目の妻は十七才の若さで逝去していたのである。さらに同寺過去帳によれば、雲平の最初の妻に関しては、嘉永二年の項に〈本浄院妙身日周大姉　七月四日　徳田十右衛門倅妻　二十八才〉と記されている。とすれば、この二番目の妻白山神主建部貢の娘は、嘉永三年に十五才で嫁いだと仮定しても三年足らずで早逝したことになる。まことに薄命な女性であったと言わなければならない。しかも過去帳を閲しても雲平との間に子を生《な》した形跡もない。この薄幸な娘に対する特別な思いが、父である建部貢をして独立した墓碑を建立せしめた理由であろうと思われる。

ところで、秋聲は二度目の上京後の若き日、僚友桐生悠々の原町の借家をよく訪ねたのだが、〈そこは往古加賀の白山姫《ママ》神社から配《わ》け移されたといふ白山神社の下を通つて、少し行くと其処はもう町はづれで野菜畑や麦畑がつゞき、その中に一つ一つ名ばかりの門と檜葉《ひば》の垣根とに囲はれた棟割りの三軒建〉（『光を追うて』四十三）の一つだと記している。桐生は金沢時代に悪因縁で結ばれた下宿の主婦とこの借家に世帯を持っていたのだが、秋聲は自分の家に宿下がりに来たような感じでよく訪れたと書いている。彼は、この若き日に桐生の借家を訪ねた折などに、自分の義母の一人が白山比咩神社の神主の娘であったことを想起したことがなかっただろうか。自分の家に宿下がりに来たように感じるその安慰さの気分の深層に、白山比咩神社と自分の家との微妙なつながりが作用していたと見てもそれほど不自然ではあるまい。少なくとも、『光を追うて』にこのように書いている昭和十三年の秋聲にとっては、微妙な因縁を意識していたと思われる。なぜならば、その頃、この白山神社の膝元にある花柳界の白山芸者小林政子こそ秋聲が最後に見出した女性であったからである。聖と俗が隣り合わせた不思議なトポスこそ秋聲が晩年の身を託し小説を書くにふさわしい空間であった。そして最後の長篇『縮図』(3)はこの小林政子の半生を描いたものであり、『縮図』は政子の経営する白山の富田屋の二階で書き継がれたものであった。

遠く加賀の白山比咩神社の磁場が支配する白山花柳界に小説家としての最後の営為の場所を見出した秋聲は、この偶然性の背後に故郷の菩提寺にある〈白山神主　建部貢為娘建之〉と刻まれたあの墓碑との奇妙な因縁を意識したこともあったのではないかと思われるのだ。

本稿では、従来不明のまま見過ごされてきたこの義母（白山神主建部貢娘）について、金沢や鶴来（現白山市）など現地調査の結果解明し得た若干の事実を報告しておきたい。

二

加賀の白山比咩神社は白山惣長吏と白山神主によって運営されてきたが、神主については建部建大夫朝臣の子孫と伝えられる東神主の建部氏と葛原親王の末葉と伝えられる西神主の上道《かみつみち》氏があり、東西両神主と称されて来たが、江戸中期寛永年間に上道氏が断絶したため、以降は東神主の建部一族のみによって神主職が構成されることとなった。それゆえ、これ以後の白山宮神主は、建部一族の社家十三軒余の内から各家の当主・子弟の年功により定員である十人しかその地位につけなかった。これを十人神主と称した。だが、明治維新の変革により加賀藩前田家の保護も失い、白山惣長吏及び白山神主家も解体した。明治新政府による官選の神祇職が派遣されるに到ると建部一族も次第に他国などへ転出して行く者が多くなった。今回判明したところでは、建部一族のうち石川県内に残っている建部氏は三軒のみとのことである。ところがこの度鶴来に白山神社を訪れたところ、その一人建部守恒氏が、明治維新後初めて現在の白山神社に復職していたことから解明の糸口がほぐれ、小松市在住の叔父建部守栄氏からも電話で建部氏の概略の教示を得た。さらに白山神社下の旧神主屋敷と呼ばれる地に在住で、水道設備業をされている建部貢氏にも紹介され、訪問して取材調査することが出来た。奇しくも同名のこの建部貢氏は建部蔵人系の子孫で、幸いにも秋聲に関わる建部貢も同系であり、この建部貢は維新後も同地に住み同地で没したとのことである。遺憾ながら建部貢の娘及び徳田家のことに関する伝承は何も残されてはいなかった。

秋聲の義母の父建部貢は建部蔵人の三男として誕生。天保年間に分家が認められ新家設立、神主となった。娘を徳田雲平に嫁がせたのは嘉永年間（一八四八〜五四）と見られるが、縁薄く嘉永五年にこの娘は没していることは先に触れた。明治維新後、現建部貢氏の先祖は刀工から野鍛冶となり現在に到ったが、隠居して一類厄介となっていた建部貢の方は神主屋敷地内に道場を構え剣術を教えていたという。墓は共同墓地に移され現建部貢氏が管理されており、没年も知ることができた。明治十四年四月二十九日八十二才で没している。とすれば寛政十年生まれということになる。雲平に嫁した娘は嘉永五年に十七才で没しているから、天保七年生まれ、貢三十七才の時の子ということになる。文政元年（一八一八）生まれの徳田雲平とは十八才も年齢が離れていたことになる。徳田家との縁がどのようなものであったのかは詳らかではない。鶴来の白山比咩神社及び建部氏への現地調査で明らかになったことは凡そ以上の事実であるが、意外に思われるのは、建部貢が明治維新後剣術を教えていたという伝承である。これは神主のイメージからはいささか想像しにくい事実であった。ところが、その後『白山資料集』(4)上巻を閲するに「建部瑞雄より差出候旧書類」中（5）-6に次の史料を見出し、建部貢の名前を古記録の中に初めて確認することが出来た。

御聞届之控

当夏以来異国船江戸近江着岸仕、又々来三月於到来者、依事御沙汰ニ茂可被為及由ニ而於御上、夫々御手当方者、御用意茂可被為遊御様子粗承申候、依之御国民者一体之義ニ候得者、貴賤之人ニ不限安堵不成義与奉存候得者、私共茂何方成共御人数之内へ御指加被下候ハヾ、御武運御長久之為御守護、御供仕度奉存候、此段宜被仰達可被下様奉願上候、以上

癸丑十二月

白山神主
建部貢
建部主計

寺社御奉行所

癸丑すなわち嘉永六年のペリー艦隊来航に際して、翌年三月の再来航に備えて防備等の人数に加えてほしい旨、加賀藩に願い出た書類である。この願い出は徳田雲平に嫁した娘を失った翌年であることも注目されるが、〈御聞届之控〉とあるところから、この願いは聞き届けられたものと思われる。ペリー艦隊来航が当時の我が国に及ぼした衝撃は改めて言うまでもないが、その国

難とも言うべき未曾有の事態に、神主の職分を超えて従軍を願い出ているところにも、建部貢という人物の時代へのアクティブな姿勢を窺うことが出来、先に記した隠居後は剣術指南をしていたという伝聞を裏付ける史料である。

三

ところで、この『白山史料集』に見える「建部貢」の名前の下に、後に書き加えられた（原本への付箋か）と思われる気になる文字がある。それは左記の一行である。

安政四年六月より十月十一日神職御取放

つまり建部貢はこの後安政四年に至り、何らかの咎めを受け、神主職を五ヶ月程免職されたことを示している。これが、如何なる事情によるものか、『白山史料集』には他に類推できる史料は見出せない。ところがその後、厖大な加賀藩史料類の中に、これに関連する史料を見出した。すなわち『加賀藩史料』(5) 幕末篇上巻所収の「呉須土掘出方等一件」中「建部貢」の名が記された一連の史料である。先ず、安政元年中の項に次の記述（綱文）と史料が見られる。

【安政元年】

十二月二十三日

白山宮神主建部貢の製したる硝石を石川郡土清水《つちしょうず》〔ルビ小林〕薬合所に納入すべきことを命ず。

〔呉須土堀出方等一件〕

白山神主建部貢手前に而出来之硝石二拾貫目御買上之儀相願、御家老中江相達候処被承届候条、右硝石指出方之儀者、各江可及引合旨申聞候。何方江可為指出哉御報承度候、以上

十二月　日　　不破

中村清右衛門　様

追而貢儀、先達而より致出府罷在候間、早速否《ママ》御申越候様致度候、　以上

御紙面致承知、持届方者土清水薬合所江為持出可申旨、且持届候節各様指紙御添加被成旨、中村清右衛門より返書に付、其段申談候事。

十二月二十三日

このように安政年間に入ると火薬の原料として硝石を製造し、加賀藩へ納入を願い出るなど建部貢は時局を見据えて積極的に行動していることが窺われる。続いて安政二年の項にも硝石製造に関して次の記録が見られる。

【安政二年】

十月二十八日

石川郡白山宮神主建部貢の硝石製造を禁止したることを通牒す。

[呉須土掘出方等一件]

白山神主　建部　貢

右之者硝子《ママ》製造方御用申付之旨、先達而御申越之処、貢儀不届之趣有之、出牢之上神主取放、一類厄介いたし候様申渡候条、為御承知申達候　以上。

十月二十八日

前田　等

岡田助右衛門様　等

この史料により建部貢は硝石製造に関して何か「不届之趣」があり咎めを受けたことが窺われる。このことに関して、続く安政三年の項にさらに関連史料がある。建部貢自筆の弁明書である。

【安政三年】

十月

白山神主建部貢、硝石製造の際他国の者を雇入れたるを以て取調べらる。

［呉須土掘出方等一件］

私儀硝石製造方御聞届之上、追々出来指上候処、近頃別宮村三郎右衛門与申者、信州之者共相雇、硝石釜付候由に付、壮猶館江其儀御達申上候処、私方にも先達而信州稲扱村伝之助与申者相雇置候由、御尋之趣奉得其意候。去々年四月能美郡清水村甚助与申者私宅江罷越、御公領地（白山）に而新川郡笹津村之者共硝石製造仕候由申聞候に付、何卒其者共私儀相雇申度候間、頼呉候様申入候得者、其後右之者共手透無之由に而、伝之助与申者一人同年閏七月私方江罷越候に付、一老江も相達雇置申候。然処硝石製造方先相見合候様被仰渡候に付、右伝之助儀同年九月二十八日用事無之段申入相返候処、去年四月右伝之助を初新川郡之者共七人私方江罷越相雇呉候様申聞候得共、右硝石製造方御指留中之事に付難相雇段申入相返申候処、清水村甚助方江罷越候様子に御座候。其後当六月能美郡吉谷村に而右之者共相雇、硝石釜付仕候に付承合候処、右之者共者信州稲扱村之者之由に付、硝石之儀は後縮方も有之儀に候間、他国者相雇製造方仕候儀者如何与存、壮猶館江御達申上候訳に御座候。左候得去々年私方に相雇候伝之助儀も、信州之者之由に御座候処　清水村甚助申聞にまかせ、新川郡者与相心得雇置候儀、既他国者与申儀承候上者、遮而先段之仕抹御達可申上筈之処、其儀不仕候段申訳茂無御座、不念之至奉恐入候。何分にも御聞済可被下候様奉願上候、以上。

辰十月

白山神主　建　部　貢

寺社御奉行所

白山神主建部貢儀硝石製造いたし候に付、去々年信州稲扱村伝之助与申者相雇置候様子候間、貢手前相糺御達可申旨等被仰聞、則承糺候処、別紙之通申聞、不念之至に付御用之外不致徘徊様申渡候。

尚御指図御座候様仕度奉存候、以上。

十月

山　崎　七郎左衛門

村井又兵衛　様

奥村　内膳　様

このように硝石製造に際し、知らずに他国者を雇用していたことが、建部貢が咎めを受けた原因である。とすれば、先の安政二年にある罪状言渡しの記録は安政三年の上記文書の後に位置すべきものと思われる。何かの錯誤から『加賀藩史料』では安政二年に組み込まれたようである。因みに建部貢の申開き書に見られる〈壮猶館〉は加賀藩の洋学所、〈一老〉は〈一臈〉とも言い〈一の神主〉で十人神主の筆頭である。建部貢は伝之助なる者を雇用した時、一の神主にも報告したと述べており、彼の硝石製造は神主中にも了解の上で行われていたようである。火薬の原料の硝石は時局柄ますます必要性が高まり、文久三年に至ると加賀藩は〈硝石製造用の為に家中屋敷床下の土を提供すべきことを命ず〉る通達を出している。『加賀藩史料』中にある「成瀬主税触留」によれば、〈当時硝石莫大入用之時節柄に付、諸場・諸役所床下土取集方被仰付候得共、僅之儀に付、御家中屋敷々々床下土取出方〉を仰せ出されたとの記録が見られる。このように比較的軽い罪を得て一類厄介になったとは言え、建部貢は早くから硝石の重要性を見抜き、その製造に着手していたことが以上の『加賀藩史料』から明らかになった。

四

ペリー来航に際しては加賀藩に従軍を願い出たり、火薬原料の硝石を製造し納入したりするなど、建部貢という人物は通常抱く神主のイメージとは懸け離れた、時局に積極的に関与しようとする行動的な人物像が史料から浮かび上がって来た。それは、一類厄介後道場を持ち剣術を教えていたという建部家の伝承とも合致する。こうした建部貢の娘と徳田雲平との婚姻はどのような接点から実現したのか。今のところ徳田家と白山社家との関わりは詳らかではない。秋聲によれば、徳田家の父祖達で武功で名を残した者もいないようである。『光を追うて』には〈誰だかは参勤のをりに、刀を買ふかはりにお召を仕入れて来たとか、誰だかは人の妾と隣国へ駈落して、そこで才能を認められて新しい生活の根を卸したとか云ふ兄の昔し話が、少年の耳に残つてゐるだけで、名誉ある武功談などは一つもなかつた。〉(二)と書かれている。秋聲の記憶に残る父雲平も維新後の退嬰的な生活を送る年老いた姿だけだったようであるし、雲平の書いた「先祖由緒並一類附帳」(6)にも白山社家並びに建部貢との関係が示唆されるような記述は見られない。父雲平も祖父十右衛門も前田家家老横山山城守(三万石)の左右御駕籠添役や城中御使御奏者役などを勤めており、役儀の上では鶴来の白山比咩神社や神主建部貢との接点を窺わせるものはない。建部貢の人物像が史料の中から浮かび上がってきただけに、この婚姻は一層興味深いものがあるのだが、これ以上の経緯は今後の解明を待つ他はない。ただし一つの可能性として考えられるのは、徳田家が建部貢家の檀那であったかも知れないという可能性である。『鶴来町史』(7)に次のごとき記述が見られる。

白山宮の社家は、それぞれ檀那をもち、参詣の折には休息の場や旅宿を提供したり、毎年正月には、同宮の御札を配布したりもした。藩老長家の家臣(加賀藩陪臣)で知行一八〇石取りの金沢城下に住む河野家は、下白山神社建部蔵人家の檀那で、毎年御札を受けるにあたって、白銀一匁を「御初穂」としておさめるのが恒例となっていたのが、「河野家年中行事」(金沢市立玉川図書館所蔵)の中に見えている。(第三節　藩主前田家と白山宮)

こうした例から判断すれば、同じ加賀藩陪臣である徳田家も建部蔵人系の建部貢家の檀那であった可能性も考えられない訳ではない。ただしこれも可能性の一つとして考えられる推測に過ぎない。加賀藩陪臣徳田雲平と白山神主建部貢の娘との婚姻という事実は、両家が通常の関係性から見てかけ離れた存在だけに極めて興味深いものがあるが、その解明は現在のところ以上の段階にとどまる。未解明の部分は今後の調査に俟ちたい。

【注】

（1）和座幸子の研究成果は『石川近代文学全集2・徳田秋声』（平成3・1、石川近代文学館）の「評伝　秋声・その生涯と文学」にまとめられた。
（2）『光を追うて』昭和13・1～12『婦人之友』、翌14・3・16、新潮社刊。
（3）『縮図』昭和16・6・28～9・15（八十回中絶）『都新聞』、昭和21・7・10、小山書店刊。
（4）日本海文化叢書第4巻『白山史料集』上巻（昭和54・3、石川県図書館協会）
（5）『加賀藩史料』幕末篇上巻（昭和33・3、前田徳育会発行、非売品）
（6）「先祖由緒並一類附帳」金沢市立近世史料館蔵。
（7）『鶴来町史』歴史篇・近世近代（平成9・3、同町史編纂室編、鶴来町発行）

【その他、参考文献・史料】

（1）静明寺（金沢市材木町）過去帳
（2）和田文次郎『金沢叢語』（大正14・10、加越能史談会）
（3）日置謙『加能郷土辞彙』（昭和17・2、金沢文化協会）
（4）白山本宮神社史編纂委員会『図説・白山信仰』（平成15・8、白山神社）

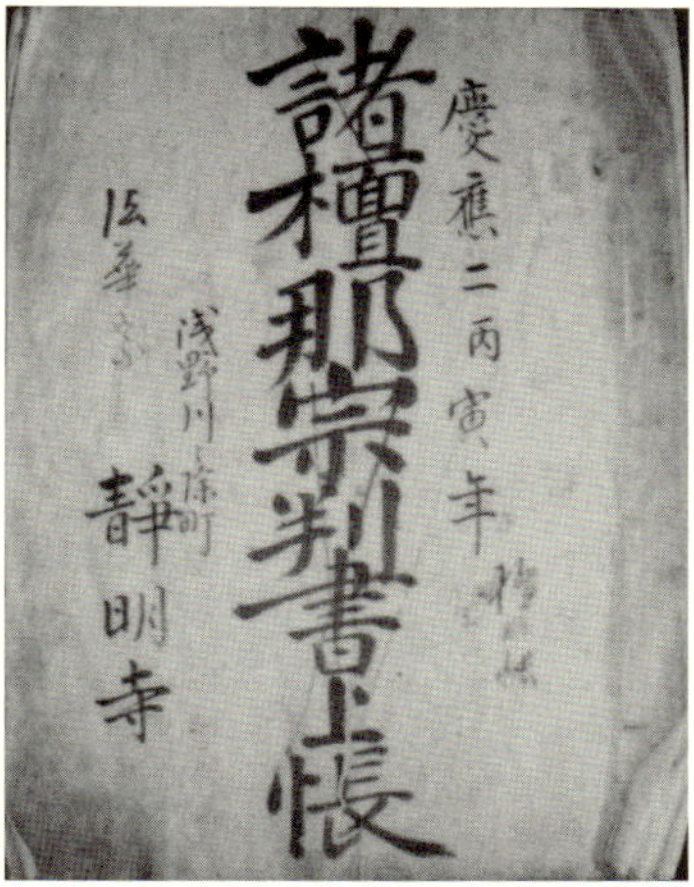
慶應二丙寅年
諸檀那宗判書上帳
静明寺

静明寺過去帳表紙

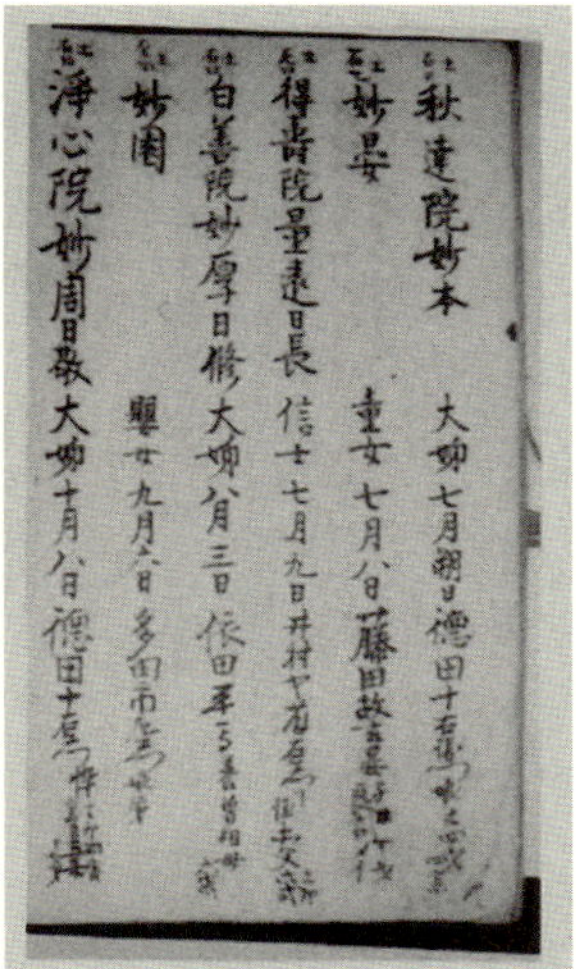

静明寺過去帳にある「徳田十右衛門伜二番目妻十七才」の記述。（左端）

①金沢市静明寺　徳田家墓域

②［白山神主建部貢為娘建之］と刻まれた墓石

③鶴来町（現白山市）の共同墓地にある
現建部家墓域

④現建部家墓所に移された建部貢墓
「明治十四年四月二十九日
建部貢霊位」と判読できる

秋聲伝の古層 (二)

一、父徳田千之助（雲平）筆「先祖由緒一類附帳」より

此処に紹介する史料は、金沢市立近世史料館に所蔵の徳田千之助「先祖由緒帳」である。「先祖由緒帳」とは当主の略歴をはじめ先祖以来の系譜と略歴、当主の親族などを書き上げ藩庁に提出したもので、金沢市立近世史料館には、主として明治三、四年のものを中心に陪臣を含めた旧金沢藩士一万一、七六一通の「先祖由緒帳」が所蔵されている。これは当時の旧藩士全体のおよそ三分の二と推定される。幸いにして陪臣ながら徳田家のものは残されており、『徳田秋聲全集』（八木書店）別巻には秋聲の父徳田雲平の「先祖由緒並一類附帳」及び長兄徳田直松の「先祖由緒並一類附帳」を収録した。雲平・直松のものは共に明治三年閏十月に藩庁に提出されたもので、秋聲（徳田末雄）誕生の前年に書かれたものである。秋聲誕生にもっとも近い時点での家族構成及び祖先を知る事が出来る史料であり、全集に収録した理由もそこにあるのだが、徳田雲平には

もう一通此処に紹介する徳田千之助名による「先祖由緒帳」が存在する。これは慶応四年三月に提出されたもので、表紙に「雲平事徳田千之助」とあり、父雲平が千之助を名乗っていたことが判明する。雲平の父十右衛門が慶応三年十二月に没しているところから推察すれば、この後家督を継いだのを機に高祖父と同じ〈雲平〉を名乗ったものと思われる。したがって慶応三年までは〈千之助〉であり、秋聲も父親のこの前名を知っていたとみられ、自伝的小説『光を追うて』[1]には次兄順太郎に当たる人物に〈千二〉という名が与えられている理由も得心がいく。またこの「先祖由緒帳」からは、徳田家が横山家に仕えたのは五代徳田十右衛門からであり、九十石であった家禄が八代乙左衛門の代に七十石に減知されていることが知られる。それに関連して、この乙左衛門は〈不慎之儀〉〈不埒之趣〉〈不届之趣〉と三度も遠慮や閉門の処分を受けながら赦免されており、歴代の祖先の中でも懲りない人物として際立った印象を受け興味深い。秋聲によれば、徳田家の父祖達で武功で名を残した者はいないようである。前稿でも触れた如く『光を追うて』には〈誰だかは参勤のをりに、刀を買ふかはりにお召を仕入れて来たとか、誰だかは人の妾と隣国へ駈落して、そこで才能を認められて新しい生活の根を卸したとか云ふ兄の昔し話が、少年の耳に残つてゐるだけで、名誉ある武功談などは一つもなかつた〉と記されている。江戸への参勤の事実が記されているのは、九代の十右衛門（秋聲祖父）のみであるところから推察すれば、〈刀を買ふかはりにお召を仕入れて来た〉と噂されたのは、さしずめこの人物であろう。徳田家では父雲平も含めて左右御駕籠添役、御取次役、御城中御使御奏者役などの役柄を勤めてきたようである。その他にも興味深い記述が見られるが解説は割愛し、雲平（千之助）自筆の「先祖由緒帳」そのものに語らせよう。

＊　＊　＊

徳田千之助【先祖由緒一類附帳】

慶応四年三月

先祖由緒一類附帳

雲平事

徳田千之助

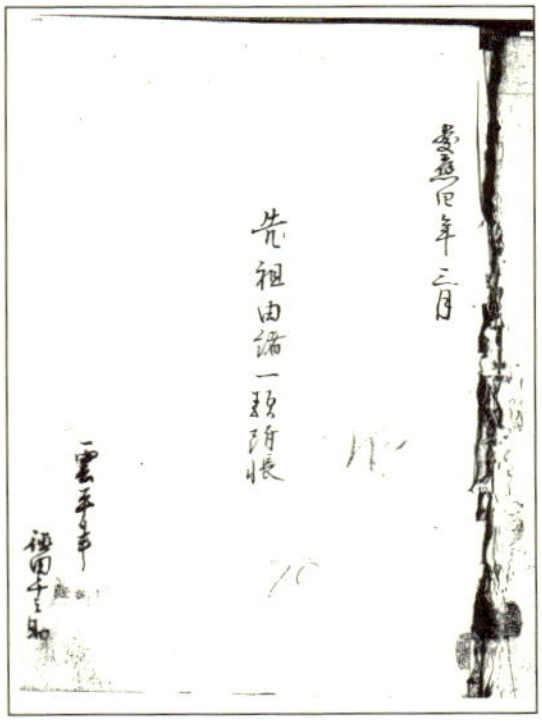

表紙

一　七拾石　本国不知　歳五十一才

御国出生　徳田千之助

吉直

私儀徳田故十右衛門嫡子ニ御座候処

賢松院様御代弘化三年十二月給人組江被　召出
御宛行銀子五枚弐人扶持被下之御荷用役被　仰付
同四年十二月御跡角*役被　仰付同五年十二月
御左右御駕添役被　仰付
御当代ニ相成慶応四年三月亡父十右衛門御知行全
相続被　仰付御取次役相勤罷在申候

一　九世祖父　　　　　　　　　徳田故志麻
　能美郡岩渕村ニ居住仕其辺致奉拝知罷在一向宗
　一揆之節戦死仕候由旧記等先年類焼之節焼失仕委儀相知不申候
一　九世祖母　　　　　　　　　由緒伝承不仕候
一　八世祖父　　　　　　　　　徳田故弥次兵衛
　幼少之砌志麻戦死仕候故小松江引籠浪人仕罷在数十ヶ年以前病死仕候
一　八世祖母　　　　　　　　　由緒伝承不仕候
一　七世祖父　　　　　　　　　徳田故弥助
　能美郡中村ニ居住仕一生浪人ニ而病死仕候
一　七世祖母　　　　　　　　　由緒伝承不仕候

*角役＝廉役（かどやく）

一　六世祖父　　徳田故五郎兵衛
不破故権之丞殿ニ罷在候処数十ヶ年以前病死仕候
一　六世祖母　　近岡故源右衛門娘
数十ヶ年以前病死仕候源右衛門儀前田故権佐殿ニ罷
在数十ヶ年以前病死仕候
一　五世祖父　　徳田故十右衛門
覚了院様御代正徳三年十一月被　召出元文三年十二月
御留守居足軽小頭并小者頭被　仰付延享四年十二月
御小将組江組替被　仰付三俵御加増被　仰付罷在候
処寛延元年十二月御給米弐俵御扶持方壱人扶持御加
増都合拾五俵三人扶持ニ被　仰付御買手役并御倹約
方相兼罷在同三年十二月給人組被　仰付拾人扶持外
三人扶持御役料頂戴仕御倹約方且御買手役棟取被
仰付尤御勘定役席ニ相詰可申段被　仰渡相勤罷在候
処宝暦二年七月新知七拾石被下置同年十二月せかれ
清太夫儀給人組江被　召出銀子五枚弐人扶持被下之
御荷用役被　仰付置候処同二年病死仕候

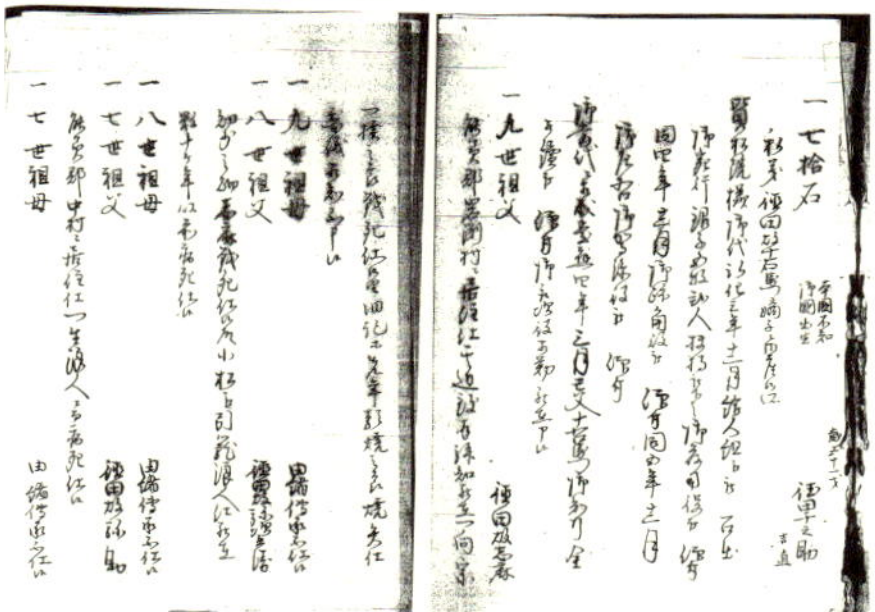

一頁～二頁

同三年十二月御勘定役被　仰付同四年十二月御加増
拾石拝領仕都合八拾石ニ被　仰付同九年正月御添席
役并頭分ニ被　仰付且御買手役棟取御免除其外之御
役儀只今迄之通被　仰付候然処同十年六月右御役儀
難相勤趣御座候ニ付御断申上候処被　聞召届願之通
御免除被遊御奥御用聞役江被指加相勤罷在候処同年
十月割場御作事奉行并品々兼帯且
貞操院様御部屋御用兼役被　仰付同十一年二月坊主組
御留守居足軽支配被　仰付同十三年正月御勘定再役
被　仰付割場奉行等御免除坊主組等支配者只今迄之
通相勤候様被　仰出同年八月段々　御懇之御書立を
以御勘定再役御免除被遊其上拾石御加増被仰付都合
九拾石被下置同年九月
芳顔院様御用聞役被　仰付相勤罷在候処明和二年正月
芳顔院様御死去被遊御跡御用相仕廻*同年三月隠居被仰
付為休料弐人扶持被下置候処安永元年七月病死仕候

一　五世祖母　　　　　山本故弥三兵衛娘

*仕廻（しまい）＝終り

安永九年三月病死仕候

一　高祖父　　　　　　　　　　　　　　　　徳田故雲平

雲平儀実者寺西故蔵人殿御家来山崎故忠左衛門弟ニ

御座候処

長々殿様御代明和元年故十右衛門婿養子願之通被仰出

同二年三月養父十右衛門隠居被仰付為休料弐人扶持

拝領被　仰付十右衛門江被下置候御知行無相違相続

被　仰付安永三年十二月割場奉行将役被　仰付

克己殿様御代天明二年御役儀入情相勤候為御褒美白銀

三枚拝領被　仰付且割場奉行御免除御式台御取次役

被　仰付并　御城中御使御奏者可相勤旨被　仰渡相

勤罷在候処同六年三月病死仕候

一　高祖母　　　　　　　　　　　　　　堀内故貞詮娘

天明五年十二月病死仕候

一　曽祖父　　　　　　　　　　　　　　徳田故弥市

克己殿様御代天明七年亡父雲平遺知九拾石全相続被

仰付同年御荷用役被　仰付相勤罷在候処同八年九月

病死仕候弥市儀妻女取持不仕候

一　祖父　　　　　　　　　　　　　　徳田故乙左衛門

乙左衛門儀実者多賀故豫一右衛門殿御家来玉川故優

山二男御座候処

克己殿様御代天明八年九月徳田故弥市末期聟養子奉願

候処同年十二月願之通被　仰出弥市遺知九拾石全相

続被　仰付同年同月御荷用役被　仰付寛政二年九月

御次詰役被仰付

高運殿様御代寛政四年九月御荷用役再役被　仰付同六

年七月不慎之儀御座候ニ付遠慮被　仰付同年十一月

御免許被　仰付同年十二月御跡角役被　仰付同十年

十二月御駕添役被　仰付文化九年三月御取次役被

仰付并御城中御使御奏者可相勤旨被　仰渡文政五年

十一月不埒之趣有之閉門被　仰付罷在候処同七年五月

閉門　御免弐拾石減知遠慮被　仰付御取次役被指除

同八月遠慮　御免被　仰付御式台増詰江被指加同九

年五月不届之趣有之逼塞被　仰付同十一年八月重キ

御法事御執行ニ付格別之趣を以御赦免被　仰付天保五年十二月御取次役再役被并　御城中御使御奏者可相勤旨被　仰渡相勤罷在候処同十二年十一月病死仕候

一　祖母　　徳田故弥市養娘

実者徳田故雲平娘ニ御座候処故弥市末期養女ニ仕祖父乙左衛門聟養子ニ罷成申候文政四年十一月病死仕候

一　父　　徳田故十右衛門

賢松院様御代文政元年十二月給人組江被　召出御宛行銀子五枚弐人扶持被下之同二年正月御荷用役被　仰付同三年十二月御跡角役被　仰付同五年十一月父乙左衛門儀不埒之趣有之閉門被　仰付依之私遠慮被仰付同七年五月父乙左衛門儀閉門　御免遠慮然被仰付候　遠慮御免被　仰付同九年五月父乙左衛門儀不届之趣有之逼塞被　仰付依之遠慮被　仰付同十一年八月重キ御法事御執行ニ付格別之趣を以御赦免被仰付同年十二月御左右御駕添役被　仰付天保七年二

月当春江戸表江御供被　仰付同十三年七月故乙左衛
門遺知無相違相続被　仰付御取次役被　仰付并　御
城中御使御奏者可相勤旨被　仰渡相勤罷在候処慶応
三年十二月病死仕候

一　母　由緒無御座候

一　妻　品川左門殿御家来給人
嘉永元年八月病死仕候
徳田昌蔵姉

慶応元年四月病死仕候

一　後妻　小松御馬廻
津田弥三郎厄介

一　嫡子　徳田謙太郎

一　二男　徳田順太郎

一　娘　弐人

一　実弟　前田式部殿御家来給人
土肥喜三郎

一　弟　原鉄之助殿御家来給人

一　弟　　　　　　　　　　　　徳田瀬平

奥村助六郎殿御家来給人

徳田保之丞

一　父方　　　　　　厄介

おち　　　　　　　　　　徳田作左衛門

右私先祖由緒一類附如斯御座候此外御国他国共近キ親類縁者無御座候　宗旨者日蓮宗寺者浅野川川除町静明寺旦那ニ御座候　　　　　　　　　以上

慶応四年辰三月　　　　　　　　徳田千之助　花押　印

横山八百人　殿

上田宗右衛門殿

平手甚左衛門殿

松山良左衛門殿

＊　　　＊　　　＊

二、秋聲の叔父たちのこと

秋聲には三人の叔父がいたことが確認されている。いずれも父雲平の弟たちである。従来の研究では、保之丞・正則・重五郎とされている。和座幸子は『石川近代文学全集二』解説(2)において、保之丞は生没年未詳、正則は文政十二年生まれ、重五郎は天保六年生まれとする徳田家系図を掲載している。野口冨士男も同様の記述(3)をしているが、これは徳田家菩提寺である静明寺（金沢市）の過去帳に見られる以下の記述から判断したものと思われる。

・明治二年五月七日　高岳院妙徳日保大姉　徳田保之丞サイ（＊妻）
・明治三年七月十九日　妙秀　嬰女　徳田保之丞娘
・明治十八年四月七日　保寿院量達居士　徳田重五郎事
・明治十九年一月十六日　本正院寿日量大姉　徳田正則妻
・明治十九年六月二十七日　速成童子　徳田重五郎亡倅乙吉　十二年五ヶ月
・明治二十二年八月二十日　法寿院妙金日保大姉　徳田重五郎才（＊妻）きん

ここに保之丞・正則・重五郎の名が見出される。しかし徳田雲平の「先祖由緒帳」の他、金沢近世資料館に残されている弟たちの「先祖由緒帳」を確認することにより、保之丞と重五郎とは同一人物であることが判明した。つまり雲平の長弟は保之丞ではなく、末弟が最初保之丞を名乗り後に重五郎と改名したものである。長弟は嘉永八年に土肥三之丞の末期養子となり土肥喜三郎を名乗っているが、同人の「先祖由緒並一類附帳」は明治二年と三年の二通が保存されている。これに拠れば本名は政次《まさつぐ》、文政八年生まれと確認される。嘉永八年前田式部家来給人土肥三之丞の末期養子となり、六人扶持を継いだ。この前田家は加賀八家ではなく、人持組三〇〇〇石の前田家で家格は高いが、政次もまた陪臣であり、兄雲平に比して微禄であった。妻は和田氏、娘三人で男子はいなかった。土肥氏の菩提寺は寺町融山院と「先祖由緒並一類附帳」にあり、静明寺の過去帳に記載されるはずもなかったことがわかる。因みに融山院には現在〈土肥氏〉と刻まれた二基の墓石があるが、喜三郎の「先祖由緒並一類附帳」と墓石の没年等を照合した結果、これは喜三郎の養父母のものと確認できた。喜三郎政次の墓石は現在のところ確認出来ない。

二弟正則に関しては、徳田瀬平名による明治二年の「由緒一類附帳」が残されている。天保元年生まれ、妻は千田氏つね、（天保15年～明治19年）、娘一人とあるが、これがノブ（慶応二年生まれ）で秋聲の異母兄順太郎が一時養子となり、ノブとの間に一子を残したことは、『光を追うて』その他によって窺われるところである。

> いつの頃からか、家を出て、父方の叔父の家を継いでゐた次兄の千二は、また何時とはなし実家に帰つてゐて、裏庭に面した六畳の片隅に仕事台を据ゑて、手に職を授けておきたいと

いふ父の意志でこの両三年のあひだに習ひおぼえた筆を作つてゐた。（略）千二の娶《めあわ》せられたのは叔父の一粒種の娘で、最近縁づいた等の姉の三芳より一つか二つ年上の古い型の瓜実顔の美女であった。

『光を追うて』（十）

続く十一章には〈千二は養家先きの叔母の冷たさに憤慨して妻と赤ん坊をおいて帰つて来たのであった。〉とあるが、この叔母（つね）も明治十九年には他界していることは、先に静明寺過去帳で確認したところである。やがてノブは花街に身を沈めざるをえなくなり、さらに東京の花街に鞍替えするため、その暇乞いに来た姿を秋聲は鮮明な記憶として『光を追うて』に記している。

或る時目のさめるやうな水際だつた、洗髪の女が玄関先きへやつて来て、式台の処まで出て来た母と、ほんの二三分ばかり話をしたきりで、さつさと帰つて行つた。等も母の陰から、ちらりと見たのだつたが、その美しさは何時までも彼の目に残つた。勿論それは千二に棄てられた従妹のお信で、等も最近誰かと一緒に旧の住ひの近くにある花街で、毘沙門の祭礼の日に、或る貸座敷の手摺ぎわへ出て、街の賑ひを見てゐる彼女の芸者姿をちらりと見たこともあつた。

『光を追うて』（十二）

やがて父正則も跡を追って東京に出たとみられ、以後徳田本家とは交渉が絶えたと考えられる。静明寺過去帳には正則、ノブともに記載は見られない。これより後の時期を題材とした「丸薬」(4)にも同様な回想が見られるが、それに続けて次のような記述がある。

おのぶさんが東京へ出てから間もなく、父親も家を畳んで、孫をつれて国を立つて行つた。二度ばかり葉書が来たが、それ以来消息が絶えてしまつた。

始終東京にゐる友雄は、時々この人々の身のうへを考へて見た。

「捜せば知れんこともなからうと思ふが……」と、此前逢つたときも、友雄は兄の顔色を探つたが、兄は厭な顔をしてゐた。娘が如何なところへ落ちてゐるか解らなかつた。

「丸薬」(一)

この作品における友雄が秋聲、兄が順太郎の分身であることは言うまでもないが、此処で言う「父親」は正則を指しており、「孫」すなわち順太郎とノブの子(娘)が、二十二、三才になっているると推測される時期を題材にした作品の哀しい一挿話である。後に正田家の養子となった順太郎と妻の間には子は無かった。

次に三弟重五郎(政二)に関して見てみよう。この末弟に関しては、従来長弟とされていた保之丞は末弟重五郎と同一人物であることは先に記した。長兄雲平による二通の「先祖由緒帳」を閲するに、慶応四年のものには〈保之丞〉とあり、明治三年のものには〈重五郎〉と表記されている。また、次兄土肥喜三郎による二通の「先祖由緒帳」も明治二年のものには〈保之丞〉、明治三年のものには〈重五郎〉とある。さらに三兄徳田瀬平正則の「先祖由緒帳」（明治二年）には〈保之丞〉とあり、雲平長男である徳田直松の「先祖由緒帳」（明治三年）には〈重五郎〉と表記されている。以上のことから判断すれば、末弟徳田政一は、明治二年までは〈保之丞〉を名乗り、明治三年から〈重五郎〉と名乗ったとみられる。後に述べるが、この時期に政一の身に大きな変化があったことも改名の原因であろう。

さて、本人の「先祖由緒帳」は明治元年のものが残っているが、それは〈徳田保之丞政一〉名義である。

一、四人扶持
私儀実者横山三左右衛門様家来給人徳田千之助四番目弟ニ御座候処元治元年九月御小姓組ニ被　召出明治元年御中小姓組ニ被　仰出御宛行右之通被下之候

こうした記述から判断すると、政一も横山家に召し抱えられたと見なされかねないが、雲平その他の「先祖由緒帳」によれば、徳田政一（保之丞・重五郎）は奥村助六郎家来給人とある。同様に土肥喜三郎は前田式部家来給人、徳田瀬平は原鉄之助家来給人とある。原家は人持組一、

二八〇石。奥村家は横山家（三万石）と同じく、所謂〈加賀八家〉の一つであり、一万七〇〇〇石である。したがって政一も加賀前田藩の陪臣ということになるが、横山家に仕えた長兄雲平の七十石に比して、政一の四人扶持はさらに微禄ということになる。これまで見てきたように、長兄雲平に比して、三人の弟たちは土肥家に入った次弟政次の六人扶持、三弟正則の四人扶持、末弟政一の四人扶持といずれの弟も微禄であり、明治維新後の生活は苦しかったものと推察される。「金沢市紀要」によれば、〈明治二年下士以上三千六百七人を士族となし、足軽の類六千三百四十六人を卒と改めたが、五年公達に依り卒をも士族に編入した。又執政及び人持の家臣を陪臣といひ、其士分には給人・中小将・小将の三等ありて給人の最高録は五百石最低は五六人扶持、中小将は十人扶持以下、小将は五六人扶持にして、藩の待遇は与力又は歩に準じてゐた。明治三年其士分以上四千百九十人と歩以下三千四百五十七人を士族に編入した。〉とある。したがって陪臣徳田家の兄弟は雲平を除き全て最下級の給人であり、士族に編入されたものの、「一代士族」であった。

さて、保之丞と重五郎が共に政一の通称である事が明らかになってみれば、先の静明寺の過去帳から政一には二人の妻がいたことが判明する。保之丞時代の妻（高岳院妙徳日保大姉）は明治二年五月七日に没しており、保之丞政一の「先祖由緒帳」によれば、この妻は山口氏である。さらに静明寺過去帳には明治二十二年八月二十日に没した「法寿院妙金日保大姉　徳田重五郎才　きん」と記されている（才は妻の意）。この妻が二番目の妻である。この再婚は先妻没後時を置かずなされたと見られ、これを機に保之丞は重五郎と改名したと考えられる。過去帳には、明治十九年

に十二才で夭逝した長男乙吉の記載も見られる。和座幸子は、この妻が秋聲母方津田家の菩提寺少林寺と縁続きであり、その姓は大屋氏であることを同寺で偶然知らされ、秋聲とほぼ同年の銀という従姉がいたことを紹介している。すなわち昭和五十三年秋、少林寺訪問時のことを次のように記している。

訪問した日、庫裏の方から、住職の河野秀道氏の母堂久さんが出てこられ、奇遇にも、「私の父は秋聲さんの姉銀さんとは、いとこ関係にありました。」といわれ、まことに驚かされたものである。よく聞いてみると、重五郎の妻金の弟になる人は、久さんの祖父にあたる。したがって、その長男であり、久さんの父にあたる大屋惟之さんは、銀とはいとこ関係にあると言うのである。

（『石川近代文学全集二』所収「評伝　秋声・その生涯と文学」）

また、和座は〈久さんは、さらに、こんな思いがけないことも話された。〉として次のような証言を紹介している。

銀さんのことは、わたしらもよう知っとります。銀ま、銀まと言うておりました。早ように、父親も弟も死んでしもうてね。母親の金さんは、今で言う蒸発とやら言うのでしょうか。いつの間にかどこぞへ行ってしもうて。そのあと銀さんも東京へ行きなさったようです。

（同右）

この証言によれば、重五郎の後妻金は夫と長男の死後、〈蒸発〉したというが、先に見たごとく静明寺の過去帳には、明治二十二年八月二十日に没した金《きん》の戒名が記載されており、蒸発説は信じがたい。しかし夫重五郎は明治十八年、長男乙吉は翌十九年に没しているところからみて、残された金と長女銀がにわかに苦境に陥ったことは想像に難くない。銀が花柳界に身を沈め、母の死後、東京へ出たことは証言のごとくであろう。和座の調査によれば、明治十七年に金沢の花街に出た銀は、明治三十三年廃家届を出し東京深川に転出したという。三兄徳田正則家と同じく重五郎の娘たちも花柳界に生きるしかなく、ともに東京に住み替えざるを得なかったのである。こうして東京に転出した同族たちのその後の人生は時々秋聲の脳裡に浮かびながら、彼女たちの所在を尋ね交流を持った痕跡は見られない。

因みに和座幸子は、徳田重五郎家と大屋家の関係を図示しているが、大屋久の父が大屋惟之、祖父は大屋左太郎とする調査結果は、他ならぬ大屋久の証言を基にしているだけに疑問の余地はないと思われるのだが、筆者の調査によれば、やや疑問が残る点が浮上したため、当惑を覚えながら一応ここに付記しておく。

それは、他ならぬ大屋家の先祖由緒帳を閲覧したのだが、近世史料館には二通大屋家のものが保存されており、一通は文久三年三月の大屋左太夫（表紙署名の横に〈当時佐平次□〉との附箋あり）

の「由緒一類附帳」であり、もう一通は明治四年四月の大屋佐太郎の「由緒帳」である。佐太夫は文久三年には四十五歳であり、嫡子大屋嘉太郎、二男大屋佐太郎（篠原勘六殿中将組）とある。他方大屋佐太郎は明治四年には二十五歳独身、父は大屋佐平とある。したがって佐太夫は佐平次または佐平と名乗ったとみられる。佐太夫（佐平）には娘三人とあるが、佐太郎には姉一人、妹二人とあり、姉は〈一代士族　徳田重五郎妻〉と確かに記されている。和座幸子および大屋久の証言では、この佐太郎が久の祖父であり、久の父は〈大屋惟之〉とある。しかるに、大屋佐太郎の「由緒帳」表紙には大屋佐太郎の署名の佐太郎部分がミセケチにされ、横に〈惟之〉と記されている。また本文最初にも〈大屋佐太郎源惟之〉と

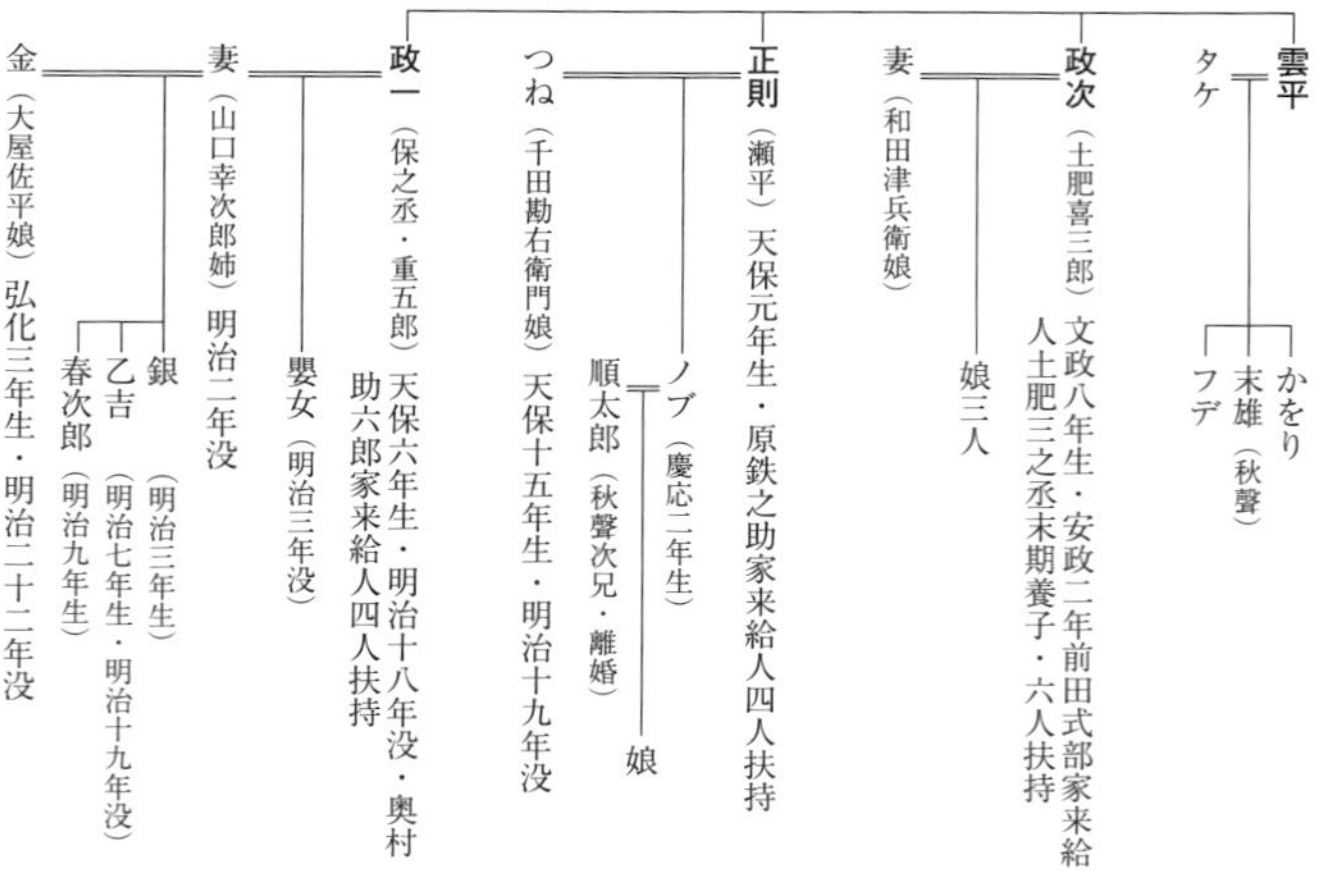

雲平と三人の弟たち

署名し、〈居宅浅野川下博労町中尾治吉郎借宅〉とある。このように佐太郎と惟之が同一人物であるとすれば、久の証言や和座の考証に齟齬があるということになる。唯一考えられることは、佐太郎惟之が自分の長男に同じ惟之という名を付けたことだが、先にも述べたように、明治四年四月時点の佐太郎は二十五歳独身である。仮にこの年すぐ結婚し翌年長男が誕生し惟之と命名したとしても、明治二十四年生まれの久が誕生するためには長男惟之は遅くとも明治二十三年には結婚していなければならない。とすれば長男惟之はこの年十八歳である。あり得ないことではないが、やはり少し不自然な想定であろう。それよりも佐太郎と惟之は同一人物とみて、久は佐太郎（惟之）の四十五歳の時の子と考えた方が自然ではなかろうか。因みに、徳田重五郎は明治十八年に没し、長男乙吉も翌十九年に夭逝しているが、和座幸子によれば、この折の家名相続届や死亡届の届人の一人に〈大屋惟之〉の名が見られるという。この惟之が大屋佐太郎の長男と仮定すると未だ十三才であり後見人としては不自然である。やはりこの〈大屋惟之〉は〈大屋佐太郎〉と同一人物と見なす以外ない。とすると他ならぬ大屋久の証言に基づいた和座幸子の考証とは齟齬を来すことになり、筆者としては現在のところ不審紙を貼り付けておく他はないことになる。

以上、これまでの調査をふまえて（大屋氏の佐太郎以下の関係は除き）、秋聲の叔父達の家系図を示すと前頁のようになる。

三、秋聲母方津田家のこと

秋聲の母は津田采女の三女とされるタケである。采女は前田家直臣四〇〇石、御馬廻り役を勤めた。父徳田雲平の「先祖由緒並一類附帳」(明治三年)によれば、タケに関して次のような記述がみられる。

一 妻　士族津田弥三郎厄介
　　　　　　　　　　　　　　津田平之丞養妹
右実者津田故采女三番目娘ニ御座候之処平之丞妹ニ仕慶応元年四月申達嫁取仕候

慶応元年と言えば、未だ藩政時代であり、幕藩体制崩壊による混乱期ではない。前田家直臣四〇〇石の津田家と陪臣七十石の徳田家の縁組みは通常ならば、家格の相違から見てあり得ないことである。タケが雲平の四番目の妻として迎えられたのは、三番目の妻(品川左門家来給人五十石徳田伴喜三女)の没後間もなくであり、既にこの時津田家は没落(あるいは断絶)していたと見られる。秋聲もまた『光を追うて』その他の作品に津田家のことを次のように書いている。

大阪没落後づつとこの領主の城下に住んで、禄高も少くなかつたが、文武の才能に恵まれてゐた嗣子がらうがいで死んでから、姉娘―等《ひとし》の母の姉―の婿の放埒で閉門仰せつけられ、等の祖父にあたる人は腹を切つてしまつた。家禄を絶やすまいとして、百方治療に手を尽くした果てに、十九歳の短かい生涯を終つた嗣子の噂は、等の長兄憲一と母とのあひだにも長らく残つてゐた。

「あの人が生きてゐたら、己もこんなことはしてゐなかつた。」

兄は言ひ言ひした。

『光を追うて』(三)

同様な記述は、明治四十二年の「母」(6)(後改題「我子の家」)や大正十二年の「無駄道」(7)その他に見られるが、これらの記述の微妙な相違については後に触れる。

加賀藩に多数ある津田家の中で、この津田家は津田右京(七〇〇〇石)を祖とするもので、途中兄弟二流に分かれた。現在該当する「先祖由緒帳」は残されていない。秋聲の記述のごとく、采女の代で断絶したのであれば、明治維新前後の「先祖由緒帳」は提出されなかったと判断されるが、分家の津田家の方は後述するように明治維新時にも存続しており、他ならぬ采女家を潰したとされる婿庵《いおり》はこの分家から入っているのだが、こちらの津田家の「先祖由緒帳」も残念ながら残されていない。現在金沢の近世史料館に残されている「先祖由緒帳」は約一万七〇〇〇余の旧藩士全体のおよそ三分の二とみられるので、失われた三分の一にあったのであろう。ただし津田家に関する史料としては、津田信成(幹斎)が天保三年に著した『諸氏系譜』(全20巻)がある。

因みにこの津田信成は津田右京系とは別家であるが、この第十巻中に津田右京系の系譜があり、采女までの系譜を知ることができる。その系譜は次のようなものである。

『諸氏系譜』　津田信成（幹斎）著『諸氏系譜』全二十巻中第十巻より（点線内は小林補）

津田氏〔祖大炊仕秀吉公外孫堀対馬守子右京為養子〕

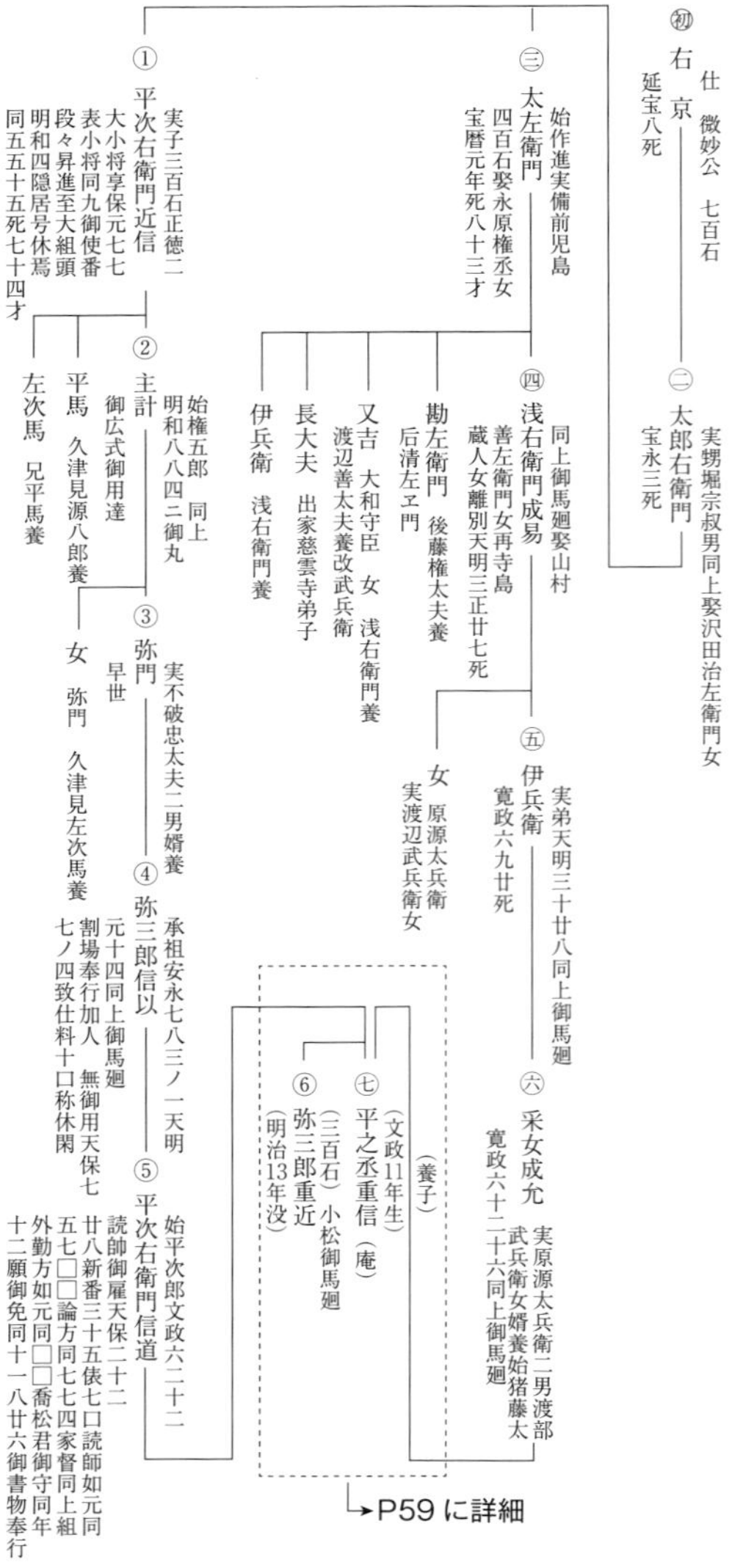

この津田本『諸氏系譜』は先述したごとく天保三年に成立したと考えられているが、分津田家の五代平次右衛門信道に関する記述をみると、天保十一年に御書物奉行に就任したことまでが、記載されているところから判断すれば、全二十巻が最終的に完成したのはもう少し後年であったとみられる。ところが秋聲の外祖父津田采女に関する記載は、残念ながら次のごとく簡略である。

采女成充　実原源太兵衛二男渡部武兵衛女婿養始猪藤太　寛政六、十二、十六、同上御馬廻

筆者は、津田家菩提寺である少林寺（金沢市野町）の墓域及び過去帳を詳細に調査する機会を得たのだが、既に無縁となって久しい津田家にもかかわらず、本家分家合わせて十基の墓石を確認することが出来た。さらに同寺過去帳と照合することによって、ほぼ人物を特定することが出来たのだが、幸いにして津田采女の墓石は現存していた。

戒名は〈萬松院浄雲徳性居士〉で、嘉永五年閏二月二十五日に没している。残念ながら行年は記載されていない。上記の『諸氏系譜』にある右の寛政六年十二月十六日という日付は生年月日ではなく、家督を継いだ日付と思われる。

なぜならば、先代伊兵衛は同じ寛政六年の九月二十日に没しているからである。因みに墓石は妻の〈清光院月桂恵林大姉〉と同一で、こちらは采女より先に嘉永三年八月八日に没している。その他、采女の墓碑の左脇に〈梅玉童子　是空童女〉と刻まれた小さな墓石がある。梅玉童子は

弘化三年十一月二十八日に是空童女は天保九年十一月十一日にそれぞれ没している。少林寺過去帳には梅玉童子に関して〈津田采女子〉と記載されている。してみれば、この梅玉童子が秋聲の書いている労咳で死んだとされる〈文武の才能に恵まれてゐた嗣子〉であろうか。それにしては『光を追うて』には〈十九才〉とあり、「無駄道」には〈十六才〉とありながら、〈童子〉という戒名は不審である。元服していれば〈童子〉ではなく〈居士〉などと付けられたと思われる。さらに長兄直松が〈あの人が生きてゐたら、己もこんなことはしてゐなかつた〉とたびたび述懐したというが、梅玉童子は采女生前の弘化三年に夭逝しており、安政二年生まれの直松が誕生する九年前に没していることになる。慶応三年に徳田雲平の後添えとして入籍した秋聲の母タケと長兄直松（先妻の子）が、〈あの人〉という言い方で共通の話題にしたとするならば、この人物はもう少し後年まで（少なくとも直松が見知っている時期まで）存命していなければならない。ところで「母」には、津田家について「森本」（徳田）と比較して次のような表現が見られる。

森本の家よりも、迥《はるか》に家格の其実家に栄華に育つた若いをりなども想遣られた。弟が十六の時肺病で亡つてから、養子が入つて来て、家を蹂躪してから、母親の生涯が不幸に陥つたと云ふ、昔し母親の口から聞された話なども想出された。

また「無駄道」には直松をモデルとする繁が、秋聲をモデルとする修三に次のように語る場面がある。「敷島」が津田家を指すが、後には「神谷」と変っている。

「御母さんや叔母の弟が一人あつたのだ。その人は学問も武芸も優れてをつた。それが敷島の家の相続者だつたのだが、その人が生きてゐると、私などもこんな事はしてをらんかつたらう。惜しいことには肺病で十六の時死んだ。」(五)

いずれも母タケの弟となっているが、少林寺過去帳や墓石では、該当する弟の存在は確認できない。しかし、過去帳で気になる人物が二人いる。いずれも墓石を確認することができないのだが、これが秋聲の繰り返し述べる不幸な嗣子にあるいは該当する人物だと思われる。その戒名と没年は以下のごとくである。

改励了性居士　文久三年三月九日
小心如玄了無居士　慶応三年十一月七日

上記二名とも少林寺では、〈本津田〉すなわち津田采女系に分類されているが、改励了性居士に関しては過去帳には〈津田宇兵衛〉とあるのみで、行年及び津田采女との関係は未詳である。没年から見て采女と近い関係にあることは確実であるが、それ以上のことは判らない。それに比して小心院如玄了無居士の方は、本名および行年は不明だが、過去帳に〈津田平之丞嫡子〉とあり、系図上の位置は明確である。前者の改励了性居士すなわち津田宇兵衛については、「母」や「無駄道」にあるように秋聲の母や伯母に弟がいたとするならば、この津田宇兵衛がそれに該当するだろう。安政二年生まれの直松は宇兵衛の没年文久三年には、七才になっており記憶に残っていても不思議ではない。さらに母タケ（天保十二年生）の弟とすれば、仮に天保十三年生まれとしても二十一才で没したことになり、この年齢以下と考えられるから、秋聲の小説にある年齢（十六才〜十九才）にも符合する。ただしタケが徳田雲平の後添えとして徳田家に入ったのは慶応三年のことであるから、それ以前に津田家と徳田家に何らかの関わりがあったと仮定しなければならないが、この点に関しては、現在のところ不明である。

次に小心院如玄了無居士について考察してみると、この人物の俗名は不明であるが、過去帳に〈津田平之丞嫡子〉とある。平之丞は分津田家の『諸氏系譜』の最後に記載されている平次右衛門信道の長男で本津田家の采女の養子となった平之丞重信（庵）である。この人物こそ『光を追うて』その他に、タケの姉婿の放埒により津田家断絶の因を為したとされる津田庵である。秋聲の母タケの姉まさの婿養子として津田本家を継いだ人物である。「無駄道」には次の如く記されている。

この叔父の名は伊織といふので、修三の母の生家を滅茶々々にしたのは、多分彼の仕業だと聞いてゐるので、修三は以前から余りいゝ感情はもてなかつた。享楽主義のこの叔父のために家名を汚されて、そのために修三の祖父がそれを憤つて腹を切つたなどゝいふことも、修三は耳にしたこともあつた。嘘か真実か、修三がその祖父に肖てゐるといふことも、誰かに聞いたやうであつた。
しかし今の伊織は、余り幸福ではなかつた。そして他に子供もなかつたので、娘婿の家にかゝつて、小さくなつてゐた。彼は何か物を書く役目だつたらしく、お家流の書蹟が殊に美事であつたけれど、字がうまいだけで、本などは読んでゐなかつた。

（「無駄道」十二）

このように描かれた庵（伊織）に嫡子がいたことになるが、戒名に居士とあるところから判断すれば、慶応三年に没した時、既に元服していたと考えられる。とすれば、庵によって断絶させられた家禄を絶やすまいと努力した末に若くして死んだ嗣子とは、あるいはこの人物（小心院如玄了無居士）であると見なすこともできる。慶応三年といえば、タケが徳田家に嫁した二年後であり、この時直松は十二才になっていたはずで、その数ヶ月後に死んだこの母方の嗣子の噂を義母と共有できる年齢であったことは云うまでもない。「あの人が生きていたら」という直松の述懐はむしろこの人物の方が適切であるように思われる。いずれにしても津田釆女の子（母タケの弟）と推察される改励了性居士こと津田宇兵衛と、この津田平之丞（庵）嫡子である小心院如玄了無居士（俗名不詳）の二人に関する伝聞が、秋聲の中で混同された形で理解されていたのではないかと思われる。

次に秋聲が幾つかの作品に書いている津田采女切腹について考察してみよう。これは、既に引用した「無駄道」『光を追うて』のほか「母」にも描かれており、秋聲はそのように信じていたものと思われる。しかし少林寺過去帳や墓石帳ではそのような痕跡を窺うことはできない。明治期に整理されたと見られる墓石帳では、本津田家の墓石管理者は〈住所不明〉の〈津田庵〉となっており、分津田家は〈断絶〉とあり管理者は〈津田弥三郎〉とある。断絶は本津田家の方ではないかと思われるのだが、少林寺の明治期の記録ではそのようになっている。

金沢の近世史料館には加賀藩の旧藩士の絶家や減禄を記録した『絶家録』『絶家減禄雑記』『年号等可糺　絶家雑々録』なる写本が所蔵されている。いずれも小木貞正旧蔵とされているが、あるいは小木貞正による編著かとも思われる。たとえば、「絶家減禄雑記」には天保八年の項に〈一、四百五十石　遠島　寺島蔵人　競　養父右門実原弾正二男　画名王梁元　文才　但養子　江三百石被下〉と有名な寺島蔵人の遠島処分と養子へ百五十石減録の三百石が認められたことなどが記されている。因みに津田采女の二代前の浅右衛門成易が寺島蔵人の娘を娶り離別しているが、この寺島蔵人は先の画家文人として有名な寺島蔵人の一代前の蔵人である。ともかく斯様に絶家及び減禄の事実が文政十三年（天保元年）から嘉永六年まで記録されているが、嘉永五年没の津田采女に関しては触れるところが無い。また「絶家録」（三冊）も三冊目は嘉永六年まで記載がみられるが、津田采女に関する記載は無い。さらにこれらの改訂補遺と見られる「年号等可糺絶家雑々録」も同様である。秋聲の母方津田本家が祖父采女か養子庵の代で断絶したことは確実と思われるが、采女切腹の事実は現在のところ史料的にこれを裏付けることはできない。

最後に津田家に関して今回明らかにし得た若干の事実を付け加えておきたい。先に津田家の「先祖由緒帳」について、本津田家に関しては采女もしくは庵の代で断絶したと見られるため、維新前後の「先祖由緒帳」は提出されなかったと推測されるが、分津田家は存続したはずなのに『先祖由緒帳』は残されていないと述べた。現在金沢の近世史料館に保存されている「先祖由緒帳」は全藩士の凡そで三分の二と見られ、残念ながら湮滅に帰したものと思われる。しかし分津田家は廃藩置県まで加賀藩士として存続したはずだと述べたのは別に根拠のない推測ではなく、理由がある。秋聲の父徳田雲平の「先祖由緒並一類符帳」（明治三年）には、妻タケについて以下のように記述されている。

一　妻　　　　　　　士族津田弥三郎厄介
　　　　　　　　　　　　津田平之丞養妹

右実者津田故采女三番目娘ニ御座候之処平之丞養妹ニ仕慶応元年四月申達嫁娶仕候

右記述中の津田弥三郎及び津田平之丞が何者であるのかが問題になるが、「諸氏系譜」にある〈弥三郎信以〉は少林寺過去帳では弘化四年に没しているので、それ以降の人物が同じ弥三郎を名乗ったと思われる。明治期に整理された少林寺墓石帳には、分津田家の墓主として〈断絶　分　津田弥三郎〉と記されていることは既に述べた。この弥三郎に関して過去帳には〈義嶽院武林霜葉居士〉と戒名があり、明治十三年十月十一日と没年等が記された下に〈弥三郎事〉と記載されている。一方、少林寺墓域には同じ戒名と没年月日を刻んだ墓石があり、左側面には〈津田重近墓〉と刻まれている。とすれば、先の徳田雲平妻タケに関わる記述〈士族津田弥三郎厄介〉の弥三郎はこの津田分家の弥三郎重近であることが判明する。「諸氏系譜」には弥三郎信以（休閑）の跡は平次右衛門信道が襲っていることから判断すれば、この弥三郎重近はその後、分津田家を継いだものと推測される。徳田雲平の「先祖由緒並一類附帳」（明治三年）に立ち返れば、この分家の津田弥三郎重近に〈士族〉の称号があり、本家を継いだ平之丞に〈士族〉と記されていないことから見ても本家の方は既に断絶していたことが窺われる。秋聲の母タケは本家津田采女の娘でありながら相続人の平之丞の厄介にならず、分家の弥三郎重近の厄介になっており、雲平と婚姻するに際して平之丞の養妹となったところにも、この当時の津田家の実態を窺うことができる。また、弥三郎重近以降の墓石や過去帳の記録が確認出来ないところから判断すれば、弥三郎重近の死（明治13年10月11日）を以て、分津田家の方も無縁となったと思われる。平之丞は本津田家を継いだ庵と考えられるが、この人物は後に大阪の娘夫婦の元に身を寄せており、娘夫婦の零落と離縁前後に大阪で没したらしいことは、秋聲の「無駄道」や「四十女」(8)『光を追うて』などに描かれている。少林寺の墓石帳には〈本津田　住所不明　津田庵〉と記されたままである。

さて、ここでさらに今回津田分家について明らかにし得た若干の事実を付け加えておきたい。徳田雲平の「先祖由緒帳」については、徳田千之助名で慶応四年三月に提出された「先祖由緒一類附帳」がもう一通存在することは既に紹介した。こちらに記された秋聲の母タケに関する記述は次のごとくである。

一　後妻　　　　小松御馬廻　　　　津田弥三郎厄介

この〈小松御馬廻〉が判読しにくく、当初〈小松主馬兄〉と誤読したため、小松姓の「先祖由緒帳」を全て調べるなど無駄な遠回りをしたが、「小松御馬廻」とわかり、そうした役儀があることを確認し、小松市史関係の資料を渉猟した。日置謙『加能郷土辞彙』(9)によれば、「小松御馬廻」とは〈寛永十六年前田利常小松城を菟裘《ときゆう》と定め同年八月三日之に従ふ御馬廻二十四人を命ぜられたが、以後交替等によつて人名は同じくない。後世では御馬廻二十人番頭二人となつた〉とある。さらに『小松史』(10)史料篇下巻を閲するに「文久四年小松諸役大知行高歳附」中の〈小松御馬廻並自分知行高役附歳附帳〉に次のごとき記述があるのを見出した。番頭二名の次に記載されている。日付は文久四年正月二日。

一　三百石　　六十五才　　　　津田平次右衛門

さらに「小松御城臨時御人配心組覚書」の中に〈是ハ武田耕雲斎越前へ来り候節ノ臨時心組ノ一冊ナリ〉と注記し、次のような記述が見られる。

元治元年甲子十二月　　人数配置帳

○狐森辺え

御番頭　　猪俣直江　　組十五入

津田弥三郎

津田弥三郎の後に十四人の名があるが省略。弥三郎は筆頭である。また、十二月十三日の日付を持つ〈人数配帳〉にも同様の記載がある。以上の記述から判断すれば、津田平次右衛門は『諸氏系譜』にある平次右衛門信道で隠居後〈辟山〉と号した人物であり、文久四年に六十五歳とすれば、寛政十二年生まれとなり、少林寺過去帳によれば、明治八年二月四日に没しているから行年七十六歳である。他方、弥三郎の年齢が記載されていないのは遺憾であるが、文久四年と元治元年は同年であることからみて、正月にはまだ平次右衛門が御馬廻をつとめていたが、老齢のため十二月には弥三郎重近が家督を継ぎ御馬廻を勤めたと推定される。少林寺の平次右衛門の墓は〈津田重近浩建之〉と刻まれ、前には〈津田庵〉と刻まれた献灯石がある。弥三郎重近が没したのは五年後の明治十三年十月十一日である。行年は未詳である。この人物を以て分津田家も絶えたようである。本津田家の津田庵に関しては、『光を追うて』などに描かれたごとく、大阪に出た娘婿の家に厄介になっていたが、そのまま大阪で没したものと思われる。「四十女」には明治三十五年頃の挿話として津田庵の娘すかによる〈ごたくさ紛れに、父も死んで、自分は世帯道具を少許持つて、着の身着の儘で、磯野の家を逐出された始末も附加へて語つた。〉と後日談が描かれている。金沢の菩提寺少林寺墓石帳には、津田家の墓石管理者の名は〈津田庵〉とあり「住所不明」と記されたままである。

【注】

（1）『光を追うて』（昭和13・1〜12『婦人之友』、昭和14・3　新潮社刊）
（2）『石川近代文学全集二　徳田秋声』（平成3・1、石川近代文学館）所収の和座幸子「評伝秋声・その生涯と文学」
（3）野口冨士男『徳田秋聲傳』（昭和40・1、筑摩書房）、同『徳田秋聲の文學』（昭和54・8、筑摩書房）
（4）「丸薬」（明治44・1『文章世界』）
（5）『金沢市紀要』（大正13・10、金沢市役所編纂）非売品。

（6）「母」（明治42・4『中央公論』）

（7）「無駄道」（大正12・5・9〜6・24、45回『報知新聞』）

（8）「四十女」（明治42・1『中央公論』）

（9）日置謙『加能郷土辞彙』（昭和17・2、金沢文化協会）

（10）『小松史』史料篇下巻（昭和15・11、小松町役場）中の「前田侯爵家尊経閣文庫小松関係文書」

【付記】

本稿は『徳田秋聲全集』（八木書店）別巻収録の「徳田家系図」作成の過程で、金沢市立近世史料館・石川近代文学館・石川県立図書館・静明寺（徳田家菩提寺）・少林寺（津田家菩提寺）・鶴来町（現白山市）の白山神社などにおける現地調査と考証の覚書きである。「家系図」という平面的で凝縮された形式に還元出来なかった事項や未解明の疑問点などを補足的に覚書きとしてまとめたものである。右調査に当り、お世話になった方々に厚く御礼申し上げます。

【津田家略系図】

本津田㊅（四百石）御馬廻

- 采女成允（嘉永5年閏2月25日没）＝妻（嘉永3没）
  - 一枝院心華妙薫大師（文政7年閏8月10日没）
  - 男子（梅玉童子）（弘化3没）
  - 女子（是空童女）（天保9没）
  - ㊆平之丞重信（庵）采女養子（信道長男）（文政11生）＝まさ（天保10生）
    - 男子（小心院如玄了無居士）（慶応3年11月7日没）
    - すが（安政6生）
  - まさ（天保10生）
  - タケ（天保12～大正5）＝徳田雲平
    - かをり
    - **末雄（秋聲）**
    - フデ

分津田⑤（三百石）小松御馬廻

- 平次右衛門信道（辟山）（明治8年2月4日没76歳）
  - ⑥弥三郎重近（三百石）小松御馬廻（明治13年10月11日没）
  - ㊆平之丞重信（采女養子）

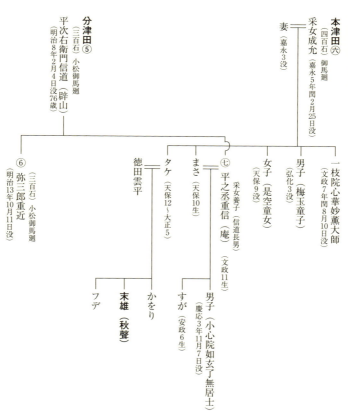

Ⅱ　『縮図』の諸相

『縮図』論序説
――銀座から白山へ――

花柳界情緒にも乏しいやうな此の一区画に、何か圧搾された人間生活の見取図があるやうな気もしてゐたのだつたが……

（「生きた煩悩」より）

一

『縮図』という物語は三村均平と銀子が銀座の資生堂パーラー(1)の二階で窓下の情景を眺めながら夕食をとる場面から始まる。『仮装人物』におけるあの象徴的な冒頭と比較すれば、如何にも自然な導入と言えよう。しかし『縮図』の構図を考えると、ここにも秋聲の周到な選択が働いていたと思われる。すなわち『縮図』という物語は〈銀座〉の〈資生堂〉を発端としてのみ生き生きと動き始めるのだ。したがって。小論もとりあえずこの発端の場面にこだわり、何故〈銀座〉なのか、〈資生堂〉なのか、と問うところから始めたい。

晩飯時間の銀座の資生堂は、いつに変らず上も下も一杯であつた。
銀子と均平とは、暫く二階の片隅の長椅子で席の空くのを待つた後、やがてずつと奥の方の右側の窓際のところへ座席をとることが出来、銀子の好みで此の食堂での少し上等の方の定食を註文した。

既によく知られた『縮図』の劈頭の部分である。こうした場面が秋聲と小林政子との実体験を下敷にしているとしても、それでは二人が好んで入った他の場所、例えば帝国ホテルのグリルや「竹葉」[2]などを何故発端の場面とはしなかったのか。それは物語が資生堂の二階の〈右側の窓際〉、つまり北側の窓から見える情景を必要としたからに他ならない。二人は窓下の道路を俥に乗った芸者が次々と通り、〈銀座の大通りを突切つて行〉くのを眺めている。彼女等は何故一様に資生堂横の小路を通って銀座通りを突切るのか。こうしたことも現在では既にわかりにくいのだが、これは料亭街の築地へ行くためである。そして実はこうした情景はほとんどこの位置でしか見られないのだ。

一般に呼称される〈新橋芸妓〉とは、後の銀座六丁目から八丁目の裏通りを本拠とする芸妓の総称で、本来はそれぞれ金春芸妓・鍋町芸妓・銀座芸妓などと呼ばれていた。[3]とりわけ金春新道〈資生堂の裏手〉を本拠とする金春芸妓はその中心であった。そして時代の推移と共に芸妓屋は残っても、大きな料亭や待合はほとんど築地地区に集中して行ったのである。均平が〈この花柳界は出先が遠くて地理的に不利益だね。〉と呟くのはそうした事情による。ところで銀座から築地へ行くには現在では存在しないが〈三十間堀〉を越えなければならなかった。彼女等は三十間堀に架かる橋の中で、遠まわりしても〈出雲橋〉を渡ったという。〝金春と築地を分ける三十間、仲をとりもつ出雲橋〟などと唄われたごとく、〈出雲〉が縁結びの神の国だからである。例えば『東都新繁昌記』[4]（大正7・6　京華堂書店他）には次の如く記されている。

　人あり、電気の漸くつきそめし黄昏を出雲橋に立つて見よ。所謂お約束の御座敷に急ぐ芸者の車《ママ》は盛装濃飾せる彼等を載せて仕切なしに馳せて行く。彼等が煉瓦地の裏から築地にゆくには、是非とも木挽橋か、出雲橋を通らねばならぬのだが、出雲橋は結ぶ神の名前から縁喜《ママ》よしと、迷信人種たる彼等は、いくら近くても木挽橋は通らない、わざ〳〵遠廻りして出雲橋を通つて行く。

後には木挽橋と出雲橋の間に賑橋も出来たが事情は同じである。とすると、八丁目角の資生堂パーラーの横の道（現在の花椿通り）から銀座通りを突切って真直ぐ行けば〈出雲橋〉を渡ることになる。つまり銀子と均平がすわった席は銀座通りを突き切れば〈出雲橋〉に通ずる道路に面していたのである。ほとんどこの位置でしか見られない情景と言ったのは、そうした事情に因る。そして物語がこの情景を必要としたのは、〈場末〉の花街（白山）で置屋を経営する銀子と、今ではそこに逼塞している三村均平の境遇に係わる。物語の発端に資生堂の場面を必要とした所以である。

文明開化やモダニズムの中心であった銀座通りと交叉する芸者を乗せた人力車の群という光景は、時局柄やはり象徴的な構図を浮かび上がらせる。続いて明治以降の銀座表通りの変遷を述べた後、秋聲は次の如く続ける。

> この裏通りに巣喰つてゐる花柳界も、時に時代の波を被《かぶ》つて、或る時は彼等の洗錬された風俗や日本髪が、世界戦以後のモダアニズムの横溢につれて圧倒的に流行しはじめた洋装やパーマネントに押されて、昼間の銀座では、時代錯誤《アナクロニズム》の可笑しさ身すぼらしさをさへ感じさせたこともあつたが、明治時代の政権と金権とに、楽々と育まれて来たさすが時代の寵児であつたゞけに、その存在は根強いものであり、或る時は富士や桜や歌舞伎などと共に日本の矜りとして、異国人にまで讃美されたほどなので、今日本趣味の勃興の蔭、時局的な統制の下に、軍需景気の煽りを受けつゝ、上層階級の宴席に持囃され、たとひ一時的にもあれ、曾ての勢ひを盛返して来たのも、この国情と社会組織と何か抜き差しならぬ因縁関係があるからだとも思へるのであつた。
>
> （「日蔭に居りて」一二）

長い引用だが、秋聲特有のとぎれの無い一文である。〈戦争も足かけ五年つゞき〉とあるように、昭和十六年五月末のある肌寒い日を物語の時間的起点としているが、こうした時局下でかえって賑いを見せる銀座の花柳界の描写は、対照的な〈場末〉の白山花柳界を描き出す布石であることは明らかであろう。やがて食事を済ませた二人は〈前線《ママ》座見ませんか〉という銀子の誘いにもかかわらず、そのまま白山に帰って行く。そして花やかな銀座とは対照的にさびれた白山花柳界の情景が描き出される。

この辺は厳しい此頃の統制で、普通の商店街よりも暗く、箱下げの十時過ぎともなると、偶には聞える三味線や歌もぱつたり遏《や》んで、前に出てゐる薄暗い春日燈籠や門燈もスヰッチを切られ、町は防空演習の晩宛然《さながら》の暗さとなり、十一時になると其の間際の一ト時の慌忙《あはたゞ》しさに引換へ、アスファルトの上にぱつたり人足も絶えて、偶に酔ぱらひの紳士が彼方へよろよろ此方へよろよろ歩いて行くくらゐなもので。艶かしい花柳情緒などは薬にしたくもない。

（「日蔭に居りて」六）

銀座（新橋）と白山のこうした対照は、それぞれの花柳街の成り立ちにも起因している。〝新柳二橋〟と言われた如く、旧幕系の柳橋に比して。新橋は新政府の高官や政商の庇護を得て明治維新後急速に発展した花街である。ところが白山花街は明治三十七年の警視庁令による花柳地許

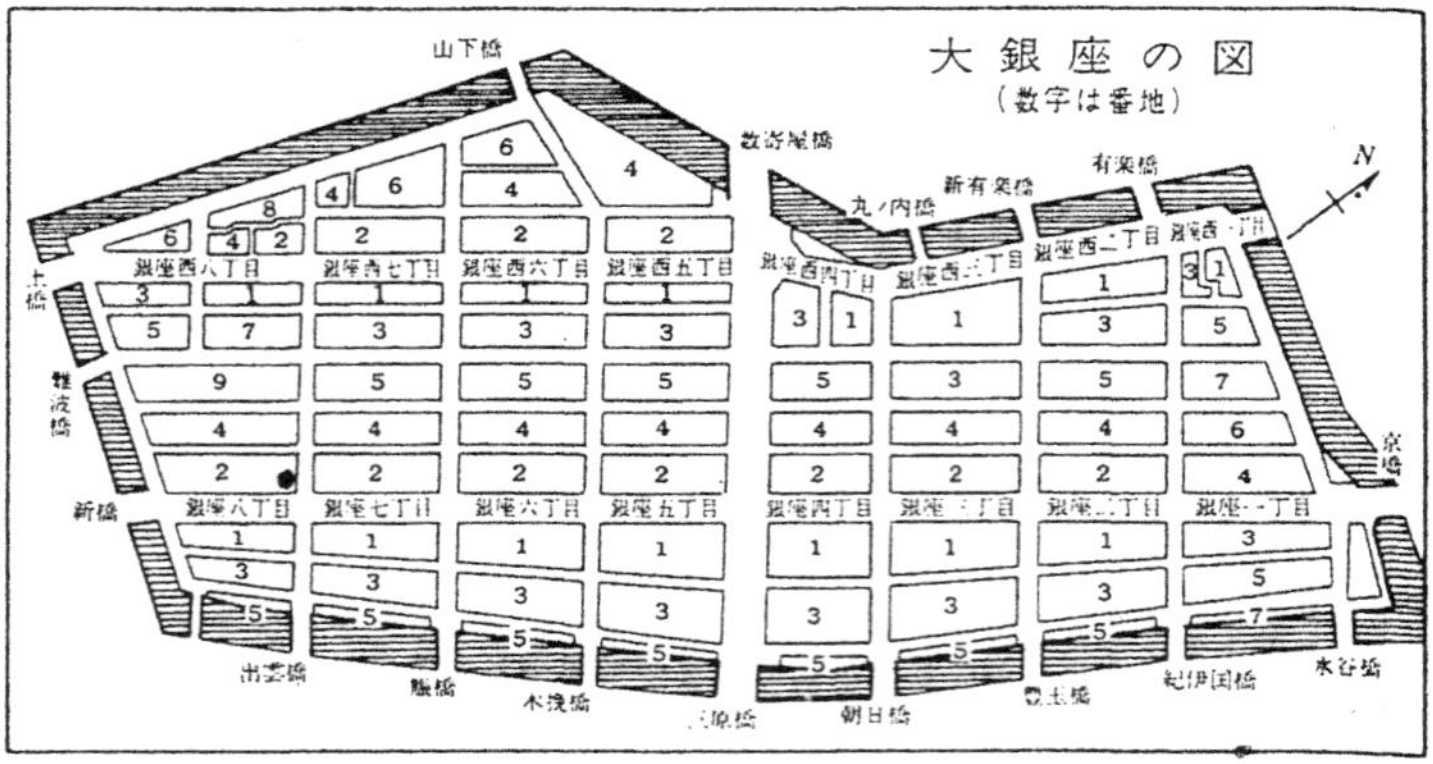

●印　資生堂　　安藤更生「銀座細見」（昭和６年）より

可制度発令後初めて許可された新花街で、その成立は明治四十五年六月であった。それ以前は銘酒屋や矢場からなる私娼地であったことは『縮図』にも触れられている。

この付近に銘酒屋や矢場のあつたことは、均平もその頃薄々思ひ出せたのだが、彼も読んだことのある一葉といふ小説家が晩年をそこに過ごし、銘酒屋を題材にして「濁り江」といふ抒情的な傑作を書いたのも、其から十年も前の日清戦争の少し後のことであつた。（「日蔭に居りて」六）

つまり、白山は私娼地を基盤として形成された後進の花街であった。例えば『帝都復興記念・東京の横顔』(6)（昭和5、全国同盟料理新聞社）にも、白山花街に関して〈花柳界に指定された場所は、樋口一葉女史の名著「にごり江」にも取扱はれてゐる有名な私娼窟で、闇に咲いた白粉の花が、遂に明るみに咲く純花柳界の花となったのである。〉などと紹介されている。先の引用の如く〈明治時代の政権と金権とに、楽々と育まれて来た〉新橋花柳界と、私娼窟を基盤に形成された〈場末〉の後進花街との相違は、こうした時局にも（あるいは、こうした時局ゆえに）歴然とその対照性をあらわすことを秋聲は見落してはいない。『縮図』の発端の場面の時間的設定は前述の如く昭和十六年五月の末と見られるが、因みに同じ頃（同年五月十一日）の荷風日記(7)には〈薫風颯々たり。夜銀座に飰す。頃日耳にしたる市中の風聞左の如し。〉として次の一項が書き留められている。

築地辺の待合料理店は引つづき軍人のお客にて繁昌一方ならず。公然輸出入禁止品を使用するのみならず、暴利を貪りて売るものもあり。待合のかみさんもこの頃は軍人の陋劣なるには呆れ返つてゐる由なり。

明治以後〈政権と金権とに、楽々と育まれて来た〉新橋花柳界は、今また軍人を含めて〈上層階級の宴席に持囃され〉隆盛を極めている。それに比して二人の帰ってゆく白山は〈厳しい此頃の統制で、普通の商店街よりも暗く〉、〈艶かしい花柳情緒などは薬にしたくもない〉世界である。この二つの花柳界の対照性を描き出すために〈資生堂〉の場面を必要としたと言えよう。だが、それればかりではない。資生堂を出た二人は、映画も見ずにそのまま白山へと帰路を急ぐ。この〈銀座〉から〈白山〉へという二人の行動のベクトルもまた『縮図』という作品の位相を明瞭に示しているものと思われる。

二

ところで、『縮図』連載に先立ち、秋聲は『都新聞』に〝作者の言葉〟として次のように記している。

昭和十一年春、この新聞に書きはじめ二十七八回で病に倒れ執筆を中絶してから既に六年になる。未曽有の事変の展開と共に世態も変つたが、私も老いた。（後略）

この昭和十一年に中絶し未完のまま残された作品が『巷塵』と題する所謂通俗小説と見做されているものである。だが『巷塵』に先立って同じ『都新聞』に、〝新聞小説〟なるものについて〈私の考へではストリイが誰にも面白いものであり、生活に切実な問題が含まれたものだつたら、相当高級な作品でも、読まれない筈はないと思ふ。(8)〉と述べ、新聞小説に意欲を見せていた。さらに徳田一穂によれば、秋聲の死後〈『巷塵』の載った新聞の切抜きが、そんなことに無頓着な秋声であるが、クリップでとめられて、紫檀の違ひ棚の抽出しから出てきた(9)〉という。『縮図』連載に先立って『巷塵』の中絶に触れている事実と思い合わせると、やはり秋聲にとって心残りな作品であったからだと思われる。かような事実は『縮図』を論ずる時『巷塵』をも視野に入れて眺めることを作者が促しているように私には思われる。こうした作者によるさりげない示唆に従って、あらためて『巷塵』と『縮図』を並置して眺め返してみると、思いがけず興味深い問題が浮かび上がって来るのだ。

『巷塵』は昭和十一年三月二十日から四月十六日まで『都新聞』に二十七回掲載され中絶したのだが、それはまさしく〈資生堂〉の場面で中絶していたのである。わずか二十七回で未完に終った物語が、この後どのような展開を見せたかは知るよしもないが、登場人物はなかなか多彩である。誠意に欠ける夫に嫌気がさして銀座の食堂でレジスターガールになった郁子。桜田ビルで赤字の経済雑誌を出しているが不思議に金廻りは良いらしい夫の小谷静夫、そして医学生崩れで赤化し、出獄後はテキ屋などをしたり映画界の片隅に寄生していた兄の風間享一。さらには享一の弟分のような存在で医者への夢を捨てきれぬ狭山。その狭山の妹で、ダンサーになるため上京、桜田ビルのダンスホールでレコードガールをしている美少女夏野。こうした多彩な人物たちが銀座界隈を舞台に交錯する。このように見てくると、この所謂通俗小説は当時のモダニズム風俗をたっぷりと採り入れた都会小説であったことは明瞭である。そして前述の如く、この小説は享一と狭山が資生堂に入り、続いて夏野やダンス教師の青年なども資生堂に入って来る場面で中断している。『縮図』冒頭とのこうした呼応が、『縮図』執筆に際して『巷塵』を想起していた作者の意識的措置なのか、偶然の一致なのかはさしたる問題ではない。資生堂の場面で中絶した小説と資生堂の場面から始まる小説との対照が物語る『縮図』の位相が重要なのである。そればかりではない。既に見た如く『縮図』は資生堂の場面から始まり映画も見ずに白山へ戻って行く。〈映画狂の銀子〉が〈前線座見ませんか〉と誘ったにもかかわらずである。一方『巷塵』はまさしく〈映画好きの郁子〉と小谷が日比谷[10]あたりで映画を観ている場面から始まっている。

　「ワルツ合戦」の映写がすんだところで、終りの部分だけしか見なかつた「沐浴《ゆあみ》」に期待をもつてゐた郁子は、ちよつと化粧室へ行かうと思つて、静夫の前を擦りぬけて座席から離れた。

（「肖像」一二）

『巷塵』の冒頭である。「ワルツ合戦」[10]も「沐浴」[11]も昭和十年十月二十四日に日本で公開されている。前者はワルツ王ヨゼフ・ランナーとヨハン・シュトラウスの華やかなワルツ合戦にランナーの娘の恋を織り混ぜて展開する楽しい音楽映画であり、後者はモーパッサンの「従卒」の映画化である。「沐浴」の題が示すように、この年日本では「春の調べ」[12]と共に二度にわたって外国スターの白い裸像が話題を呼んだという。華麗なワルツ合戦と沐浴する白い裸像、こうしたイメージが醸し出す世界は、銀座界隈を舞台として展開するらしい『巷塵』という都会小説の幕開けにふさわしい。とりわけ「沐浴」の内容は『巷塵』の設定ともいささか関連があるらしいのだが今は触れない。それに比して映画も見ずに、銀座から場末の路地裏にあるさびれた花柳街に帰って行く『縮図』の世界は対照的である。

『縮図』「山荘」の章で三村均平は娘の加世子と映画に関して次のような会話を交わす。

「さうね。映画御覧になります？」

「時々見る。退屈凌ぎにね。しかし此の頃は好い画がちつとも来ないぢやないか。」

「え、御時勢が御時勢だから。でも偶には……。」

（「山荘」二）

ここには明らかに時局映画が主流になりつつある当時の映画状況への作者の批判があると言えよう。とすれば冒頭で均平と銀子が〈前線座〉の映画を観なかったのも、単なる時間的理由だけであったとは思われない。既に日中戦争の始まった昭和十二年から内務省による映画への干渉は一段と強化されていた。とりわけ昭和十三年に成立、翌年十月から実施された〈映画法〉によって映画界は厳しい官権の支配下に置かれていた。挙国体制へ向けて映画内容は勿論、興行上の問題に至るまで、その干渉は細部にわたり厳しく規制されるに到った。例えば昭和十五年から国策宣伝のためのいわゆる「文化映画」なるものが制作され、報道統制されたニュース映画と共に全国の映画館で強制上映されている。『縮図』執筆の年である十六年には一回の興行時間が二時間半に規制され、劇映画の二本立ては事実上不可能になっていた。『巷塵』に描かれた如く「ワルツ合戦」と「沐浴」の二本立てを観ることは『縮図』の年には既に不可能になっていたのである。

また外国映画への検閲は当然強化され、輸入制限が加えられたことは言う迄もない。先に引用した均平と加世子の会話の如く、観るに値する映画がほとんど無い時代に入っていたのである。したがって、銀子と均平は〈資生堂〉を出て、映画も見ずに、帰るべくして帰ったと言うべきであろう。映画を観る場面から始まり資生堂の場面で中断された小説と、資生堂の場面から始まり、映画も見ずに白山へ帰って行く小説との対照は、こうしていよいよ明瞭になる。

ところで、銀子は〈いかゞです、前線座見ませんか。〉と誘っていたのだが、当時銀座界隈に〈前線座〉という映画館が存在しただろうか。些細なことではあるが、その前後に記された〈とんぼ〉という料亭や〈日比谷〉・〈邦楽座〉（有楽町）・〈大勝館〉（浅草）などの映画館が実在していただけに少し気になるのだ。安藤更生『銀座細見』（昭和6・2、春陽堂）によれば、当時厳密に銀座地域内にある映画館は〈シネマ銀座〉一軒のみとある。しかしトーキー時代の到来と共に、この頃には銀座周辺にも続々と映画館の新築が始まっていた。この後銀座地区にもいくつかの映画館が誕生したり消滅したりするのだが、『資生堂社史』[15]の伝えるところによれば、昭和十三年四月、四つの映画館が開館している。すなわち銀座映画・文化映画劇場・金春ニュース劇場と共に、八丁目に開館した〈全線座〉である。さらに『縮図』の書かれた昭和十六年七月に刊行された福田勝治の写真集『銀座』[16]には〈銀座に映画館が三軒ある〉として、シネマ銀座・金春映画劇場と共に〈銀座全線座〉の写真が掲載されている。つまり時局の緊迫に合わせて実際に改名（全線座↓前線座）されたのでもないらしい。とすれば、〈全線座〉を〈前線座〉と書き替えたのは、誤植や秋聲の無造作なミスではない限り、これもまた時局への皮肉と見ることも出来よう。なお、昭和十四年の秋聲日記には、政子と〈全線座で「モダン騎士道」と「桑港」を見る。（7月24日）〉、〈新橋で政子と二人おりて全線座に「将軍暁に死す」を見る。（同三十日）〉とあり、「全線座」と記している。因みに秋聲はかなりの数（年間百本以上）の映画を観ており、映画に関する発言も意外に多いのだが、日中戦争以後の国策映画や時局映画にはかなり辛辣な批判をさりげなく加えている。(17) そうした秋聲にしてみれば、昭和十六年の映画状況には一層苦々しい思いがあったと思われる。『縮図』の銀子と均平は〈前線座〉の映画も見ずに、まさに帰るべくして白山へと帰ったのである。

三

映画を観る場面から始まり資生堂へ入る場面で中絶した物語の後、五年の歳月を経て同じ『都新聞』に連載した物語は、資生堂の場面から始まり映画も観ることなく帰途につく。『縮図』「作者の言葉」で〈未曽有の事変の展開と共に世態も変つたが、私も老いた〉と記した〈世態〉と心境の変化は、『巷塵』と『縮図』との間に著しい対照性をもたらしたが、こうした外面的対照性の背後には時代状況の変化や秋聲内部に於ける心境変化といった必然性が働いていたことはこれ迄述べた如くである。〈映画好きの郁子〉から〈映画狂の銀子〉にヒロインは変わっても、銀子と均平は映画も観ずに帰途につく。帰るべくして帰ったのであることは当時の映画状況に即して既に触れた。享一や狭山、さらには夏野やダンス教師の青年が入った資生堂は若さやモダニズム風俗に彩られていた観があるが、銀子と均平は暗い世相の中、資生堂の二階の窓から次々と行き過ぎる芸者の群れを見つめている。こうした『縮図』における〈資生堂〉の機能についても既に述べた如くである。そして漸く〈何故資生堂なのか〉という問と共にあった〈何故銀座なのか〉という問いに辿り着いたようである。度々繰り返すように、資生堂を出た二人は映画も観ずに早々と帰途につくのだが、〈何故銀座なのか〉と問うことは、この銀座から白山へという二人の行動のベクトルが『縮図』のいわば序章として如何にふさわしいものであるかを論ずることでもある。言う迄もなく『縮図』は情報局の圧力により中絶を余儀なくされた未完の作品であり、「素描」あたりから銀子の過去に筆が向けられるや一層生彩を増し、細密画のような過去の世界に引き込まれ、何時現在に帰り着くのかわからぬほどである。読者は銀子の生彩に富んだ過去の世界に置き去りにされたまま巻を閉じなければならない。しかし、仔細に読めば末尾の「裏木戸」の章に至っても、「現在」からの「回想」であることを示す記述が見られ、白山に視座を据えた時制の統御は保持されている。それ故〝序章〟と言ったのは比喩に過ぎないのだが、銀座から白山へという二人の行動のベクトルは、尖端的都会に背を向けて、白山という路地裏の花柳界を起点として銀子を中心とする〈圧搾された人間生活の見取図〉(18)が生き生きと描き出される予兆として象徴的である。同時に、銀座から白山へというベクトルは『巷塵』から『縮図』へという作者の精神の移動とも対応している。即ち『巷塵』を中絶せしめた二ヶ月余りの大病をはさんで、前後の両作品に係る〈銀座〉というトポスに対する秋聲の心境の変化こそが『巷塵』から『縮図』への精神の移動を端的に物語っているし、『縮図』の発端における銀座から白山へというベクトルの必然性をも解き明かしてくれるだろう。

私は力めて洋服をつけてダンス場へ行つたり映画館へ入つたり、アスファルトを歩いたりして、出来るだけ時代の空気を吸ひに埃の高い巷へ出て往く。

（「雑音・雑筆帳」昭和10・5『あらくれ』）

『巷塵』の前年における右の発言は『巷塵』の題名をも暗示しているが、秋聲の都会風俗への関心を伝えて興味深い。こうした都会的なものへの生き生きとした関心は、同じ頃の近松秋江による次のコラムによってても裏付けられる。

今日徳田秋聲老、渋をひいたやうな顔をして、毎夜々々銀座に現はれ、頻りに若返りを試みてゐるといふが、小女郎宗七の情熱は持つてゐるかどうか。六十六歳にしてこの情熱に富める若き男女を描くことが出来るならば、何ぞ作者その人の年齢を問ふ要あらんやだ。

（「文壇の一席より」昭和9・5『新潮』）

『巷塵』はまさにこうした都会的なものへの貪欲な関心に支えられて書き出されたものであったと思われる。ところが『巷塵』中絶後には次の如くその心境に変化を示している。

実は東京といふ都会が、私達には決して住心地のいゝものではなくなつてしまひました。無秩序とか、混乱とか、悪趣味とか、不衛生とかいふことよりも、無限にその数を増して行く高層建築、人間の足に堅すぎる舗道、耳に堪へきれない騒音、資本家の濫造にかゝる物質の過剰――出版物の氾濫や無際限な増頁は勿論、劇場、映画館などの娯楽機関や交通機関の無制限な延長などもその中に入れて見て私達は正に圧し潰されさうな息詰りを感ずる。私は病気で倒れて以来、（略）時として今まで三日にあげず歩いてゐた銀座界隈のことなどを想像して見て恐ろしいやうな気がしてゐたのでした。

（「私の公開状㈡」昭和11・10・27『東京朝日新聞』）

これは、この年から刊行が開始された『秋聲全集』（非凡閣）のために島崎藤村が寄せてくれた「発刊の辞」への返礼を兼ねた公開状の一節である。前年既に大作『夜明け前』を完成させた藤村は、この時ブエノスアイレスで開催される国際ペンクラブ大会に日本代表として出席するため外遊の途にあった。秋聲は再起を危ぶまれた二ヶ月余の大患に耐えて生き延びたのだが、その心境は確実に変化したようである。あれほど生き生きとした関心や興味を示していた〈銀座〉に象徴される尖端的都市風俗や都会生活も嫌悪や不安の対象として意識されてきたのである。[19] 元来家庭に閉じ籠りがちであった秋聲が、〈後に銀ぶらや喫茶店や、音楽堂入りを、却つてこの子供から教はるやうになつた〉と『仮装人物』にも述べているように、都市の新風俗への関心を持ち始めたのは長男一穂の影響によるところが大きかったようである。[20]

それに加え妻はまの死と前後して出現した山田順子は、まさに街の中へと秋聲を牽引する。この若い愛人との愛欲生活は〈都会〉と秋聲を最も強く結び付けたと言えよう。だが、順子の幻影が去った後も、秋聲の〈都会〉への関心が失われた訳ではない。既に老境に入ったとは言え、ダンス場に通ったり、毎日のようにディートリッヒのレコードを聴いたり、[21] 銀ブラや映画館に通う日々を過ごしている。〈都会的の刺戟でもなかつたら、生きることに疲れきつた私は、疾くにへたばつてゐたに違ひなかつた。〉と「町の踊り場」(昭和8)に述べるごとくである。その秋聲が昭和十一年の大患を契機に、もはや都市生活に耐えられないと嫌悪と不安を表明してしているのだ。かくして都会小説『巷塵』は中絶されたまま未完に終わり、『仮装人物』のみは稿を継いで書き続けられ、昭和十三年に完成する。今は『仮装人物』に詳しく触れる余裕はないが、所謂〈順子もの〉から『仮装人物』への昇華には、十年という歳月の経過が大きく作用していることは、よく指摘されるところである。すなわち過去の自分や順子の姿を冷静に客観化して眺められる視点を獲得したということであろう。だがそれと同時に『仮装人物』中断中に生じた都会的なものに対するこうした心境の変化も『仮装人物』自体に大きな影響を及ぼしていると思われるが、指摘のみにとどめておく。
さて、既に「町の踊り場」の一文を引用したごとく、「都会的の刺戟」が「生きることに疲れきつた」秋聲を辛うじて支えていたとするならば、そうした「都会的の刺戟」に興味を失い、「三日にあげず歩いてゐた銀座界隈」（「私の公開状㈡」）からも不安を感ずるようになったと表明する秋聲は、それでは自らの精神的帰着点を何処に見出そうとしたのか。その意味でも、この藤村への公開状は興味深い。秋聲はこの一文を、同年来日したアメリカの劇作家エルマ・ライスのエピソードで結んでいるのだが、これが『縮図』への回路を示していて示唆的である。大患後病み上がりの秋聲はライスの歓迎会の折、薬の助けを借りながら英語で短いスピーチをしたという。

エルマ・ライス氏はカブキなど見せられ、感心したやうでしたけれど、暑い盛りで折悪しく好い芝居も能もないのでお気の毒だが、しかしさういふものは日本を知るうへにおいて、必ずしも重要ではない。今まで公式非公式に外人の案内されるところといへば、大抵は現実の日本とは大してかゝり合のない場所ばかりで、むしろ独りで裏町のやうなところばかり歩いてゐたスタンバアクの遣り方の方が、間違ひが少いだらうといつた意味のことを話したのでした。

（「私の公開状㈢」昭和11・10・28『東京朝日新聞』）

この時点の秋聲はエルマ・ライスという文学者に関して何の知識もなかったのだが、その二日後に、かつて観た忘れられない映画「ストリートシーン」がライスの作品の映画化であったことを知る。秋聲は忘れ得ぬ映画として他に「自由を我らに」「商船テナシチイ」「モンパルナスの夜」を挙げているが、〈その中でも「ストリイトシーン」は一番頭脳にぴったり貼りついてゐるのです。〉と述べて、その理由を次の如く記している。

これは場末のアパート内に起つた姦通と殺人事件とを扱つたものですが、場所は初めから終りまでそのアパートの前であつて、然も人生の姿がいかにも広々と且深々ととれてゐるのでした。

（「私の公開状㈢」前出）

ピュリッツアー賞を受けた「ストリートシーン」はキング・ヴィダー監督によって映画化され、昭和八年に「街の風景」の邦題で公開されている。ニューヨークのスラム街に住む様々な人間の生活の諸相を集団的リアリズムの手法で描いたと言われるこの作品は、裏街の古ぼけたアパートを舞台中央に据え、その前の歩道に視点を固定して動かない。しかもそれでいて秋聲も述べるごとく〈人生の姿が広々と且深々と〉描かれている。まさに秋聲が歓迎会のスピーチで述べた意図と通ずる世界である。秋聲はスピーチでこの作品に言及出来なかったことを悔やんでいるが、意図は充分に通じたようである。(22) 後にコラムの伝えるところによれば、ライスは盂蘭盆の街頭に演ぜられる六斎念仏まで熱心に吸収して廻ったというところで藤村への公開状で、秋聲は何故エルマ・ライスのことを長々と書いたのか。それは大都会の裏街に視点を据えたライスの方法に、自らの文学の方法と通ずるものがあることを再確認したからに他ならない。そしてこうした視点の据え方は街道に視点を据えた『夜明け前』の方法とも一脈通ずるものがあることを秋聲は感じていたからであろう。秋聲は『夜明け前』連載中から強い関心を寄せているが、藤村の街道への注目に比して、自らはエルマ・ライスと同じく裏街への視点こそ自己の文学にふさわしいものであることをあらためて確認したのではなかろうか。つまり『夜明け前』のこうした視点のとり方が藤村という作家の言わば必然の帰結であったように、路地裏に視点を据えることによって人生の諸相を凝視しようとする方法をいよいよ明確にしていったものと思われる。

『夜明け前』に〈自身の芸術を知るうへで少なからず益するもの[23]〉があったと述べているのもこういう点であろう。

かくして秋聲は都市の尖端から路地裏へと自らの視点を移動し始める。そして、〃銀座から白山へ〃という精神のベクトルも徐々に形成されてゆくのである。言い換えれば『巷塵』から『縮図』への回路の成立と言ってもよい。銀座に背を向けて早々と白山への帰途につく『縮図』の発端は、『巷塵』以後の秋聲の精神のベクトルを如実に反映していたのである。『縮図』という作品が銀子の過去の世界に入り込むことによって一層生彩を増し、〈圧搾された人間生活の見取図〉を歴々と見せてくれるのだとしたら、それは〈銀座〉に象徴される都市の尖端に背を向け、白山という路地裏の花柳界に視座を据えることによって人生の諸相を凝視しようとした作者の姿勢に深く係っている。

〈花柳情緒にも乏しいやうな此の一区画〉から覗き得た人生の姿がいかにも〈広々と且深々と〉描かれているとしたら、どうしても銀座から白山へと精神のベクトルを移動しなければならなかったのである。銀子と均平は、銀座の資生堂を出て映画も観ずに白山へと帰って行った。銀座から白山へ——、二人は『縮図』の視座を据えるために作者が辿った精神の軌跡をそのままなぞるように白山へと戻ってゆく。『縮図』の発端に示された銀座から白山へという二人の軌跡は、この物語の序章としてまことにふさわしいものであったと言うべきであろう。

＊　＊　＊

『縮図』は「日蔭に居りて」「山荘」「時の流れ」「素描」「郷愁」「裏木戸」の六章に亘って『都新聞』に連載されたが、「裏木戸」の十四回目の途中、計八十回で中絶を余儀なくされた。戦時下の〈白山〉という場末の花柳界に視座を据えて、〈圧搾された人間生活の見取り図〉を描こうとしたものと見られるが、「時局をわきまへぬ小説」として情報局の執拗な圧力を受け、「妥協すれば作品は腑抜けになる」と自ら筆を絶ったものである。本稿ではあえて『縮図』の冒頭に焦点を絞って論じた。「日蔭に居りて」の章である。物語では場末の花柳地「白山」に芸者置屋を営む小野銀子とそこに逼塞する三村均平を視点人物として、主に銀子の過去が描き出されることになるが、冒頭「日蔭に居りて」と続く「山荘」の章には二人の「現在」が描かれている。本稿でも触れたごとく、小説内時間は昭和十六年五月頃を起点としている。「日蔭に居りて」の章に於ても、銀子の家の前の「印刷工場の跡地で出征兵士の壮行会」が行われたことや、「山荘」の章でも戦地から病気のため後送され、陸軍病院を経て富士見高原で療養中である長男均一を見舞ったことに関連し、「均平の今いる世界（白山花柳地）の周囲」でも「幾人かの青年が歓送されて戦地へ送られ、戦死した者もあることを書き込んでいる。まさに戦争の影が大きく覆い被さっている時局の下で、白山という狭い世界に視座を据えて、「圧搾された人間生活の見取図」すなわち《縮図》を描き出そうとしたものである。だが、物語は次の「時の流れ」「素描」と次第に銀子の過去へと遡行し始め、現在へ回帰する遙か手前で中絶したのである。しかし仔細に読めば、「素描」に於ても銀子の過去を描きながら「均平も銀子がまだ松の家にゐる時分」云々とあり、現在からの回想であることを明示している。それは最後の「裏木戸」の章に至っても変わらない。「一軒の主となつた今、銀子は時々このお神のことが想い出され」云々とあり、時制は白山を視座とする「現在」からの回想であるという統御が働いている。すなわち、本稿で論じた――銀座から白山へ――という銀子と均平の移動は、秋聲の心境変化を基盤とする精神的帰着点への移動であり、〈白山〉という視座の確定は物語の序章としてのみならず、時制の統御としても小説の全体に及び、それは当然回想する現在地としての〈白山〉への帰還を必然としていたことは明白である。『縮図』は小林政子の経営する「富田屋」の二階で書き続けられたものであった。

大正時代における白山花街分布図

（浪江浩一作図）

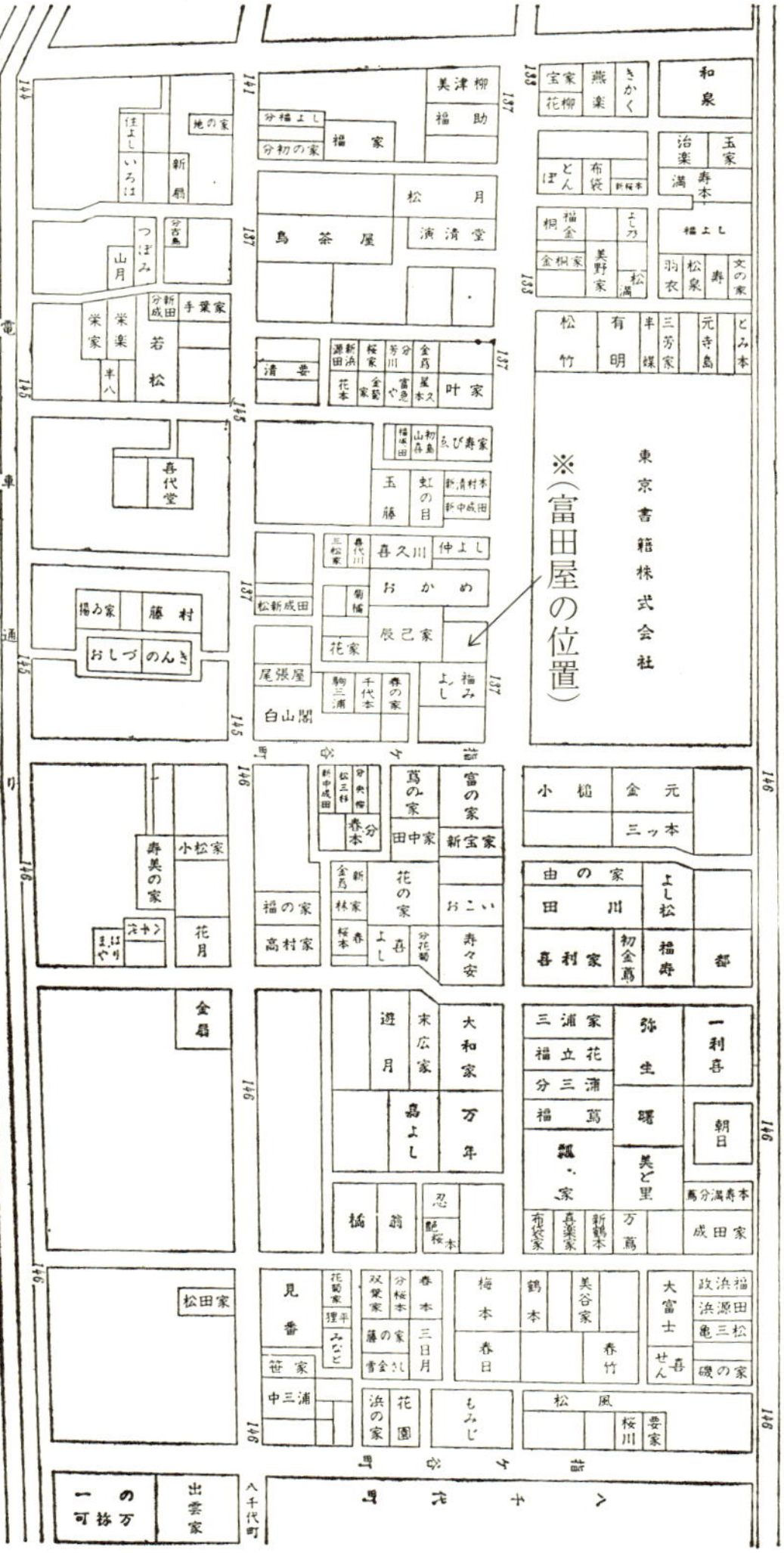

※小林補

浪江洋二『白山三業沿革史』（昭和36）より

【注】

(1)『資生堂社史』(昭和32・11)や『資生堂百年史』(昭和47・6)によれば、昭和十六年一月から〈資生堂アイスクリームパーラー〉を〈資生堂食品販売〉として分離独立したとあり、正確には〈資生堂食品販売〉と称すべきであろうが便宜上こう記した。以下は単に資生堂とする。

(2) 小林政子「『縮図』のモデル・銀子――徳田秋声先生の思い出」(『読売評論』昭和25・5)に、資生堂の他にこれらの名前が挙げられている。

(3) 石角春之助『銀座解剖図』第一篇変遷史(昭和9・7 丸之内出版)

(4) 山口義三(孤剣)著(大正7・5 京華堂・文武堂)

(5) 浪江洋二『白山三業沿革史』(昭和36・6 雄山閣)

(6) 三宅孤軒編著(昭和5・3 全国同盟料理新聞社)

(7)『断腸亭日乗』昭和16年5月11日の項。

(8)「新聞の連載小説」(昭和9・12『都新聞』)

(9) 雪華社版『秋聲全集』第13巻、解説(昭和36・12)

(10)『東京国立近代美術館フィルムセンター所蔵映画目録Ⅱ 外国映画』(昭和55・12)によれば、「ワルツ合戦」「沐浴」とも昭和10年10月24日帝国劇場などで公開されたとあるので、『巷塵』におけるこの場面は帝劇であろう。

(11) 注(10)や『ヨーロッパ映画作品全集』(昭和47・12 キネマ旬報社)によれば、ドイツ・ウーファア作品。監督はルートウィッヒ・ベルガー。ふんだんに流れるヨハン・シュトラウスとヨゼフ・ランナーの数々の名曲の編曲にはベルリン国立オペラ管弦楽団の指揮者アロイス・メリハールがあたったという。

（12）注（10）や佐藤忠男編『洋画プログラム・コレクション』（一九八三〈昭和58〉・11 河出書房新社）によれば、フランス、キャピトール作品。監督ヴィクトル・トゥールジャンスキー。

（13）猪俣勝人『世界映画名作全史』戦前編（一九七四〈昭和49〉・11 社会思想社）

（14）田中純一郎『日本映画発達史』全五冊（昭和50・12〜51・7 中央公論社）に詳しい。

（15）前出（注1）。

（16）昭和16年7月、玄光社刊。

（17）例えば、日独合作映画「新しき土」やイタリア映画「シピオーネ」、日活「土と兵隊」などに対し、「灰皿」（昭和13・10『あらくれ』、昭和14・12『日本映画』）などで批判している。

（18）所謂〈正子もの〉の一つ「生きた煩悩」（昭和12・1『改造』）にある表現。

（19）都会的なものへのこうした嫌悪や不安の表明は「私の公開状」以外にも、この後しばしば見られる。例えば「廂あひの風」（昭和12・7「福岡日日新聞」）にも同様の表現がある。

（20）野口冨士男「『仮装人物』と『縮図』」（『徳田秋聲ノート』〈昭和47・6 中央大学出版部〉所収）にも同様の指摘がある。氏はさらに〈『仮装人物』に見られるモダアニティ〉や『仮装人物』の成立そのものに一穂の影響を見ている。

（21）「隅田公園と玉の井」（昭和6・9・7「福岡日日新聞」）に〈私はデイトリツヒほど私の心はを朗かにしてくれるヂヤヅの唄ひ手を見たことがない（略）私はデイトリツヒを、毎日かけないことはない。〉とある。後「玉の井と隅田公園」と改題して『寒の薔薇』（昭和23・1、東京出版）に収録。

（22）『文藝』（昭和11・10）の「演劇時評」欄。

（23）「『夜明け前』読後の印象」（昭和11・4『新潮』）

『縮図』の行方
――軍靴と三絃――

一、女靴職人と芸妓

〈今迄沢山の人が芸妓の小説を書いた。しかし誰も芸妓の生活を書いた人はゐない。人々が書いたのは芸妓の感情であつた。私は芸妓の生活を書きたい。〉『縮図』連載に先立ち、秋聲はこのように語ったという。挿絵を担当した内田巌の証言である。[1]

『縮図』は昭和十六年六月二十六日から九月十五日まで『都新聞』に連載されたが、花柳界に生きる芸妓の生活を描いたゆえに、戦意高揚の国策に反し、著しく〈時局をわきまへない〉小説として、情報局の圧力により八十回で中絶を余儀なくされ、二年後の作者の死によって永久に未完のまま残された作品である。昭和十九年に、辛うじて少部数の出版が許可されたが、製本寸前で、空襲による戦禍に罹り、その実現を見たのは昭和二十一年七月のことであった。『縮図』出版を機に、改めてその抵抗の姿勢と共に秋聲文学の最高峰との評価が高まったが、一方では、花柳界を描いたゆえにその限界を指摘する論評もみられた。とりわけ『縮図』の達成を一定程度評価しつつも、戦後民主主義の高揚を背景に、『縮図』に於ける封建的残滓を批判する論評も見られた。片岡良一の「『縮図』と日本の自然主義[2]」もその一つである。片岡は登場人物の命名に関しても、銀子の石巻でのパトロン「倉持」を『金色夜叉』の「富山唯継」同様の戯作的趣向と批判している。それに対して野口冨士男は、芳川顕正伯爵の令嬢芳川鎌子心中事件（銀子の恋人栗栖の勤務する病院に鎌子が入院していることが『縮図』の「素描」の章にも軽く触れられている。）の死亡した相手が倉持陸助という名であることを指摘し、「片岡氏の論拠もよほどぐらつくのではなかろうか。」と反論[3]している。ところで、この事件が『縮図』に触れられているのは、次の数行である。

栗栖は銀子の仕込時代から何となし可愛がつてくれた男で、病院へ薬を取りに行つたりすると、薬局へ行つて早く作らせてくれたり、病院のなかをみせてくれたりした。その頃吉川鎌子と運転手の恋愛事件が、世間にセンセイシヨンを捲き起してゐたが、千葉と本千葉との間で轢死を図り、それがこの病院に収容されてゐるのだつた。
「この病室にゐるんだよ。」
などと病室の前を早足に通りすぎたこともあつた。

（「素描」七）

右の如く『縮図』に触れられているとは云え、大正六年三月に起きたこの事件について、芳川鎌子を吉川鎌子と誤記している秋聲が、事件の片割れの運転手の名前まで記憶していただろうかという疑問も残るが、何よりもこの野口の折角の指摘も、残念ながら有効な反論にはなりえていない。なぜならば、仮に秋聲がこの倉持陸助から〈倉持〉という姓を知ったとしても、それを『縮図』において、「地方的に勢力のある豪家の当主」の姓として打ってつけであると考えて使用したとしたら、やはり片岡は戯作的趣向と批判しただろうからである。野口は倉持陸助の名を、長谷川時雨の『近代美人伝』(4)から捜し出したと述べているが、それよりも、秋聲が〈倉持〉という名を既に別の作品で使用しており、それを金持ちでも豪家の当主でもない人物に付けているとしたら、その事実を指摘した方が、よほど有効な反論たり得たものと思われる。事実秋聲は、昭和三年『婦人公論』連載の『土に癒ゆる』において、既に〈倉持〉という人物を登場させている。ヒロイン涼江の友人の兄として、いわば物語内の脇役の名として脚本家〈倉持〉が登場しているのだ。しかも、この通俗小説は長く出版化されず、漸く昭和十六年三月に至り、棟方志功の装幀により、櫻井書店から刊行されている。『縮図』執筆の直前である。再び意識に上った名を無雑作に『縮図』にも使用したものと思われる。このように、秋聲の作中人物への命名の仕方は至って無雑作であり、これをとりたてて『金色夜叉』以来の戯作的趣向と批判してみても、さしたる意味もあるまい。

ところで、〈倉持〉という名はそれほど珍しい名ではないと思われるが、秋聲の周囲にこのような姓が見当たらぬ〈倉知と言う姓は友人にいる〉とすれば、秋聲に〈倉持〉姓が意識化されたのは、どのような場合が考えられるか。とりとめもない問いであることは承知している。私には片岡と野口のあまり生産的とも思えない〈倉持論議〉にこれ以上深入りするつもりはない。また、現在から見て既にいささか色褪せた感のある片岡の論自体にもさしたる興味はない。にもかかわらず、このような問いを立てるのは別に理由がある。それは、以下の叙述でおいおい明らかになるはずである。

さて、その一つの場合として、伊藤晴雨による次の証言はどうであろうか。

本郷三丁目に倉持という靴屋があったのは明治末から大正の初年で、市電の中へ広告をだした。その文章に曰く。「欧米最新流行の品を揃へ、店内は靴の山」云々とあった。悪戯好きの筆者は面白半分にその後に「売れない為」と書き添えておいたら、これが某新聞に面白く掲載されたので効果逆を生じたことがあって大笑いしたことがあった。

（『文京区絵物語』昭和27・10、文京タイムス社刊）

この倉持靴店は、靴卸しの先達と言われた倉持隆蔵の店で、後の三倉商会の前身である。本郷森川町居住の徳田秋聲にとって、外出の行き帰りに目に触れる身近な存在であったと思われる。事実、秋聲はこの靴屋で買い物をしたとおぼしき記述もみられる。

飯を食べてから、通りの方へ散歩する。家内も買ひものがあるから、一緒に行くと云ふ。三丁目で夕刊を買ふ。議会の様子が出てゐる。彼女は靴屋へ入つて、負《おぶ》つて来た子供に小さい靴を買つてやる。漸《やつ》と歩出した子供は、何やら云ひながら、にこ〳〵してゐる。

「文士の生活」[5]（大正3・7・5『大阪朝日新聞』）

さて、私が片岡と野口による〈倉持論議〉に疑念を呈しながら、なおも伊藤晴雨の回想に興味を惹かれたのは、『縮図』の銀子の父親が靴職人であり、銀子もまた〈年季を積んだ〉珍しい女靴職人としての過去を持っていたからである。

銀子が芸妓屋を厭がり手に職を覚える積りで、靴の従弟に住み込んだのは、ちやうど蔵前の大きな靴屋で、その頃ハイカラな商売とされた斯界の先達であり、その商売に転向した多勢の佐倉藩士の一人で、夫人も横浜の女学校出のクリスチヤンであり、一つ女の職人を仕立てるのも面白かろうと引受けてくれた。

（「素描」五）

実際に小林政子が徒弟に入ったのは、蔵前の金内という靴屋であったという。因みに、明治三十二年に結成された大日本靴工同盟会（会長西村勝三）の中心メンバーの一人として金内清吉という名前がみられる（『西村勝三の生涯』(6)および『靴産業百年史』(7)）。政子が東京でも珍しい女靴職人であった（作中で銀子に「東京に二人いるわ」と言わせている。）ことは、秋聲にも余程興味深かったらしく、「撥をもつた手に再び皮剥包丁が取り上げられた。」とか「この奇妙な父子の職人は、励まし合つて仕事にいそしむのだつた。」（「素描」十九）と、ある感銘をもって記している。そもそも銀子の父親が製靴の職を身につけたのは、ロシヤ向けの軍靴であり、言うまでもなく日本における靴製造の歴史も西村勝三等による軍靴から始まった。軍靴に見向きもせず、一貫して民間靴のみにこだわってきたトモエヤ商会が日露戦争後の大恐慌の中で倒産したように、軍靴御用達の業者のみが大きく発展して来たようである。『縮図』の時代も例外ではない。『縮図』の冒頭は銀子と均平が銀座の資生堂の二階から新橋芸者の群れが築地に出掛けて行くのを眺めている場面からはじまる。時間的設定は昭和十六年五月である。同じ頃（5月11日）の永井荷風日記には「築地辺の待合料理店は引つづき軍人のお客にて繁昌一方ならず。待合のかみさんもこの頃は軍人の陋劣なるには呆れ返つてゐる由なり。」と記されている。三絃の巷も築地のような高級花柳界に支えられた所は軍靴に席捲されて奇妙な賑わいを見せているのだが、二人が帰って行く場末の白山花柳界は「厳しい此頃の統制で、普通の商店街より暗く」寂れている。「軍靴に席捲されて」と書いたのは、単なる比喩ではない。製靴業界も軍靴製造業のみが存続を許される時代に入いりつつあったのである。花柳界も戦争の激化に因っては転職や廃業を余儀なくされる予感はあるのだが、物語は銀子の過去に遡ったまま、遂に現在に戻ることなく小説自体が中絶を余儀なくされた。いわば、軍靴に持て囃される余地のない三絃の世界、「芸妓の生活」のみを描いていたからである。すなわち〈花柳情緒〉なるものの峻拒であり、〈圧搾された人間生活の見取図〉（「生きた煩悩」昭和12・2『改造』）の描出こそが『縮図』の主眼であったからである。

二、『縮図』から高見順『東橋新誌』へ

さて、『縮図』における製靴の世界はどうか。銀子も父親も製靴の仕事から離れて既に久しい上に、父親は怪我により仕事は出来なくなっており、民間靴の靴職人としての銀子の稼ぎでは到底生活が成り立たなかった。だからこそ銀子は再び芸者に戻らざるを得なかったのである。したがって時局柄とは言え転職は難しい。『縮図』に対する情報局の圧力は、〈時局に適したやうな結末になるやうに筋を書き換へながら、出来るだけ早く終わらせるやうに〉というものであり、当時『都新聞』記者であった頼尊清隆の回想[8]によれば、芸者が主人公では時局にふさわしくないので、芸者を看護婦に変えるように、との圧力まであったという。荒唐無稽な要求とも見えるが、まさに戦時産業統制による転業問題を背景に考えれば、このような理不尽な圧力も有り得たことは想像に難くない。つまりこの要請は、理不尽ではあっても、けっして荒唐無稽ではなかったのである。だが現実の銀子（政子）が看護婦になることなど不可能であり、靴屋に転業することも至難である。況わんや軍靴製造など言う迄もない。このような時局の切迫の中で、『縮図』が中

絶された年の十二月、奇しくも「日本の靴」（昭和16年12月『現代』）という短篇を、秋聲を敬愛することと厚い高見順が書いている。西村勝三を中心に製靴草創期の歴史を描いたものだが、そのモチーフは「国家のために、士族の身ながら、総ての職業中最も卑しむべきものとされてゐた製靴製革の業にその身を投じたといふその決意が、激しく私の心を打つた。今日、転業問題がやかましい折柄、国家的見地から敢へて製靴製革の業に着手したこの先覚者の業蹟を顧ることは、意義深いものがある。」という一節に明らかである。女靴職人から芸者に転業した女性の物語は最早弾圧の対象でしかないが、士族から軍靴製造業に転じた男の物語は時局柄歓迎されるのだと言えようか。このかつて『人民文庫』に拠って時流に抗した作家も、もはやこうした言説無しには小説が発表できない時代なっていたのだ。だが、それればかりではない。高見順は、この二年後に長篇『東橋新誌』(9)（昭和18年10月30日〜19年4月6日『東京新聞』）において戦時統制により靴屋を罷めて軍需工場に勤める靴職人を描き出している。しかも、この靴職人川辺の勤めていた浅草の靴屋の御隠居は、銀子が年季を積んだ蔵前の靴屋と同じく、旧佐倉藩士から靴屋に転じた人物とされている。〈応徴の友人、転業の隣人、に献ず〉との献辞のあるこの小説は、掲載紙『東京新聞』も『縮図』が連載された『都新聞』の後身（戦時統制により昭和17年『国民新聞』と併合）である。これも奇妙な暗合と云うべきか。戦局はいよいよ厳しさを増していた。『靴産業百年史』によれば、この時期「軍隊の大量消費品である軍靴の供給は、すこしのたるみもゆるされなかった。そのため民需用を最小限に縮小して軍靴の量産を遂行しなければならなかった。」と言う。民間の靴職人は転業を余儀なくされたのである。昭和十八年、東京都内で転廃業を余儀なくされた靴業者は約一三〇〇名。企業合同などで残存したもの約一五〇〇名だが、企業体は三十三の産業会社を設立、陸海軍協力工場に働いて整理を免除されたため、戦後いち早く靴業に復帰出来たという（『西村勝三の生涯』付録）。因みに、高見は『東橋新誌』の中で二年前の短篇「日本の靴」に触れて次のごとく記している。

その拙作が書かれた頃は、国家的要請に基づく転業が、ぼちぼち、実現されてゐた時分であつた。拙作はそれに関連して、西村翁を回顧したものであつた。翁は明治の初年に士族の身で靴屋さんに転業したのである。国家的見地から率先、転業したのだ。

そうして二年前、「日本の靴」を書くため、墨田河畔に訪ねた西村勝三の銅像は、『東橋新誌』を書く頃には、「こんど応召いたしました。」と知らされる。兵器製造のための金属供出である。「ここにまた翁の銅像は、率先して応召した。無量の感慨を禁じ得ないのであつた。」そして再び、台座のみ残る銅像跡を訪れた作者に、「その幻の銅像は私に向つて、『――本懐である』と力強くはなしかけた。」と記すに至る。かくして靴職人をやめて軍需工場に勤めるにふさわしい小説の導入は果たされる。まさしく応徴の友人、転業の隣人に献ずるにふさわしい小説の導入というべきであり、〈時局をわきまへた〉あるいは、わきまえざるをえなかった小説と言うほか無い。

かつて転向の苦渋と暗い時流の中で、〈身は売っても芸は売らぬ〉と述べた高見の〈芸〉は、最早この小説では戦時下に国の為に自らの立場でそれぞれ挺身し、つつましやかに生きる庶民の姿を描き出した部分にしかないように見える。この間『縮図』は中絶したまま秋聲は没した。高見順『東橋新誌』の連載開始から一ヶ月程経た十一月十八日のことであった。広津和郎に「併しイヤがられイヤがられ八十回も書いた事は痛快です。後五十回ぐらゐの予定なので、書き足さうと思つています。」[10]と語った続稿の意向は遂に果たされることなく、『縮図』は永久に未完の作品となった。現実の銀子（小林政子）は小説の時間を超えて生きたが、「その頃白山では商売が出来なくなり、芸者はみんな女子挺身隊にはいってゐた」（小林政子「『縮図』のモデル・銀子」[11]）という。銀子（政子）も抱えの芸者と飛行機部品の軍需工場へ通っていたが、生活は成り立たず、預金は底をつき絶体絶命の危機を迎えていた。先に触れたごとく、『東橋新誌』の川辺利太郎が転業した軍需工場も飛行機部品工場である。しかし川辺が雇われた工場の桝谷社長は職工上がりの苦労人であるとともに、川辺とは古くからの義太夫仲間でもあり、まさに義太夫的人情家として造型されており、新旧の従業員への心配りは並々ならぬ手厚いものがある。それは妻子を残して出征した従業員の留守宅の面倒をみるのは当然と考え、そのようにして来たばかりでなく、その出征兵士が片腕を失くし傷痍軍人として帰還して来ることを知った時も、もはや工員としては働けないにもかかわらず、仕事はしなくてもよいから会社に復帰するようにと強要するほどの人情家である。しかし、こうした小説世界と異なり、現実には政子たちは手を傷だらけにしつつ飛行機部品工場で働いても（日当は一人五十銭だったという）生活は成り立たなかったようである。やがて池袋の二業地で四人の抱えの子を引き受けてもらえることになり、非国民呼ばわりされながらも漸く実現化を成し遂げ、銀子（政子）自身も白山から姿を消すことになるのだが、三絃の巷が一時息の根を止められるのも時間の問題であった。戦後の銀子（政子）は池袋で小さなオーシャンバーを経営する〝おばさん〟として、和田芳恵のインタビューの中に僅かに姿を現した他、昭和四十二年一月には芸術座で『縮図』が上演された時、主演の森光子と対談した姿が報じられている[12]（『東京新聞』一月二日夕刊）。

なお、高見順『東橋新誌』のその後の行方にも触れておかなければならない。『東橋新誌』は昭和十八年十月三十日から翌十九年四月六日まで（途中20回の休載日を挟み）百四十回にわたって『東京新聞』に連載されたものである。ところが、その最終回末尾に〈芝居なら幕がここで静かにおりる。即ち、これをもつて、ながながご愛読を賜はつた「東橋新誌」前編の筆を擱く。〉と突然「前編」として連載は終了してしまう。『東橋新誌』は同十九年十一月十日に六興出版部から単行本化されたが、これも奥付欄外に「前編」とあるが、後編は執筆されなかった。つまり『縮図』と同じく『東橋新誌』も中絶したまま未完に終わったことになるが、中断の事情は『縮図』とは異なる。『高見順日記』に以下のごとき記述が見られる。

○昭和十九年三月七日

東橋一回
東京新聞社へ行く。

都合により、今月いっぱいで「東橋」をやめて貰えないかという。夕刊がやめになった。読売の丹羽の「今日菊」なども、そのため中止。気の毒なことだと同情していたら、昨日の人の身、今日はわが身、――紙面が窮屈になったので、短篇で行くことにして、一新の方針らしい。

承知しましたよといって社を出たが、さすがに打撃はおおきかった。

書きにくいなかを、力いっぱい書いてきた。幸い、好評である。それに力を得て、一生懸命だった。二百回位頑張ろうと、筋も用意し、新人物も出してきて、これからという所だった。

――苦しみながら、全心をうちこんできた仕事だった。

人生はすべて此の如きものなのであろう！

落胆の余り、夕食をとると、そのまゝ寝てしまった。


（『高見順日記』第2巻の下、昭和41・5、勁草書房）

右の記述からみて、『東橋新誌』中断の理由は、『縮図』とは異なり、小説内容に関わるものではなく、夕刊の廃止など新聞社側からの外的要因だったことは明らかである。しかし高見にとっては不本意な連載終了であったことは日記からも充分に窺われる。それでは高見は、「二百回位」

までと目論見「筋も用意」したというこの後の展開をどのように考えていたのか。
連載に当り『東京新聞』に載せた「朝刊小説予告」（10月26日）は次のようなものであった。

〔作者から〕
風生氏の句に「黙々と息白く人等頼もしく」というのがある。かうした感じの決戦下の頼もしい庶民の姿を書いてみたい。場所を墨堤下の工場街、出征家族を囲んで、転業・徴用の労働者を始め、往年の支那浪人や浅草の劇場勤めの変り者なども住んでゐるとある一区画を選んだ。煤煙下の陋巷に決戦の色は濃く、昔ながらのこまやかな人情もいよいよ濃い。

（以下略）

右の予告にもあるごとく、戦時下の軍需工場を舞台として、川辺利太郎など転業・徴用の「産業戦士」やその家族が織りなす銃後の人間模様が、濹東や浅草の「こまやかな人情」の下に描き出されている。それは前述したように、「時局をわきまえた」あるいは「わきまえざるを得なかった」小説の必然的帰結であろう。だが、こうした庶民に交じって「浅草の劇場勤めの変わり者」の比良健介、「支那浪人」古市慨堂老人、さらに雑誌記者から徴用で桝谷の工場に工員として廻された桐野政一など多彩な人物が交錯する。こうした言わば〈知識人〉たちが充分に描き出されぬまま小説自体が中断を余儀なくされたのである。例えば、浅草軽演劇の脚本家比良は、これ迄の喜劇的脚本から一転して、士族から転業した製靴の先達西村勝三や川辺の勤めていた靴店の御隠居のことを「真面目な」脚本に書こうと決意する。この隠居は西村等が始めた製靴伝習所の最初の伝習生で旧佐倉藩士であった。時局柄店員を産業戦士として送り出し、自分は民間靴の修理でもしてお役に立ちたいと閉店したものである。比良はこうしたことを川辺から聞き、深く心を動かされたのである。さらに川辺と同じ長屋に隠棲している古市慨堂老人は、孫文の中国革命に尽力したらしい大陸浪人の生き残りである。古市も時局に鑑みて、娘の冨美子を残して再び大陸へ渡る決心をする。さらに元雑誌記者桐野や女性ジャーナリスト房田俊江も交錯し、後半はこれらいわゆる〈知識人〉たちが物語の展開を支えることが予測される。前半は国策に「身を売った」かに見える高見順の、「芸は売らぬ」という、その「芸」が、これからの展開にこそかかっていたと思われるのだが、[13] 残念ながら「後編」は書かれることなく終わった。翌年の敗戦を経た後には、最早この戦時下の物語は行き場を失う他なかったのである。

三、『縮図』出版史的覚書き

『縮図』というテキストが書物という形態をとって世に出るまでには、劇的な曲折を経ている。情報局からの執拗な圧力に対し「妥協すれば作品は腑ぬけになる。濾に立場を崩す訳にも行かないから、この際潔く筆を絶たう」（徳田一穂への置き手紙）と言って新聞連載を中断したまま、二年後に秋聲は没した。戦後出版された『縮図』初版「追記」に徳田一穂は次のように記している。

一周忌が済むと、旬日ならずして、帝都には焼夷弾が落とされてゐた。空襲は日増しに激しさを加へ「縮図」は印刷された本文及び新聞連載の時の内田巖氏の数葉の挿画、表紙、紙型と何回かにわたつて総てを焼失されてゐた。「縮図」の如き作品の出版は容易ではなかつたのにも拘らず、小山書店、殊に加納氏の熱心な努力によつて、極く少部数の印刷が許されたのであつたが、製本される寸前に灰燼に帰してしまつたのだ。最後の新聞に載らなかつた原稿も焼けてしまつてゐたので、小山書店の手で青森のはうへ送られてあつた見本として製本された一本から、終戦後再び版行の運びになつたのである。

昭和二十年十一月二十三日の日付を持つこの「追記」は、翌二十一年七月十日の出版に比してやや早いが、それ故か幾つかの事実誤認が含まれている。「最後の新聞に載らなかつた原稿も焼けてしまつてゐた」とあるのも、一穂の思い違いで、この原稿は徳田家に返却されており、現存している。また、出版の経緯に関しても、小山久二郎の回想『ひとつの時代—小山書店私史—』[14]（以下『一つの時代』と略記）によれば、戦局がいよいよ厳しくなる中で、昭和十九年の一周忌を前に、徳田一穂はガリ版ででも書物にしたいと、新聞切抜きを持参して、小山久二郎のもとを訪れた。小山はこの名作を埋もれたままにしてはならないと、出版を引き受けた。成算があるわけではなかったが、何としても正式な出版を実現したい、ことが成らなかった場合は秘密出版をすると約束した。小山の回想によれば、小山自ら出版会の文化局や情報局を説き伏せ、漸く認可されたと言う。五百部でもという当初の予想を超えた二千部限定の許可であった。小山は勇躍して自ら装幀に当たると共に、とっておきの小額紙幣用の紙をつぎ込み印刷にかかった。印刷は山吹町にあった萩原印刷所、製本は錦町にあった山田製本所である。ところが漸く印刷が出来上がり、製本所から初見本五冊が届けられたその晩、山田製本所は空襲に会い全てを焼失してしまったのである。まさに配本の前日のことであった。やむなく残りの紙を総てつぎ込み再び印刷にとり掛かったが、今度は印刷所が空襲により印刷機諸共焼失してしまった。やがて小山書店も戦禍に罹り、小山は、夫人の実家である青森に疎開して敗戦を迎える。戦後再開した小山書店が最初に手掛けた物の一つが『縮図』である。徳田一穂の「追記」にある「青森のはう」とは、この疎開先を指すが、初見本の一冊が青森に送られてあった事実は無いようである。小山は次のように記している。

空襲で幻の出版となってしまった『縮図』を出したいと騒いでいたが、既に原稿も紙型も失った今、途方にくれてしまった。ところが、出版会の出版課に勤めていた岩崎という人が前に小山書店から出版会に定価査定のために提出してあった本を、自宅に持ち返り、保管しているということが解って、これを返却して貰うことができた。

（『ひとつの時代』）

こうして『縮図』は漸く再刊の運びとなるのだが、文中の出版会に勤めていた「岩崎という人」は別の箇所に「岩崎槇雄」あるいは「岩崎万喜夫」とあるところから判断すれば、後の石橋万喜夫氏であろう。さて、こうして戦禍をくぐり抜けた幻の一冊ともいうべき戦前版『縮図』の行方はどうなったのか。『ひとつの時代』には『縮図』の写真が掲げられ〈徳田秋声『縮図』昭和十九年刊〉との説明がある。印刷が不鮮明で確かな判断は出来ないが、これは戦後版のようである。なぜならば、この時点以前に幻の初版本は既に小山書店から失われていたからである。実は小山は、『ひとつの時代』の他にもう一つ『縮図』に関する回想を残している。これに先立つ十年以前の昭和四十一年『図書新聞』所載の「名著の履歴書」(14)がそれである。二回にわたり掲載されたこの回想は、分量から見ても『ひとつの時代』の『縮図』関連部分よりも多く内容も興味深い。この中で、幻の初版本につき、「初版本がたった一冊残っていたのがこの本である。岩崎君にはなんぼ感謝してもしきれない思いであった。われわれは、この本を虎の子のように大切にしていたのだったが、何時の間にか事務所から姿を消してしまった。だれが持っていってしまったのか今だに解らない。若し今その本が現れたら私は十万円出しても欲しいと思っている。」と記している。因みにこちらの記事にも、『縮図』の写真が掲載されているが、これは、戦後版でも第二刷のものとみられる。後述する如く、戦後版も仔細に見ると初版第一刷と第二刷とでは、装幀が異なるからである。

ところで、この戦前の幻の初版本は何時出版されたのか。小山の『ひとつの時代』には前述の如く〈昭和十九年刊〉とあるが、〈錦町にあった山田製本所〉が空襲にあった日付は記されていない。ところが、野口冨士男の『徳田秋聲傳』[15]によれば、「二十年二月二十五日夜の空襲であつたということを私は聞いている」とある。さらに野口は徳田一穂からの同年二月十四日付葉書（野口宛）を紹介している。

> 『縮図』は二十日過ぎになるさうです。私は見ませんが小山の人にきくと見本一部出版会に出したものなかなか見ごとで今時このやうに立派な本と少々しかられた由です。なにはともあれ私はうれしく思ってゐます。（略）

以上のことから判断すると、『縮図』戦前版は昭和二十年二月刊という野口の説が正しいようにも思われる。しかし、小山の『ひとつの時代』にある昭和十九年説は記憶違いなのか。前述の小山によるもう一つの回想（「名著の履歴書」）には、もう少し詳しい記述がある。それによれば、山田製本所は当初、神田鎌倉河岸にあり、ここから『縮図』と『天平彫刻』（小山書店美術新書第一編）との製本見本五冊ずつが届けられたのは、昭和十九年十一月二十四日の朝であったという。ただちに一冊を出版届と共に出版会に届けたが、この日の夜、東京はＢ29約八十機による初爆撃を受け、神田鎌倉河岸一円は焼失したのだ。この後、山吹町の萩原印刷所に残りの紙を全てつぎ込み再び印刷にかかり、山田製本所は、学士会館の裏あたりの廃業した製本所を借り受けて再開したが、二十年二月二十五日の空襲により再び全焼したのだという。これが「錦町にあった山田製本所」のことと思われる。このように見てくると、戦前版のいわゆる幻の初版本は、昭和十九年十一月二十四日発行であったと考える方が妥当であろう。

そもそも『縮図』の単行本化は秋聲の一周忌に間に合わせるべく企画されたことを想起すれば、十八日の命日には間に合わなかったものの、十九年十一月中に初見本が出来上がったのも当然と思われる。

なおこのことに関しては、当事者以外にも興味深い証言がある。大佛次郎の『敗戦日記』(16)である。その昭和十九年の項に次のような記述が見られる。ちなみに大佛次郎は鎌倉在住である。

○十一月二十四日
七時のニュウスで機数を七十機内外、撃墜三と大本営の発表あり、被害軽微と云う。八時過ぎ岸克己君東京より帰り様子を知らせに来てくれる。市中は無事、敵機の狙いは工場地帯らしく立川中島に相当の損害があったらしく、他は散発的に大崎大井の工場に爆弾を投下、大崎の日本工学がやられたらし。(以下略)
○十一月二十七日
〔空襲経過〕○被害は前回よりひどいらしい。(以下略)

○十一月二十九日
敵機は少数で東京上空に入り照明弾を落し爆弾焼夷弾を雲上から降らし、その為火事になっているそうである。（以下略）
○十一月三十日
午頃文春へ電話を掛けさせ武憲に聞かせると三越前、神田橋附近、麻布、砂町が火事だったそうである。（以下略）
○十二月三日
この間の神田の火事では三秀社が焼け原稿など灰になりし由、キャピタン・クックの日記シーボルトの日記などいい本を印刷していた家で、回復覚束なしとは気の毒。小山書店も出来上がっていた本を焼く。徳田秋声の「縮図」例外的に私版の如く出版会で二千部を認めしと云うなれど、これが焼けたのではないといいがと思う。（以下略）

大佛次郎の日記によれば、山田製本所のあった神田鎌倉河岸一帯が焼けたのは二十七日か、二十九日の可能性もあるが、戦前版『縮図』は昭和十九年十一月下旬に発行されたことは確実とみてよかろう。さらにもう一項目、大佛の日記で興味深い箇所を紹介すれば、翌昭和二十年三月十日に次の記述がある。

（昭和二十年三月十日）

○秋声の遺作「縮図」小山書店は製本出来いしを、出版会に出せし一冊だけ残り他は焼失。返してくれという話出版会にありしと。（巌谷栄二談）

巌谷栄二は巌谷小波の次男、昭和十六年から日本出版文化協会に勤務していた。大佛次郎に語った巌谷の証言によれば、先に見た小山久二郎の回想、すなわち出版会に勤めていた岩崎槇雄が持ち帰っていた初見本一冊の存在が戦後になってから判明、それを返却してもらい戦後版『縮図』の出版が可能になった、という回想も正確ではなく、小山書店は既に敗戦前には出版会に返却交渉していたという事実も判明する。

このような劇的な曲折を経て漸く書物としての『縮図』は世に送り出されたのだが、戦後版の『縮図』初版も第一刷から第三刷まで、装幀や造本が全て異なるので、ここに紹介しておきたい。

【注】

（1）内田巌「縮図」昭和22・3『改造』。

（2）『人間』昭和21・8、9。

（3）「『徳田秋聲傳』の文献資料」（昭和40・2・27『図書新聞』）。後『徳田秋声ノート』（昭和47・

6、中央大学出版部刊）に所収。
（4）『近代美人伝』昭和11・2、サイレン社刊。「芳川鎌子」の項は、〈大正七年〉と執筆時期が明記されているが、初出誌は不明。
（5）「日常生活の断片」と改題『寒の薔薇』（昭和23・1、東京出版）所収。
（6）西村翁伝記編纂会『西村勝三の生涯』（非売品）昭和43・3。
（7）日本靴連盟『靴産業百年史』（非売品）昭和46・3。
（8）『ある文芸記者の回想』昭和56・6、冬樹社刊。
（9）『東橋新誌』（昭和18・10・30～19・4・6『東京新聞』百四十回連載）昭和19・11、六興出版部刊。
（10）雪華社版『秋聲全集』第13巻（昭和36・12）所収、広津和郎「解説」。
（11）小林政子「『縮図』のモデル・銀子──徳田秋声先生の思い出──」昭和25・5『読売評論』
（12）「名作のモデルをたずねて（3）徳田秋声『縮図』の銀子」昭和33・5『婦人朝日』、後『おもかげの人々』昭和33・10、講談社刊。昭和51・8、光風社より再刊。
（13）『東橋新誌』において、古市慨堂は「悲堂を筆頭に、歌堂、慷堂、それに慨堂のわし。──四人の内、べんべんと生き残ってをるのは、わし一人。老醜を晒してゐるのは慨堂ひとりぢや。」と語っているが、高見は晩年の長編『いやな感じ』（昭和35・1～38・5『文學界』）で、若きアナーキストでテロリストの加柴四郎を中心とする群像を、戦争前夜、二、二六事件前後の時代背景の中に描き出している。この中に「志那革命に挺身した」悲堂、慷堂が登場する。とくに慷堂は二、二六事件を指導したとして南一光（北一輝）と共に銃殺刑に処せられる。だが、この物語は『東橋新誌』の世界とは最早無縁である。古市慨堂は登場しない。

（14）小山久二郎『ひとつの時代――小山書店私史――』昭和57・12、六興出版刊。
（15）「名著の履歴書」『縮図』上・下（『図書新聞』昭和41・11・26、12・3）。
（16）昭和40・1、筑摩書房刊。
（17）『大佛次郎　敗戦日記』（平成7・4、草思社）。

各版の扉・奥付

A〈初版・扉〉

徳田秋聲著
内田巌挿畫
縮圖
小山書店

〈初版・奥付〉

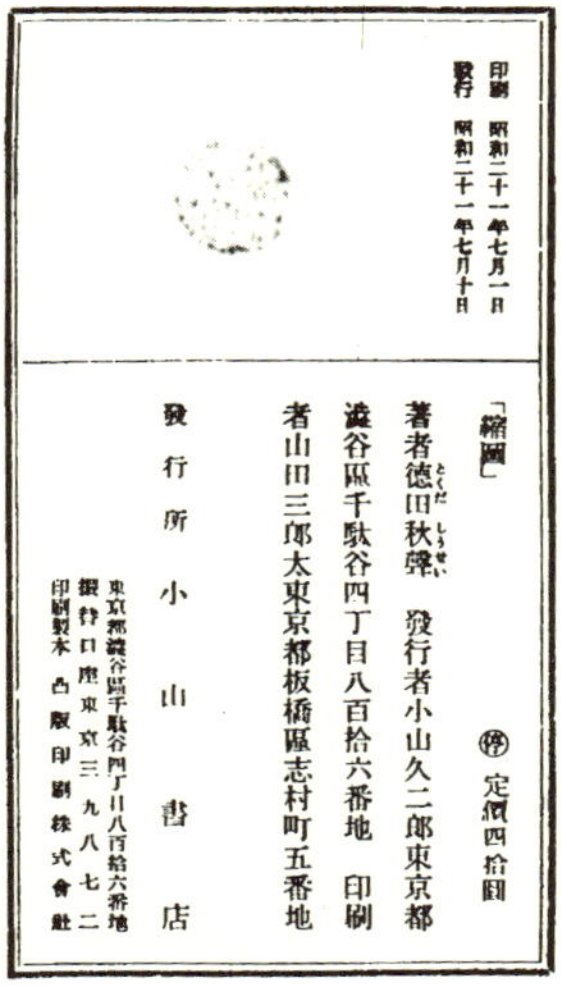
印刷　昭和二十一年七月一日
發行　昭和二十一年七月十日

「縮圖」　定價四拾圓

著者徳田《とくだ》秋聲《しうせい》　發行者小山久二郎東京都澁谷區千駄谷四丁目八百拾六番地　印刷者山田三郎太東京都板橋區志村町五番地

發行所　小山書店
東京都澁谷區千駄谷四丁目八百拾六番地
振替口座東京三九八七二
印刷製本　凸版印刷株式會社

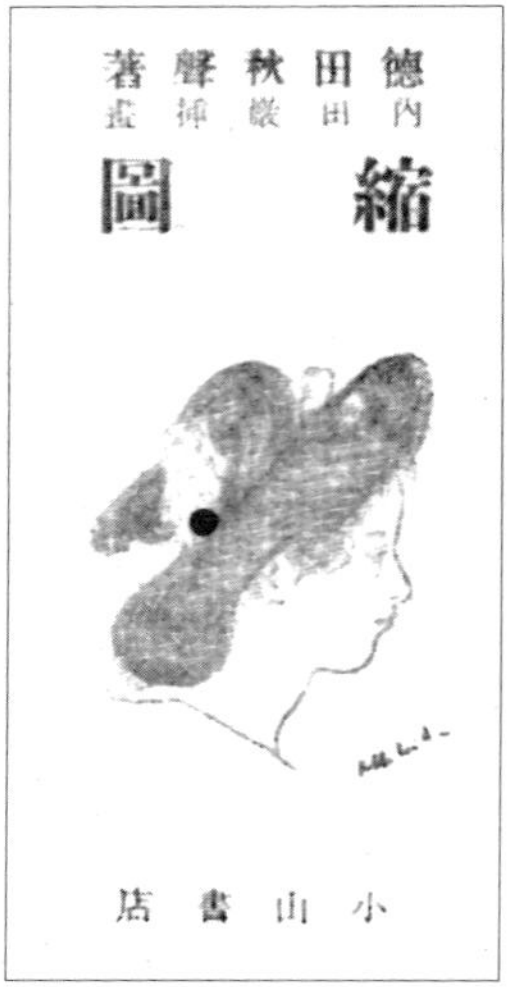

B
〔第二刷・扉〕

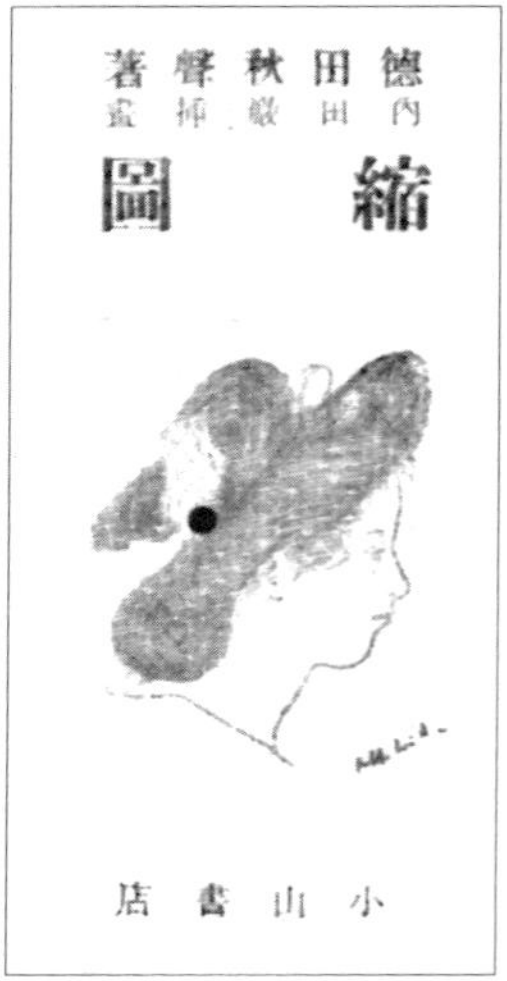

C
〔第三刷・扉〕

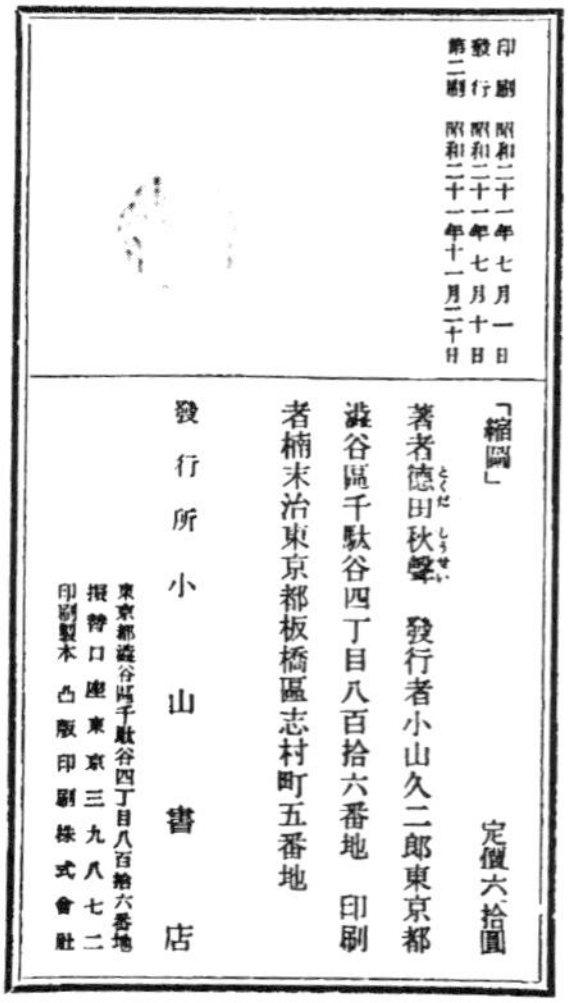

〔第二刷・奥付〕

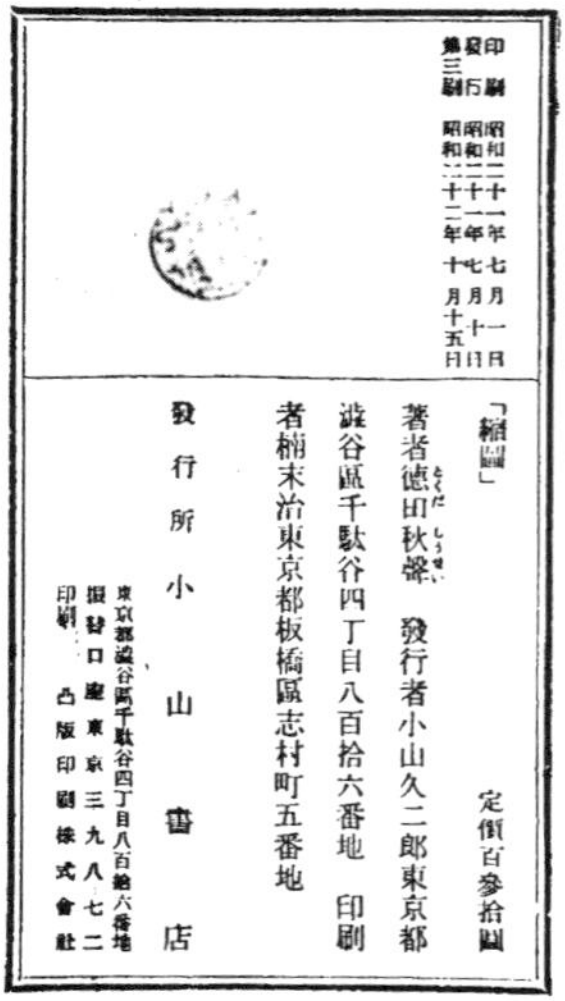

〔第三刷・奥付〕

【版形】
A 初 版 A5判
B 第二刷 菊判変形
C 第三刷 四六判

【装幀】
◎ステープルで綴じた折り蓋付き函入り。函には絵なし。
◎「人力車」の絵を入れた通常の函入り。函の紙質もAと異なる
◎版形が一まわり小さくなり、フランス装の上にさらにカバー付き。函なし

【付記】

第二刷以降の表紙絵・扉絵・挿絵（八枚）が全て初版と異なるのは、既述のごとく、戦後版初版が、一冊のみ焼け残った戦前版のいわゆる〝幻の初版本〟を元に刊行されたからである。挿絵も原画は全て焼けていた（小山の回想）ため、〝幻の初版本〟から写真で複写したものを印刷したためと考えられる。初版刊行時、内田巌は岡山県刑部町に疎開中であり、連絡が取れなかったものと見られる。内田の著書『人間画家』（昭和22・7、宝雲舎）によれば、昭和二十一年春にはまだ刑部町に住み、『人間画家』を執筆中であった。第二刷からは、内田により新たに描かれた挿絵である。

＊　　＊　　＊

〔『縮図』挿絵バリアント〕

＊初版表紙画は新聞第2回の挿絵を反転させたもの。二刷以降は同様の図柄だが別画。
＊初版扉画は、新聞第25回の挿絵と同一。第二刷以降の扉画は新聞第38回の挿絵(浜龍)を書き直したもの。

＊　＊　＊　＊

〈初版〉

(昭和21年7月10日、40円)
P8. P9間
現在の銀子横顔(新聞第1回)
② P24. P25間
半玉(抱え子)横顔(新聞第7回)
P48. P49間
山・富士見の風景(新聞第14回)
P152. P153間
銀子・蟹と花　幻想的
P200. P201間(新聞第41回)
倉持・猪野・渡弁護士
⑥ P256. P257間(新聞第34回)
枯れ木と銀子後ろ姿
⑦ P296. P297間(新聞第67回)
末の妹を負ぶった時子
⑧ P304. P305間(新聞第78回)
病後の銀子横顔(新聞第80回)

〈二刷〉

(昭和21年11月20日、60円)
① P8. P9間
現在の銀子横顔(別画)
② P40. P41間
山間渓谷鉄橋
③ P104. P105間
松島と小菊・常子
P120. P121間
子供時代銀子・蟹遊び(別画)
⑤ P160. P161間
両親と銀子
⑥ P240. P241間
白壁・倉持の屋敷
P264. P265間
銀子後ろ姿・若林
⑧ P296. P297間
焼き鳥・銀子と時

〈三刷〉

(昭和22年10月15日130円)
サイズ(13.3 × 18.6)が縮小された他は第二刷と同じ。

＊　＊　＊　＊

＊初版挿絵①と新聞第1回の挿絵は同一。
＊初版挿絵②は新聞第7回の挿絵と同一。
＊第二刷挿絵②は新聞第10回の挿絵と同一構図だが別画(サインの位置も異なる)
＊初版挿絵③は新聞第14回の挿絵と同一。
＊第二刷挿絵③は新聞第29回の挿絵を描き直したもの。
＊第二刷挿絵④は新聞第33回の挿絵を描き直したもの。船の絵が無い。
＊初版挿絵④は新聞第41回の挿絵と同一。
＊第二刷挿絵⑤は新聞第44回の挿絵を描き直したもの。
＊初版挿絵⑤は新聞第54回の挿絵と同一。
＊第二刷挿絵⑥は新聞第66回の挿絵を描き直したもの。
＊初版挿絵⑥は新聞第67回の挿絵と同一。
＊第二刷挿絵⑦は新聞第71回の挿絵を描き直したもの。
＊初版挿絵⑦は新聞第78回の挿絵と同一。
＊第二刷挿絵⑧は新聞第79回の挿絵を描き直したもの。
＊初版挿絵⑧は新聞第80回の挿絵と同一。

徳田秋聲と小林政子

小林政子は『縮図』を始め晩年の秋聲文学に大きな役割を果たしながら、秋聲関係の文学全集等に、かつて一度もその写真が掲載されたことはなかった。ここに紹介するのは、和田芳恵のインタビュー「名作のモデルをたずねて」の折、大竹新助撮影の写真と共に『婦人朝日』に掲載された小林政子提供の一枚である。昭和十七年頃の撮影。この訪問記事が後に『おもかげの人々』に収録された時には、写真は割愛された。同書再刊時（昭和 51）には、写真は全て散逸していたという。

『縮図』の周辺 (一)

――ある〝新聞切抜き本〟――

徳田秋聲の『縮図』は、昭和十六年六月二十六日から九月十五日迄『都新聞』に八十回に亘り連載されたが、情報局の干渉により中絶を余儀なくされた作品である。徳田一穂によれば、その圧力の実態は〈時局に適したやうな結末になるやうに筋を書き換へながら、出来るだけ早く終らせるやうに〉[1]ということであったらしい。これに対して秋聲は〈妥協すれば作品は腑ぬけになる〉[2]と〈潔く筆を絶〉ったのである。翌十七年秋聲宅を訪れた広津和郎に、〈併しイヤがられイヤがられ八十回も書いた事は痛快です。後五十回ぐらゐの予定なので、書き足さうと思つてゐます〉[3]と語ったと伝えられる。しかし続稿の意向は果されることなく、昭和十八年十一月十八日に秋聲は永眠した。翌十九年、小山書店の努力により『縮図』は極く少部数の印刷が許されたが、製本寸前に到って戦禍に罹り出版の実現を見ずに終った。戦後、同書店から漸く版行の運びとなったのは昭和二十一年七月のことである。

こうした経緯をもつ『縮図』の内容自体に関しては、既に別のところでいささか論じたことがあり、(4)いまは触れない。ここで書き止めておきたいのは、私の手元にある『縮図』の新聞切抜きに関してである。勿論ある古書店を通して入手したものだが、これが通常思い浮かべる新聞切抜きとは少しく趣きを異にしているのだ。例えば、同じ自然主義作家のものでは田山花袋の『生』の新聞切抜きを所蔵しているが、これは二つ折りにした和紙（21×46センチ）四十枚を袋綴じにし、挿絵も含めて一回ごとに貼付し、手製の表紙がつけられている。題箋には〈田山花袋　生　80回完　明治41年「読売新聞」〉と墨書されている。台紙と新聞の変色度が同じところから見ると、これは連載完結後程無く作製されたものと思われる。新聞切抜きと言えば、概ねこのような形態のものか、もしくは既成のスクラップブックなどにそのまま貼付したものを想起するであろう。ところが架蔵の『縮図』の場合は明らかに専門家によって製本されているのである。つまり外見上は通常の書物と同様であり、新聞切抜きとは見えない。表紙（13×19センチ）は紺と白の二色。白の部分はクロース製。背表紙にタイトルと作者名が刻まれているが、その中間に小さな梅の木のカットまであしらわれている。瀟洒な装丁と言えよう。これに比して中身は、中扉にややデザイン化した文字で赤く〈縮圖　徳田秋聲〉と手書きされている。続いて雑誌のグラビアから切り取ったらしい秋聲の書斎における写真が台紙に貼られている（戦後刊行された『縮図』初版本の写真とは異る）。そして丸善製二百字詰原稿用紙を二つ折りにし五十五枚が袋綴じの形で製本され、手書きの目次を添えて本文が貼付されているのだが、通常の新聞切抜きと異り、一回一頁という貼付形式ではない。新聞連載時における毎回のタイトル及び作者名を除き、挿絵も除外して、章題と本文のみを一頁あたり四段の形できっかりと配列貼付させている。つまり、どの頁もきりのよいところで余白を残したような箇所はなく、ちょうど四段組の書物を読むようにきちんと切り貼りをしてアレンジされているのだ。挿絵が捨てられたのは残念だが、総じて、かなり手の込んだ新聞切抜きであると言えよう。そしてこの切抜きが作製された時期は巻末に墨書されている〈昭和十八年十二月十六日製本〉という文字で明らかである。秋聲没後一ヵ月に満たぬ日である。既に記したごとく『縮図』が書物として日の目を見るに至るのは敗戦後の昭和二十一年まで待たなければならなかった。こうした時期に、このような性格の作品を、しかもこのように手の込んだ新聞切抜き本として作った人物が存在したという事実が、まず私には興味深く思われる。

そして、さらにつけ加えておきたいことは、この新聞切抜き本の巻末に「ほんたうの小説——『縮図』と『長耳国漂流記』——」と題する広津和郎の短文の切抜きが添えられていることである。しかも同じものが二枚、一枚は貼付され、一枚は挟み込まれているのだが、内容も興味深い上に、短文ゆえ『廣津和郎全集』にも収録されていない一文なので先ずここに全文を紹介しておきたい。

＊　＊　＊

ほんたうの小説――「縮図」と「長耳国漂流記」

廣津和郎

最近の小説について何か書けといふことであるが、私はあんまり読んでゐない。少し考へ事などしてゐる時には、他の作家の作物は読みにくいものである。

徳田秋聲さんの「縮図」が中断した事は惜しかつた。先日或会合で岸田國士君がうまい言葉をいつてゐた。「日本の小説を読むといふ事に読者として十年の修養が要る」と。その場合も徳田さんの小説が問題になつてゐた時であつたが、ほんたうに徳田さんの小説の達してゐる高さといふものを理解するのには、なか〳〵の準備が必要なのである。実際「読者としての十年の修養」が必要なのである。

十九世紀が世界の小説の全盛時代であつたが、その十九世紀から入つて、徳田さん位の高度な小説の境地に達した作家は、世界にいくらもゐるものではない。それは問題を提出したり、前人未踏の人生の深淵をのぞかしてくれたり、いろ〳〵な事でわれ〳〵の心を打つ作家はあるが、しかしさうした武器を一つも持たずに、素手で、素面で、あたりまへで、何の誇張もなく、あの天衣無縫の技巧で人生の縮図をしみ〴〵と味はしてくれる作家は、さう沢山あるものではない。

たとひ題材に芸妓が出ても、およそ作者の目的は遊蕩などといふ卑俗な言葉とは何の関係もない高所にある。――さういふ点は十分に尊重されなければならないと思ふ。
　あの作の中絶はほんたうに惜しかつたと思ふ。

　これは近頃といつても、もう四ケ月ほど前になるが、中村地平君の「長耳国漂流記」は面白かつた。明治の四年に琉球人五十数名が台湾に漂流し、生蕃に虐殺されたので、西郷従道が台湾征伐に赴く――そのいきさつを題材に取つたものであるが、歴史小説の一つの描き方としても、確かに問題を提供してゐると思ふ。最初私は一読して何処か強さが足りないやうな気もしたが、然し一人々々の人物の中に這入つて行つて力味返つたりすれば、いはゆる大衆小説のやうな味になつてしまふかも知れない。

　それだからやつぱりこの作者がかういふ描き方を選んだといふことは好かつたのだと思ふやうになつた。そしてその狙ひは相当成功してゐると評すべきだらうと思ふやうになつた。

　強さの足りない物足らなさのある代りに凡そ厭味といふもの全然《ママ》ない上品さがあり、題材に対する作者の好奇心の初々しさ、みづみづしさがある。そのみづみづしい興味で現地を踏査してゐる作者の姿が好もしいが作全体に一貫して流れてゐる魅力も、つまりその好もしさであるといつて好い。

　一般にもこの作は評判が好かつたのだらうと思ふ。私の知つてゐる限りでは、志賀直哉氏などもこの作を高く買つてゐた。

＊　＊　＊

文中後半に触れられている中村地平の『長耳国漂流記』は、昭和十五年十月から翌十六年五月迄『知性』に連載され、同年六月に河出書房から刊行されている。これを〈近頃といつても、もう四ケ月ほど前になる〉と述べているところから判断すれば、広津のこの一文は、『縮図』が中断された直後に書かれたものと思われる。そうとすれば、この一文は、『縮図』が情報局の圧力により中絶を余儀なくされたという事実に対し、その不当さをいち早く表明したものとして興味深い。広津はこの後、秋聲の死を契機に「秋聲文学小論」（昭和18・11・20〜23『東京新聞』）を書き、続いて高名な力作評論「徳田秋聲論」（昭和19・1『八雲』）を発表するに至る。こうした一連の文章が戦時下に書かれたことを思うと、広津和郎という文学者の良識ある抵抗精神にもあらためて敬服せざるを得ない。秋聲文学が広津のような理解者を得たことはやはり幸福であった。

もう一つ『縮図』新聞切抜き本について触れておきたいことがある。先に紹介した広津和郎の「ほんたうの小説」と題する切抜き二枚の他にもう一枚匿名の書評切抜きが巻末に貼付されていることである。これは戦後刊行された『徳田秋声選集』第七巻（昭和27・9、乾元社『縮図』収録）に対する書評であり、〈27・10・30　日スポ〉と欄外に鉛筆で記されている。ここではその末尾の部分のみ紹介しておきたい。

既に太平洋戦争の直前にあったあの物情騒然たる中で、突然都新聞に連載されはじめた縮図の第一回を続《ママ》んだ時の、目のさめるような、心の奥底まで、さあーっと冷たい風が吹き込んだようなあの何ともいえない感激を思い出す読者もあるだろう。まことに絢爛とでもいいたいような老秋声の抵抗精神が我々の心をゆすぶったものである。

この連載が八十回で打切られた理由はいうまでもなく当時の情報局の干渉であったが、その時秋声が一穂に与えた文章を引用しておく。「今都の堀内君に電話しましたが少しくらい妥協して見たところでダメのようです。妥協すれば作品は腑抜けになる。遽に立場を崩すわけにも行かないからこの際深《ママ》く筆を絶たうと思ひ云々」千載の恨事とはこのことだ。

（乾元社版。四〇〇〇円）【愁】

右の書評は、暗い時代に理不尽にも中絶という不幸な運命を辿った『縮図』という作品にも熱い思いを寄せた読者がいたことを示している。少くともこの書評子はその一人であったようだ。広津和郎をはじめこうした心ある読者の存在は、『縮図』を現代からとらえ返そうとする時、やはり記憶に留どめておかねばなるまい。因みにもう一人名前を挙げれば[5]佐多稲子もそうした心ある読者の一人であったと思われる。奇しくも右の書評子と同様な感想を後年書き記している。

昭和十六年という時期に、つまりこの冬、太平洋戦争が起こったという時期に、「縮図」が都新聞に連載されたが、当時私の周囲のものは喝采をするようなおもいで、毎日待ちかねて読んだものである。この時期に「縮図」の内容が描かれるということは、大きな意味を持つからであった。しかし「縮図」は情報局によって八十回で差し止められ未完に終わっている。徳田さんがあの時期に「縮図」をあえて新聞に連載されたということは、また自然主義作家としての強い態度であったろう。

『縮図』は、こうした心ある読者に深い惑銘を与えつつ八十回にわたり『都新聞』紙上に連載されたのである。それが不当な干渉により中断され未完に終わったことは、先の書評子の言にあるごとく、やはり〈千霰の恨事〉と言うべきであろう。そして、その刊行を見る前に、手の込んだ切抜き本を作成した人物も、こうした心ある読者の一人であったに違いない。それがどのような人物であったか知りたいと思いながら、未だ手がかりを得られないでいる。

【注】

（1）岩波文庫『縮図』（昭和26・7初版）「あとがき」。因みに、同じ徳田一穂による小山書店版『縮図』「追記」や『秋聲全集』「解説」にはこのような具体的記述はない。

（2）小山書店版『縮図』「追記」。

（3）雪華社版『秋聲全集』第13巻（昭和36・12）所収『解説「仮装人物」「縮図」』（広津和郎）。因みに、同じ広津の「秋聲文学小論」の方では〈「ああ、あれですか。兎に角八十回まで書いたということは愉快ですよ」と徳田さんは「縮図」の話が出ると、元気に云われた。「後をぼつぼつ書いて置こうと思つています。百枚少し書くと纏まると思いますから」〉と表現に少しく違いが見られる。とりわけ〈五十回ぐらゐ〉と〈百枚少し〉との違いは留意する必要がある。

（4）小田切進編『昭和文学論考』（平成2・4、八木書店）所収「『縮図』論序説——銀座から白山へ——」（本書に収録）

（5）「徳田さんのおもい出」（『日本近代文学大系』第21巻付録「月報45」昭和48・7、角川書店）

『縮図』の周辺（二）

――ある〝新聞切抜き本〟について再び――

かつて、私の手元にある『縮図』の新聞切抜き本について一文を草した。[1]『縮図』受容史の一端として書き止めておきたいと考えたからである。詳しくは前文を参照願いたいが、これは通常想像する新聞切抜き本の形態とその趣きを異にして、いくつかの点で興味深い。まず、明らかに専門家の手によって製本されていること。即ち、外見は大きさ（B6判）も含めて通常の書物と同様であり、新聞切抜きとは見えない。その上梅の木のカットまであしらった瀟洒な装丁である。さらに、一頁一回分という貼付形式ではなく、新聞連載時における毎回のタイトル及び作者名を除き、挿絵も除外して（章題は除外せず）、本文を一頁あたり四段の形で、きっかりと配列貼付させていること。つまり、どの頁もきりのよいところで余白を残したような箇所はなく、ちょうど四段組の書物を読むように整然とアレンジした切り貼りがなされているのだ。これは実に丹念で手の込んだものと言う他ない。そのほか、巻頭に書斎における秋聲の写真一葉（雑誌のグラビアから切り取ったものらしい。戦後刊行された『縮図』初版本の写真とは異る）が台紙に貼られている他、中扉にペン書きの題名及び作者名、次にペン書きの目次が添えられている。また巻末に広津和郎『ほんたうの小説―『縮図』と『長耳国漂流記』―』の切り抜き（同じものが二枚）及び乾元社版『徳田秋声全集』第七巻（『縮図』所収）への書評（匿名）切り抜き一枚が添えられていること。そして、この新聞切抜き本の作製に関しては〈昭和十八年十二月十六日製本〉と墨で明記してあること。概ね以上の如き特徴を有するものである。

周知の如く、『縮図』は昭和十六年六月二十六日から九月十五日迄『都新聞』に連載されたが、情報局の圧力により〝時局をわきまへない〟小説として八十回で中絶を余儀なくされ、二年後の作者の死によって永久に未完のまま残された作品である。戦前小部数の出版が許されたが、製本寸前で戦禍に罹り、その実現を見たのは昭和二十一年七月のことであった。徳田一穂はその間の事情を『縮図』初版本の「追記」に次の如く記している。

一周忌が済むと、旬日ならずして、帝都には焼夷弾が落されてゐた。空襲は日増しに激しさを加へ「縮図」は印刷された本文及び新聞連載の時の内田巖氏の数葉の挿画、表紙、紙型と何回かにわたつて総てを焼失されてゐた。「縮図」の如き作品の出版は容易ではなかつたのにも拘らず、小山書店、殊に加納氏の熱心な努力によつて、極く小部数の印刷が許されたのであつたが、製本される寸前に灰燼に帰してしまつたのだ。最後の新聞に載らなかつた原稿も焼けてしまつてゐたので、小山書店の手で青森のはうへ送られてあつた見本として製本された一本から、終戦後再び版行の運びになつたのである。

『縮図』出版に至るこうした経緯を考えると、このような性格の作品を、このような時期に、しかもこのように手の込んだ丹念な新聞切抜き本として残した人物がいたこと自体が先ず興味深く思われた。『縮図』受容史の一端として書き止めておきたいと考えた所以である。

ところで前稿拙文末尾に〈それがどのような人物であったか知りたいと思いながら、未だ手がかりを得られないでいる。〉と記した。手がかり自体が全くなかった訳ではない。中扉に赤くペン書きされた〈縮図　徳田秋聲〉の文字である。写真①の如く、その〝聲〟の字は〝声〟の真下に〝耳〟を書くという極めて特徴のある筆蹟である。一つはこれが手がかりになるだろうと考えていたのだ。実を言えば、前稿を書く時点で、先ず想起したのは広津和郎である。戦時下に、「秋聲文学小論」や「徳田秋聲論」を書いたその秋聲への絶えざる関心から見て、さらには『縮図』を中絶せしめた軍部の圧力に対し、いち早くその不当さを表明した広津の一文の切抜きが二枚も添えられている（一枚は巻末に貼付、一枚は挿み込み）ことから見て、その可能性は充分考えられると思ったのである。『縮図』を最も高く評価する広津の高名な力作評論「徳田秋聲論」は『縮図』未刊行の時点で書かれたのだ。新聞連載後既に二年以上も経っている『縮図』を新聞切抜きも手元に置かずに論じたとは考えにくいからである。だが、写真②に見られる如く、その広津和郎の筆蹟は〝聲〟の字を通常の字体で書いているのである。その他の部分の筆蹟は似ていないこともないが、まず広津和郎は除外する他あるまい。これが前稿を書いた時点での私の内心の結論であった。その他の人物となると何人か思い浮ぶもののあまりにも漠としたものであった。あるいは無名の読者かも知れないとも思われ、〈いまだに手がかりが得られない〉と書く他なかったのである。ところが、その後架蔵の秋聲本を引っ張り出して見ていた時、同一の筆蹟が日に飛び込んで来て思わず小さい声をあげたほど驚いた。秋聲の第二随筆集『灰皿』の題字は、まさしくあの『縮図』新聞切抜き本の筆蹟と同一であったからである。（写真③参照）手持ちの『灰皿』は裸本である上やや痛んでいるため古書店の包装紙でカバーし、しかも平積みにしていたため迂潤にも気付かなかったのだ。あわてて他の秋聲本（架蔵のものは四十冊足らずだが）も点検してみたが同一の筆蹟のものは他に見当らなかった。しかし兎も角『灰皿』の題字を書いた人物こそ、あの『縮図』新聞切抜き本を作成した人物に違いないと確信したのだが、今度はその人物名を特定出来なかった。『灰皿』には題字及び装幀者の名前が明記されていないからである。ただし『灰皿』に付された秋聲の「序言」に〈砂子屋主人の好意で、これを出版するに当り、編輯と校正は一切一穂がやつてくれたのである。〉とあり、あるいは題字も徳田一穂の手になるものかも知れないと推測していた。その後、東京都近代文学博物館で秋聲及び徳田一穂の生原稿を見せていただいたのだが、確信をもつに至らなかった。

ところが、近頃さらに『灰皿』の榊山潤宛署名献呈本を偶然入手するに及び、またしても予想外な結論に導かれたのである。つまりあの新聞切抜き本の筆蹟は、意外にも秋聲自身の筆蹟であると確信するに至ったのである。写真④を参照願いたいが、この筆蹟も写真①及び③と同一であることは明白である。秋聲の署名に関しては、原稿や短冊並びに色紙などでは、写真⑤⑥⑦などが多く見られ、④の如きものは私には初見であった。しかし、以上から見て、架蔵の『縮図』新聞切抜き本の手書きの題字は、徳田秋聲自身の手になるものと断定して間違いあるまい。とすれば、あの〈昭和十八年十二月十六日製本〉という文字（写真③）はどのように解釈すればよいのか。これは秋聲没後二十八日目の日付である。この筆蹟は題字とは別人の手になるものと考えざるを得ない。即ち、秋聲自身が仮綴じのような形で残した新聞切抜きを、身近かにいた者が製本して残したとみなすのが妥当なところであろう。それは徳田一穂とも考えられるが、一穂自身はそのような記述を書き残してはいない。いまだに疑問は残るが、現在のところ辿り着いた一応の結論は以上の如きものである。しかし、秋聲及びその周辺の人物でこの切抜き本に使用された〝丸善製〟の原稿用紙を愛用していた人物も未詳であり、依然として釈然としない結論でしかない。

『縮図』受容史の一端として書き止めておきたいと考えた前稿の目論見は、予想外の展開によってその目的から外れてしまったが、本稿もまた『縮図』をめぐる一挿話として、ここに書き止めておくことも無意味ではあるまい。

①

（『縮図』新聞切抜中扉の手書き題字）

②
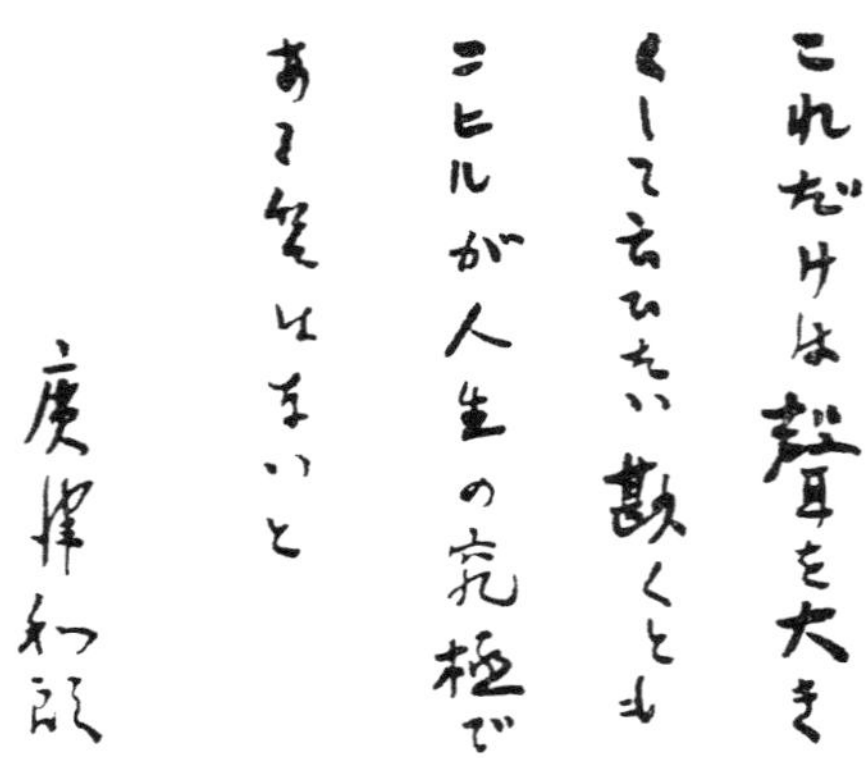

（広津和郎筆蹟・松川裁判支援の募金のための色紙）

③

（随筆集『灰皿』中扉題字）

④

（『灰皿』榊山潤宛献呈署名）

⑤

（秋聲署名）

⑥

（秋聲署名）

⑧

（『縮図』新聞切抜本の巻末に書かれた製本年月日）

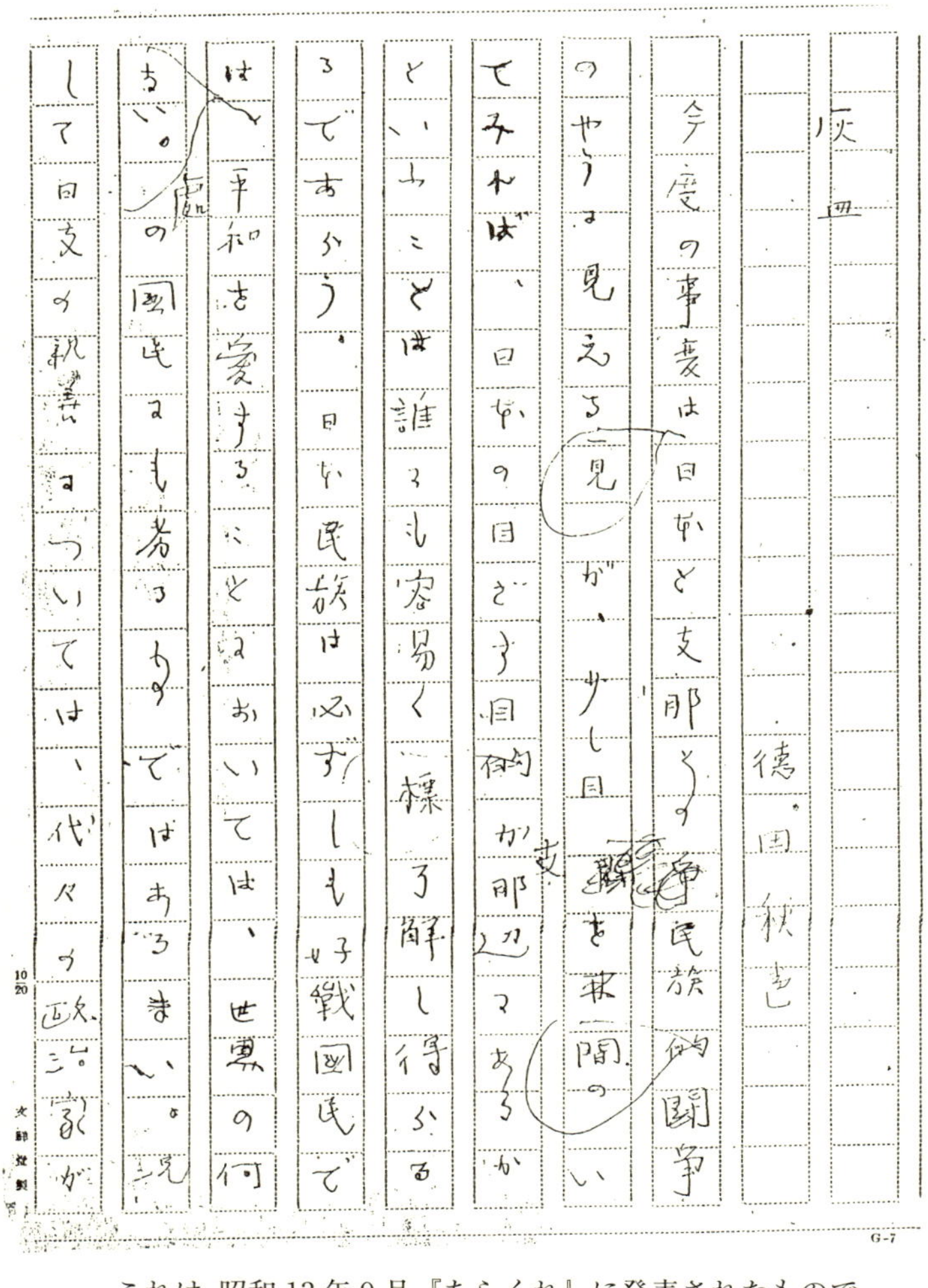
灰皿
徳田秋声
今度の事変は日本と支那との民族的闘争
のやうには見えるが、少し日支を来る間のい
てみれば、日本の目ざす目的が那辺にあるか
といふことは誰にも容易く了解し得ふる
るであらう。日本民族は必ずしも好戦国民で
は平和を愛することにおいては、世界の何
ちい。処の国民にも劣るものではあるまい。況
して日本の紀元については、代々の政治家が

⑦（「灰皿」原稿・東京都近代文学博物館提供）

これは，昭和13年9月『あらくれ』に発表されたもので，第3随筆集『老眼鏡』（昭15・11　高山書院刊）の方に収録されたものである。

前稿には、『縮図』が情報局の圧力により中絶を余儀なくされたという事実に対し、その不当さをいち早く表明したと見られる広津和郎「ほんたうの小説――『縮図』と『長耳国漂流記』――」を紹介しておいた。初出年月及び発表誌（紙）は未だ明らかではないが、昭和十六年十月頃の執筆と思われる。ここでは『縮図』受容史の一端として、広津の一文に続いて河上徹太郎の「新世紀の幕」を紹介しておきたい。これは『都新聞』〝文芸〟欄に昭和十六年十二月二十八日から三十一日まで四回にわたり、それぞれ、「一元化運動――文壇歳末雑感（一）」「思想対策の周辺――文壇歳末雑感（二）」「覚悟の運用――文壇歳末雑感（三）」「新世紀の幕――文壇歳末雑感（四）」として連載されたものの四回目、三十一日掲載分である。『河上徹太郎全集』及び同「作品リスト」にも未収の上、これまで『縮図』同時代評としてもとり上げられたことがない一文である。見られるごとく、『縮図』中絶の不当性を表明しつつ、この作品の傑作たる所以を具体的に指摘したもので、同時代評として貴重な一文である。因みに、同じ紙面に全く時を同じくして秋聲が「悼尾の偉観」というエッセイを四回にわたり連載しているが、今回は触れないでおく。

新世紀の幕
――文壇歳末雑感（四）――

河上　徹太郎

最後に、本年で一番作品として頭に残つてゐるものは、徳田秋声氏の本紙に連載された「縮図」であつた。これがどういふ理由で中絶されたか知らないが、若し花柳小説であるために時局への遠慮からであつたなら、甚だ残念なことである。この作品は秋聲氏一代の作品系列の上から見ても、恐らく最高傑作である。人物は簡結な挙措のうちに、しかも何人にも見逃し得ぬ肉体と宿命を曳摺つて動き更に亦、文章の明確と精錬はその比を見ないのであつた。

実にかういふ小説は、雑然たるニュースと、日常性剥き出しの新聞面の文章から削然と抜け出て、小説欄本来の色彩と面目を鮮かに謳つてゐるものがあつた。

＊　＊　＊

一例を挙げれば、松島に遊ぶ場面があつたが、蕭條たる冬の海の風景が的確に額縁に納められ、げに風景描写の極致とは、実感を以てマザ〳〵と描き出すなんて所にはなく、却て生きた現実の一面を渋い古典性の枠の中に嵌め込むことにあると思はしめるものがあるのだ。かういう風に、名作といふものは、現実の再現を生の実感から美の客観的な観念の中に封し込めるものであるが故に風教上素材を問はないのである。誠に秋聲氏の銀子は羽左衛門のお富と共に年と共に若やいだ鮮かさがあり、しかも此二人の女性はその時代性や社会性を超越して我々に迫り、変な実感で我々の肉感を誘ふことがないのである。

それ計りではない。「縮図」に反時局的なものは何もない。大体自粛下にある花柳界を描くために、何も営業制度の緊粛や献納献金運動を挿しはさむ必要はない。

秋聲氏が、迫り来る時局の重大性と、新時代の新生活への適応とをその全身の皮膚に感じて、その眼を通して築き上げた一女性の風格であるから、直接時局向きの辞句はなくても、此の芸の達人の筆の抜かりなさは、此の国民的良識を常に背景におくことに抜かりのあらう筈がない。

私は此の達人の至芸に対して時局の急迫と共に益々尊敬の念を懐くものである。

＊　＊　＊

断るまでもなく、以上は此の例外的な傑作に対する取扱ひに関してゞある。海の表面が浪が荒れてゐる時、それに応じて海の水は動遙してあるのだが、深海の底は悠然としてその上層の水を支へてゐるべきである。

然し大局から見て、他のすべての社会部門は今月の八日から輝かしい新世紀の幕を開けたのであつて、来年こそその黎明期の実現がぽつ〳〵現れて来るであらう。自然主義・左翼転向派・日本主義・心理派・知性派などの原籍地が何であらうと、新しい時代の偉大さはすべてこれ等の全文壇を包合し、その強力な忠誠の心の下に統一して新発足を待つてゐる筈である。

結局新しい文学とは、従来現実と考へられてゐたものと秩序の違つた新しい自然を発見し、これと取組んで人間像を獲得することにある。

従つて評論の分野でも、今までのやり口で創作家の方法や対象を分析し辿つてゐたのでは、此の開拓行に伍することは出来ない。矢張り自分の手で直接自然を発見してゆく所から始めねばならない。

＊　＊　＊

此の種の創作と評論の乖離が当然来年の文壇に現れるであらう。

（完）

【注】

（1）『縮図』—ある新聞切抜き—（『実践女子短大評論』平3・1、本書に収録）

（2）『都新聞』9月13日付七面では、中絶の理由を次の如く〝作者病気のため〟と発表している。「徳田秋聲老の『縮図』は、追従を許さぬ毅然たる文学道への信念を以て、秋聲文学は一つの高峰を加へつゝありますが、作者病気のため十五日紙上を以て一先づ打切ること、なりました。挿絵内田巌氏の全力的傾倒と併せて両氏に深謝します。」

また、15日の80回末尾には、次作品坪田譲治作・小穴隆一画「虎彦龍彦」の予告があるのみで〝未完〟の文字もない。

（3）『東京新聞』昭和18・11・20〜23
（4）『八雲』昭和19・1
（5）昭和13・7、砂子屋書房刊。

【付記】

本稿をなすにあたり、東京都近代文学博物館の神谷早苗氏にお世話になった。記して謝意を表したい。（平成3・1）

Ⅲ　日露戦争・関東大震災・学芸自由同盟

秋聲と日露戦争——「春の月」から「おち栗」へ——

「陛下の赤子《せきし》を陛下の砲をもって射つことはできません」
（司馬遼太郎『坂の上の雲』）

一

明治三十七（一九〇四）年、日露戦争勃発に伴い、きわめて多くの戦争報道雑誌が創刊されたり、既存雑誌が改題転換されたりしたことは既によく知られている。その主なものを挙げれば、博文館の『日露戦争実記』並びに『日露戦争写真画報』、育英舎の『日露戦争実記』、同じく駸々堂『日露戦争実記』、實業之日本社『征露戦報』、冨山房『日露戦報』および『軍国画報』、大学館『日露大戦争記』、金港堂『日露戦争記』、そして春陽堂の「日露交戦録」、さらに近時画報社の『戦時画報』、東陽堂『征露図絵』、郁文舎『軍事画報』及び『少年日露戦記』、時事画報社『日露戦争時事画報』、勢英舎『日露戦争画報』、その他『日露交戦画報』（日露交戦画報社）・『日露戦争』（外交時報社）・『日露戦史』（国光社）・『日露戦誌』（錦文館）・『日露戦争詳報』（兵事雑誌社）等々である。出版社は異なるが同じ誌名のものさえ見られる。ところで、黒岩比佐子は『編集者国木田独歩の時代』（角川選書　平成19年12月）の中で、次のような興味深いゴシップ記事を紹介している。

▲戦争雑誌記者のチャンピオン　国木田独歩。此人、『戦事《ママ》画報』に拠り、春陽堂『日露交戦録』の記者徳田秋声と取組んで勝ち、又た『日露戦争実記』の山路愛山、塚越停《ママ》者と取組んで見事に土俵の外に取つて投げたり。（『新公論』「▲文壇雛人形」一九〇五年三月号）

『戦時画報』は『近時画報』の改題、『日露交戦録』は文芸出版社として著名な春陽堂創刊の戦争雑誌、『日露戦争実記』（育英舎）は山路愛山主筆の『独立評論』の改題雑誌である。独歩の『戦時画報』が多くの戦争雑誌の中でとりわけ好評であったことは異論のないところであるが、秋聲が春陽堂の『日露交戦録』の記者であったという情報はこの記事以外知られていない。試みに『日露交戦録』を閲読してみると、同誌は明治三十七年二月に第一号を発行しているが、編輯人は前田次郎、発行人は樋口助治である。第二十二号（八月六日）からは編輯人は川久保建に代わっている。また誌面を通覧してみても掲載小説に秋聲の作品は見られない上に、掲載記事も秋聲名は皆無である。写真を多く採り入れた『日露戦争実記』『日露戦争写真画報』（博文館）や小杉未醒など多くの画家を起用派遣した『戦時画報』に比して『日露交戦録』の誌面は概して平板で特長に欠ける印象を受ける。その原因の一つには、他の雑誌が多く旬刊であるのに比して、『日露交戦録』だけが月六回刊行という無理な方針を実施したことにあると思われる。（実現出来たのは明治37年3月のみ）したがって売れ行きは芳しくなかったものと思われ、それゆえであろうか、戦争継続中にもかかわらず、明治三十七年十月六日の第二十八号を以て早々と定期刊行を終了している。この後は翌三十八年三月に『日露交戦録　旅順陥落史』（本多直次郎編）および同七月『日露交戦録　奉天附近大会戦』（本多直次郎編）を刊行したのみである。これは他誌に比してきわめて早い撤退であったと言えよう。先のゴシップ記事のごとく独歩の『戦時画報』に早々と敗北を喫したことは確かであろう。

さて、この戦争雑誌に秋聲が関わっていたかどうかは先に見たごとく、その可能性は少ないのではないか。少なくとも『日露交戦録』の誌面からは秋聲が関わったという痕跡を窺うことはできない。『日露交戦録』には山本笑月「負傷兵」、稲岡奴之助「浦塩美人」、宇田川文海「召集令」、泉斜汀「特志看護婦」などの戦争小説が掲載されているが、秋聲の小説は見られない。逆に他誌に秋聲の戦争小説が掲載されていることから見ても、秋聲が『日露交戦録』の記者をしていた可能性は低いと思われる。例えば、先のゴシップ記事にある山路愛山・塚越停春の『日露戦争実記定時増刊戦争文学』（育英舎　明治三十七年四月号）には秋聲の「通訳官」が掲載されている。その他、戦争雑誌ではないが、「春の月」は『文藝倶楽部』（明治37・4、博文館）、『軍事小説　出征』は金港堂刊である。しかし『日露交戦録』への関与は兎も角として、この時期に春陽堂とはまったく無関係だったわけではない。既に『黴』（明治45・1、新潮社）の中の記述によって、秋聲にも従軍の話があったことが知られている。

「君は観戦記者として、軍艦に乗るつて話だが、然うかね。」
谷中の友人が或日、笹村の顔を見ると訊き出した。
「けど、それは子供のない時のことだよ。危険がないと言つたつて、何しろ実戦だからね。」
友人は然う言つて笹村の意志を翻さうとした。
そんな仕事の不似合なことは、笹村にも能く解つてゐた。

（『黴』四十二）

この従軍依頼が他ならぬ春陽堂の樋口助治（先に見たごとく『日露交戦録』の発行人でもある）からのものであったことが、八木書店版『徳田秋聲全集』に収録された樋口助治宛の秋聲書簡で明確となった。おそらく春陽堂からの従軍依頼というこうした経緯が、秋聲に関する先のゴシップ記事の元になったものと推察される。やや長文であるが、必要上全文を紹介しておく。封筒はないが、日付は明治三十七年の四月乃至五月と推定されている。

拝啓　参堂可及候ところ折あしく来客にて不果其意愚札申上候
従軍の儀は先づ参り候事に致度候が、実は先日もちよつと申し候とほり旅費は別として　目下出立するには母の方と書生への給用、其他　先月の支払残り、其に洋服等内輪に見積り候ても百円以上は入用にて　今書きつゝあるものが間に合へば宜しけれど、まゐるとなれば十分に筆を執つても居られず候ゆゑ右金子御借に預からねばならぬ始末に御座候　是は甚だ申兼候事にて候へども洋服なども少しは人並らしいものを着ざれば、陸とは違ひ軍艦のうちは見苦しかるべしと存じをり候

此儀御相談かた〳〵お目にかゝり度存じ候へども書中御伺ひ申候。

然し忌憚なく申上候へば、他に希望の方候へば其の人へ御譲り下され度候。

猶小生まゐるとならば、朝鮮の方もちよつと一見致度野心にござ候。

先は右のみ委細は電話にて

下谷四四四九

秋生

樋口様

尚日数予定が知りたく存じ候

この文面によれば、秋聲は従軍の件をいちおう承諾しているが、他に希望者があればその人物になるべく譲りたいと述べるなど迷いを見せている。『黴』に見られるように、この時期の秋聲は小沢はまとの間に長男一穂が生まれ、やむなく妻子の入籍を済ませたものの未だ結婚の公表はなされず、妻との間にいざこざも絶えない状態で、夫婦仲は決して安定したものではなかった。

結局〈谷中の友人〉（小峰大羽）の説得もあり、従軍は断念されたのである。ちなみに、上記書簡の「陸とは違い軍艦のうちは」云々の文面から見て、秋聲に依頼があったのは、陸軍ではなく海軍従軍と推測されるが、当時海軍は従軍を許可していなかった。しかし諸方からの強い要望に応えて、海軍省は捕獲ロシア船〈満州丸〉を観戦船として旅順方面に派遣し、旅順口封鎖状況や連合艦隊の模様を視察させたことがあった。出航は明治三十七年六月十二日横須賀港。貴・衆両国会議員代表や外国大使公使館付武官や内外新聞記者など五十五名が搭乗した。秋聲に話があったのは、この満州丸による観戦視察であったと思われる。結局秋聲は辞退したようだが、この時の搭乗者は、三宅雪嶺、石川半山、志賀重昂、菊地幽芳、塚原渋柿園などであった。秋聲の代わりに春陽堂から派遣された人物は分からない。『日露交戦録』によれば、第五号（3月6日）「本誌の特色」欄に「特派員加藤剣堂を従軍せしめたり」とあり、第二十二号（8月6日）には「遼陽戦に備え、編集員中嵯峨の屋主人矢崎鎮四郎氏を派遣」とあるのみである。前者は満州丸出航以前であり、後者は以後の派遣で共に陸軍である。観戦船満州丸の動向については、第二十四号（8月26日）のグラビア頁に満州丸一行が旗艦三笠に東郷大将を訪問した時の写真及び「平壌浮碧楼に於ける満州丸一行歓迎会」「京城に於ける対露同志会記念撮影」が掲載されているが、「以上二図は山根正次代議士寄贈」とあるところから推察すれば、春陽堂からは秋聲に代わる満州丸への記者派遣はなされなかったようである。以上の事実から見て、『日露交戦録』もしくは春陽堂と秋聲とは日露戦争という未曽有の時局を介した直接的関与（派遣従軍記者あるいは戦争雑誌編集記者）は薄かったと見てよかろう。しかし、文芸出版社春陽堂とは師尾崎紅葉の時代から秋聲も関わりが深かったと見られ、こうした観点もふまえて日露戦争という戦時下における秋聲による戦時小説の展開を考えてみたい。本稿で主に検討しようとする「おち栗」が春陽堂『新小説』に掲載されたからでもある。

二

戦争雑誌中もっとも好評をもって迎えられた『日露戦争実記』および『日露戦争写真画報』を発行した博文館は、総合雑誌『太陽』の他、従来からの文芸雑誌『文藝倶楽部』は継続して発行していたが、その『日露戦争実記』掲載の『文藝倶楽部』三月号の広告には次のような文言が見られる。

日露開戦の時に当り、本誌は一面出征軍人を鼓舞し、一面留守家庭を慰藉せんとす。愛国の子女本誌の微志を諒として倍旧の購読あらん事を

（『日露戦争実記』第3号所載　明治37・3・3）

こうした広告文面を裏付けるように、『文藝倶楽部』三月号の〈小説脚本〉欄の構成は、小栗風葉「予備兵」・徳田秋聲「みち芝」・武田桜桃「動員令」・江見水蔭「出陣の前夜」の四篇である。

秋聲の「みち芝」以外は戦時小説であることは題名からも明瞭である。このような傾向は他の文芸雑誌も同様で、時局柄戦時色の強い作品を載せ、作家も好むと好まざるとに拘らず戦争小説・戦時小説を執筆せざるを得なかったものと思われる。「みち芝」は戦時色のない作品だが、この後、秋聲もまた翻訳も含めて十数篇の戦時小説を残している。こうした秋聲の戦争小説を概観してみると、戦意高揚や国威発揚を期した作品は見ることができない。これはこれまでの秋聲文学の傾向から考えても首肯できるところであろう。秋聲の戦時小説には戦地を舞台にしたものは「通訳官」のみ（「危機」は代作と見做されるので除外）であり、他は徴兵や出征に関連した家族や恋人の話、戦死した兵士を持つ肉親の悲しみなど、いわゆる「銃後」の国民の悲歎を描いたものがほとんどであると言ってよい。こうした傾向の戦時小説の中で、秀作は「春の月」（明治37・4・20『文藝倶楽部定期増刊　花吹雪』）であろう。同じ『文藝倶楽部』の前号に掲載の「みち芝」は他の作家たちの創作が全て戦争小説ないし戦時小説であるのに対し、全く戦時色は窺われない作品であった。しかし、この「春の月」以降秋聲も戦時小説に手を染めることになる。だが、「春の月」は先の『文藝倶楽部』広告にあった「出征軍人を鼓舞」したり、「留守家庭を慰藉」したりする側面はまったく窺うことはできない。先ず「春の月」を検討してみたい。

＊　＊　＊

この小説は、虎と安吉という二人の職人（大工）による場末の天婦羅屋における会話から始まる。

二人に共通の知人で大工仲間の兼吉が出征することになったのだが、彼には幼い男の子と老母がいる。だがその子の母親は実は現在の安吉の女房である。腕はいいが、酒飲みで乱暴でだらしない兼吉に嫌気がさしたお初は兼吉と子供を捨てて同じ職人仲間の安吉と引っ付いたわけである。当然のこと安吉夫婦と兼吉とは現在は不仲であり行き来はない。その兼吉が年老いた母親と三歳になる弥吉を残して出征するという。虎は安吉に同じ職人仲間としてこのまま知らん顔をしてやり過ごすのは人情からみてもどうかと思う。まして国家の非常時だ、江戸っ子としてこれまでのこだわりを捨てて気持ち良く送り出してやってはどうかと持ち掛ける。安吉も場合によっては弥吉を一時預かってもいいと思い、お初と相談して餞別でも持って兼吉を訪ねようと考えて、とりあえず帰宅する。

帰った安吉は早速お初にその話をする。気の強いお初も子供のことは気に掛けており、兼吉が戦死するようなことがあれば、そのまま二人で弥吉を育てようと話し合い、先ずはお初一人で兼吉の家を訪ねて行く。お初は弥吉にはおもちゃのラッパとサーベル、お袋には甘いもの、兼吉には好きな沙魚《はぜ》の佃煮を取り揃えて、いそいそと兼吉宅を訪れる。

ここまでの展開を見ると、この物語は未曽有の大戦を控えた庶民の戦時美談、銃後の人情話としての結末が予測される。しかし秋聲の小説はそのような読者の期待を裏切ることによって生成するのだ。お初はひたすら下手《したて》に出て兼吉の出征を機に弥吉の引き取りも含め、これまでの経緯をめぐる感情的融和を訴える。しかし兼吉は決してお初を赦そうとせず激しく罵倒し続ける。弥吉（子供）の話になると、「兼吉が鋭く罵る声は、次第に曇んで来た」り、お初も「何時か鼻声に成つた」りはするが、結局お初も捨てセリフを残してすごすごと引き返す幕切れとなる。二人の最後のやりとりは、次のようなものである。


「さあ　早く帰つてくれ。手前が目の前にまご〳〵してると、胸糞が悪くつて為様がねえ。怪我でもしねえうち、さつさと帰つて了ひねえ。」

「帰りますとも。お前さんのやうな没分暁《わからずや》に掛つてゐた日にや、此方が腹が立つて了ふ。」

「何だと。」

「子供なんか、如何なつても介《かま》やしない。子でも親でもない、何だ豪《えら》さうに。はい、帰りますよ。」

「下手《へた》まごつくと、生命はねえぞ。」

「ふん、お前さんなんかに生命を取られて耐《たま》るもんか。然《さ》よなら、大《おおき》にお喧《やかま》しう。」

「阿母《おつか》、塩まいておくれ。」


地の文を極力切り捨てて、ほとんど会話だけで展開を図って来たこの物語は、戦時美談としての予定調和は結末で裏切られるが、この後、秋聲には珍しい次のような短い抒情的描写で締めくくられる。絶妙な結末である。

外へ出ると、月はまん丸く蓋《かさ》を被《き》て、空はおぼろに、軟《やはらか》な其光を暈《ぼか》す水蒸気、花やかなうちに、一種の哀《あはれ》を添へてゐる。蹤々《つかく》と路次を出やうとすると、弥吉の声が又一時《ひとしきり》耳に立つた。

（以上原文は総ルビ）

戦時小説に似つかわしからぬ「春の月」と題された所以である。最後の捨てセリフとは裏腹に、お初は弥吉の声に後ろ髪を引かれつつ、春の夜の湿りを帯びた月明りの中を帰路につくのである。あたかも樋口一葉の小説を思わせるような味わいの好短篇である。この時期の秋聲小説には会話文を主体としたものは多く見られるが、これほど地の文に頼ることなく、ほぼ九分通り会話だけで作品を駆動すると同時に、日露戦争という国家的非常時に対する当時の庶民の受け止め方も浮かび上がらせている作品も珍しい。秋聲の全短篇の中でも、もう少し注目されて良い小説と思われる。(1)

ちなみに、こうした作品からは、秋聲における小説技法としての東京弁の習得という問題も浮上させる。同じ金沢出身の泉鏡花は、上京後悩んだあげく寄席に通い詰めて江戸東京弁を習得したと言われている。(2)秋聲の場合も、何等かの苦心を要したと推察されるが、この頃親しく交流していた江戸っ子の小峰大羽（画家・俳人）の助言に浴したこともあったのではと推察される。秋聲との間に入って小沢はまとの結婚入籍を勧めたのも小峰であったたし、先に見たように、秋聲の従軍を止めたのも彼であった。後年の事柄に属するが、小峰は余技として『東京語辞典』（大正6年10月、新潮社）を刊行しているほどである。秋聲はこれに「序」を寄せて「此の著の如きは、君が江戸通たる一面の射映で、小冊子に過ぎずとはいへ、色々の意味で最も興味の深い珍書である。」と述べている。小峰も「凡例」において「一、現時の小説、多くは東京を舞台とし、市民を主人公とす。これ等の語は、現時文藝の作品中頻々として散見するもの也。藝術の徒、此書を座右にせば、よく読みよく味ふに於いて裨補する所あるべきを信ず。」との一項を加えているほどである。

三

「春の月」と同年同月に秋聲はもう一つ短篇「通訳官」（明治37年4月）を発表している。掲載誌は『日露戦争実記定期増刊　戦争文学』（育英舎）である。これは先述したごとく山路愛山主筆の『独立評論』の改題誌である。小説欄は、広津柳浪「天下一品」・小栗風葉「決死兵」・徳田秋聲「通訳官」・三島霜川「島の大尉」の四篇で、いずれも戦争小説である。「通訳官」は秋聲の戦時小説の中では珍しく戦地（朝鮮）を舞台としている。この小説は、騎兵中尉である「自分」と同郷の旧友である鈴木一誠君が意外にも通訳官として北韓の戦地に来ており、二人は三年ぶりに戦地で邂逅した奇遇に驚き、宿泊所の民家で懐旧談にふけるところが一篇の主意である。とりわけ浮沈の多い鈴木の来歴が語られるのだが、翌日の定州辺の偵察においてロシアの斥候隊との衝突が起こり、鈴木通訳官は不運にも戦死するに到る結末である。この小説の執筆時、海軍は既に二月八日の仁川港海戦を始め、三月末の旅順口閉塞戦における広瀬中佐の壮烈な戦死などを含む本格的海戦が繰り広げられていたが、陸軍は黒木為楨《ためもと》将軍の第一軍が韓国鎮南浦に上陸（先遣隊は2月に仁川に上陸）を開始したのが三月十一日であり、平壌を経て鴨緑江方面へ向かっている頃に当り、本格的な戦闘はまだ始まっていない。鴨緑江を渡河九連城占領に至る陸軍最初の戦闘が開始されたのは五月一日のことであった。ちなみに、田山花袋が博文館から従軍した奥保鞏《やすかた》将軍の第二軍が遼東半島に上陸開始したのは、これよりさらに後の五月五日（花袋の塩太澳上陸は5月7日）からであり、乃木将軍の第三軍の上陸に至っては六月六日からであった。したがって「通訳官」の執筆は三月中旬以降と考えられる。掲載誌の発行は四月二十三日である。同時掲載の広津柳浪「天下一品」も小栗風葉「決死兵」も共に旅順口海戦を採り入れている。風葉の「決死兵」は日本の連合艦隊が二月九日に旅順口攻撃を開始した時戦死する息子と、その強欲な父親の回心を描いている。柳浪の「天下一品」はヒロイン春子の許婚者有田義夫の戦死を「有田少佐は第二回の旅順閉塞が決行され、彼の軍神と呼ばる丶に至ツた広瀬中佐が壮烈なる戦死を遂げた時、他の閉塞隊を指揮して名誉なる戦死をなしたと云ふ事である。」と記している。春子はこの悲報を号外で知ったのだが、実際の海軍省官報の号外は三月二十九日に大々的に配布されている。とすれば、柳浪が「天下一品」を脱稿したのは四月に入ってからと見られる。また、三島霜川の「島の大尉」は日清戦争の威海衛海戦で武勲を挙げ金鵄勲章を授与されたが、片腕を失い退役を余儀なくされて、或る島に隠遁した元大尉が、日露戦争を迎え、島の若者たちの応召がなされる中で去来する胸中の想念を描いたものである。この中にも広瀬中佐の壮烈な戦死に触れた箇所があるゆえ、脱稿は四月に入ってからと思われる。先に触れたように掲載誌の発行日は四月二十三日である。それにしては二作品の脱稿が遅いように思われるが、当時の戦争雑誌の発行頻度を考えればこれで間に合ったようである。ともかくこの当時、国民の耳目を集めていたのは海軍の戦果であったことは容易に推察されるのだが、秋聲だけは、まだ本格的戦闘も迎えていない陸軍を題材にしていることは興味深い。

四

「通訳官」の最後の節で、秋聲は次のごとく書いている。

翌朝夙《はや》く目覚めて、自分と自分の従卒、他に二人の騎兵と鈴木通訳官とは、防寒具に身を固めて、凛冽肉を殺いで落とすやうな朔風の中を、鉄馬の嘶き勇ましく、定州街道を轡を揃へて北へ進発した。

我軍定州に入る前に、我将校斥候と敵の威力偵察隊との小衝突は、既に世間陸戦観望家の目に、非常の興味をもて、読まれたであらうが、此闘に斃れた鈴木通訳官の不幸を、誰も然までに感じなかつたらう。

こうしてこの後、鈴木通訳官の戦死の経緯が叙述されるのだが、国民の耳目が海軍の戦果に集中している最中に、本格的戦闘を未だ迎えていない陸軍の動向は国民の関心をどれほど集めていただろうか。そもそもこれは秋聲による全くの虚構と見做すべきなのか、それとも戦地での実際の出来事に依拠しつつ小説化された結末と見るべきなのか、これを見極めることは秋聲の戦争小説、戦時小説への取り組みの熱量を計ることにも繋がる。

＊　＊　＊

博文館の『日露戦争写真画報』は『日露戦争実記』の好評に後押しされ、新たに写真及び絵画に重点を置いて創刊された戦時画報である。その第一巻は四月八日に発行されている。この創刊号は、時期的に旅順口海戦の写真や絵画が中心を占めており、「征露戦史」という記事の方も当然海軍の戦史が多くの比重を占めている。しかし、海軍の後に「陸戦の先鋒」という記事があり、その最後近く「定州を取る」の見出しで以下の記述がある。

> （前略）時に三月六日、順安に在りたる丸尾騎兵中尉は、兵卒三名と通訳一名とを率い、定州の敵情を偵察すべきの命に接す。定州は順安を距《さ》る二十五里にあり、中尉は乃ち此行生還を期せざるを部下に告げ、進むこと六里、粛川に宿し、翌七日早朝出発、正午安州に着す。

此時前方に敵騎約八百あるを聞き、清川江を渡りて進むこと二里許、日西山に舂《うすづ》く頃ほひ、山後に敵兵二十五騎あるを聞き、其夜襲せんを慮はかり、退きて江畔の寒村差荘里に宿し、八日払暁発せんとして前山を望めば、山上に敵兵二十余名徘徊するを見る、仍《よつ》て中尉等五騎、刀を抜き疾駆して進めば、随つて退却するを、追行くこと三里にして、遙かに前方大寧江畔を望むに、敵四十騎ばかり、将に江を渡りて退かんとするを見、直ちに追跡すること十里許、定州の近傍に至れば、敵は始めて我勢の僅かに五騎なるを知り、馬を回して逆襲し来る。中尉は敵の兵力を見んと欲し兵卒及び通訳を駐めて独り進むに、端なく路岐に於て**敵騎と撞突**せしかば、直ちに兵を促して退却せしが、此間定州には、敵の騎兵約一中隊あるを確めたり。それより退路、又も道路の曲折せる処にて、突如約二十騎の敵と出会せしに、敵は衆を頼みて銃を乱射し、従騎は馬を撃たれ、徒歩格闘して戦死し、中尉の身辺にも銃丸雨下したるが、幸ひに事なく四騎帰着して、斥候の大任を全くし、是に於て従来間諜の報告の敵なしと言へるは誤りにて、陸続前進中なるを確め得たり。（後略）

（『日露戦争写真画報』第1巻、明治37・4・8）

以上がささやかな前哨戦で、この後、この斥候情報を基に定州まで進軍するに至るのだが、秋聲の「通訳官」がこの丸尾中尉以下五騎の偵察隊を題材にしていることは明らかであろう。事実は丸尾中尉の「従騎」一名が戦死し、「四騎帰着」とあるように、通訳官は無事帰還したわけである。秋聲の「通訳官」では、当初七騎の敵斥候隊を追尾していったところ、二十騎となって引き返してきた敵に襲われ、鈴木通訳官と従卒との二名が戦死するという結末である。この脚色については後に触れるが、先ず秋聲が全くの虚構によって「通訳官」一篇を書きあげたのではなく、戦地における現実の事件に依拠しつつ作品化しているところが注目される。しかも国民の耳目を集めている海軍の旅順口閉塞戦ではなく、陸軍による本格的会戦の前哨戦とも言えぬ程度のささやかな戦闘である。既述したように秋聲の戦時小説は、国内を舞台にいわゆる銃後の国民男女の様々な生き様を描いたものがほとんどだが、戦地を舞台に戦闘場面を導入した作品は珍しい。しかも実際の戦闘に依拠した作品となれば、なおさら特異な位置を占めるものと言えよう。

＊　＊　＊

「通訳官」は、その掲載誌（前出）を検討してみると、さらに興味深い事実に逢着する。先ず、掲載小説にはそれぞれ口絵が附されているが、柳浪の「天下一品」は石川寅治画（カラー1頁大）、風葉「決死兵」は尾竹国観画（カラー折込）、秋聲「通訳官」は平福百穂画（モノクロ1頁大）、霜川「島の大尉」も平福百穂画（モノクロ1頁大）である。他にグラビア頁は明子皇后の写真やロシア女性や子供の写真、韓国の風景写真、愛国婦人会総会の写真などに交じって、二葉の戦争画がある。一葉は満谷国四郎画の「田所近衛騎兵の奮闘」（目次説明）と、もう一葉は「我が軍艦の砲撃」（目次に作者名無し）である。前者は折込み、後者は一頁大である。問題は前者の満谷筆の画である。折込画本体のキャプションには「田所騎兵単身多勢の露国斥候騎兵と奮戦す」とあり、「（本文説明参照）」とあるのだが、本文中の何処を閲してもその「説明」が見当たらないのだ。この満谷の画は倒れた馬の横で剣を抜いて多勢の露軍騎兵に立ち向かおうする「田所騎兵」の雄姿を描いたものである。この画を眺めている中に、これは秋聲の「通訳官」の題材となった丸尾騎兵中尉の「従騎」を描いたものではないかと気付いた。先に見た『日露戦争写真画報』の記事には、独り奮戦した「従騎」の名前は明記されていない。だが、もし「田所」であれば、他にもそれを明記して報道した記事があるのではないか。そして、先に紹介した博文館の『日露戦争写真画報』の先行誌『日露戦争実記』（第6編、明治37・4・3）にも関連記事を見出した。先の『画報』第1編の記事に先立つこと五日である。

「七、第二回陸戦、田所一等卒の戦死」

平壌占領後我騎兵は長驅して早く既に安州を併略し引続き三月九日、丸尾中尉は三騎を率ひて偵察の為め北に向ひしに、忽《たちま》ち敵兵の三十騎と会ひぬ、勇敢なる吾兵は上下僅かに四騎の少数をもて、約八倍の敵中に馳突《ちとつ》せしに、彼の長刀を帯びて自ら任ずるコザック兵狼狽して馬首をめぐらし退き去るを只管《ひたすら》追ひて追ひて博川を渉りしも、深く重地に入るを慮つて追ひ捨てに帰り来り、旧津を過ぐる時昌城方面より来たりし約四十騎の敵の為に横さまに撃ちかけられしかば、尚さきの三十騎の返し来たらんを思ふて背進せしに、乱発せる敵弾の為に、我が騎兵一等卒田所清熊氏馬を射倒されしが、頓《やが》てふりかへりし時は徒歩にて刀を振ひつゝ、多数の敵と接戦せるを見しも、勝敗の数明らかなるを以て已むなく安州に引上げしが、韓人の多くが云う所によれば其後乱刀の下を切り抜け一民家に屠腹して死したりと、是を第二の衝突となす。

（『日露戦争実記』第六編、明治37・4・3）

発行日が五日遅い『画報』の記事と比較してみると、こちらは丸尾中尉の部下の方に焦点を当てて報道しており、推測通り田所騎兵は丸尾の部下であり、露軍斥候隊との遭遇戦で戦死した人物であると判明する。しかし、『実記』の方は、通訳官が同行したことには触れていない。また両誌には遭遇した敵偵察隊の数や場所にも相違があり、日時も一日ズレがある。これは当時の戦地における取材状況を考えれば、致し方ない齟齬であろう。ちなみに『実記』の見出しに「第二回陸戦」とあるが、第一回の陸戦は二月二十八日に敵兵五騎の斥候に対し、平壌七星門付近を守備していた吉村中尉の分隊が銃撃を加えて、敵二騎に負傷を負わせ撃退したというもの。つまり田所清熊騎兵一等卒は、日露戦争における我が陸軍の戦死者第一号(3)であったわけである。とすれば、海軍の戦果や戦死者とは比較にならぬが、陸戦史上記念すべき存在であったことになる。それゆえ、その最期はいささか美化されて報道されたことも考えられるが、こうした位置付けから見れば、秋聲「通訳官」掲載誌に満谷国四郎画の「田所騎兵単身多勢の露国斥候騎兵と奮戦す」が掲載されたことも首肯できよう。既述したごとく、「通訳官」には平福百穂の口絵が別に掲載されている。戦地で再会した「自分」と鈴木通訳官が韓国民家の宿舎でテーブルをはさんで語り合っている図である。この翌日の偵察で鈴木は戦死することになるが、これが虚構であることも既に述べた。秋聲は事実としての田所騎兵一等卒の戦死よりも、鈴木通訳官の戦死という虚構を前景化して小説を締め括ったのである。日露戦争における陸軍最初の戦死者たる栄誉を付与された兵士よりも、非戦闘員たる通訳官の数奇な前半生とその「戦死」を描いたところに秋聲の意図があったものと思われる。ちなみに、掲載誌の満谷国四郎の口絵に「本文説明参照」とありながら、何の説明も無いのは、秋聲「通訳官」への配慮か、単なる編輯上の手落ちなのかは未詳である。いずれにしても、こうした作品の存在は、秋聲が実際の戦況の細部にも目配りを怠らなかった事実を物語るものであろう。[4][5]

さらに秋聲はこの『日露戦争実記　戦争文学』（育英舎）にもう一篇「将軍出づ」（明治37年9月）を発表している。この作品も題名から判断すれば、衆望を集める名将軍の戦地への出征もしくは戦地に登場した雄姿と活躍を描いた戦時小説と見做されるが、そうした予断を裏切る聊か興味深い作品である。日清戦争で内外に勇名を馳せた大平将軍は人格清廉で人望も厚かったが、四、五年前中将で引退し、現在は畑仕事などを楽しみながら悠々自適の生活を送っている。しかし日露戦争が勃発するや軍人（中尉）の息子も出征し、大平中将出馬の待望論も周囲に囁かれるようになる。それは難局が伝えられる某方面に向けて新たに第〇軍が編成され、その司令官として大平を引き出そうというものである。かつて大平に兄事していた国田大将（参謀本部次長）の強い要望であった。大平は軍人としての出世には恬淡とし、中将で身を引いたが、国田は政治力もあり現在は軍部の枢要な地位を占めているのだ。大平が引退した理由は勇名を轟かせた陰に戦場で砲火に斃れた多くの部下たちの悲惨な映像に〈惻隠の情〉を動かさずにいられなかったからだという。したがって、歓喜の声に迎えられて凱旋した時も、「恭謙なる彼の胸には、云ふべからざる悲哀を感じたのである。」と記されている。それゆえ大平はこの度の出馬要請に応じなかったが、息子の壮烈な戦死の報が届くと、国田に会いに行き、出馬の要請を受けることになる。だが、続く戦場の様子は描かれず、短い後日談で「将軍出づ」は締め括られる。「この役果て、将軍が凱旋した時、胡麻塩の其頭髪は半白となり、目は落窪み、皮膚は風露に黝んで」云々と遠征の労苦に憔悴した大平将軍の姿を伝え、二年程で大平の名前も人々の記憶から消え、国田の名前のみ隆々としている、という結末である。「将軍出づ」という題名から連想される内容とは裏腹であり、「出征軍人を鼓舞」する内容でもないことは明瞭である。

なお、「将軍出づ」は全集未収録であるため、もう一つ内容に関する問題点を補足しておきたい。冒頭、畑仕事の途中、隣家の植木屋の親爺（植木屋の息子も妻子を残して出征中）と会話する場面がある。将軍は戦争を面白がっている奴がいるが、実は戦争程怖ろしいものはない、と語り、「私などはつくづく戦争の惨酷な場面を体験してをる。」と言い、戦場では「気毒な死に様」や「残酷な目に会ツてをるもの」を多数見たが、「それが皆な親兄弟や、妻子のある躰である事を考へると、如何にも傷ましくてならん。」と自らの隠棲の動機に繋がる体験を語りながら、他方で帝国軍人の堕落や怯懦にもさりげなく触れている。「私の知ツた人間のなかでも、随分部下の者共に噬われた士官もあツた。劇しいのは、後から鉄砲で撃たれたのも間々ある。」と、さりげなく語られているが、これは日本陸軍の恥部であり、戦争継続中のこの時点では軍部にとって看過できない表現であったはずである。これは後述する「おち栗」とも響き合う問題点を含有した作品であったと言えよう。

五

以上は他社の文芸雑誌や戦争雑誌に掲載された秋聲作品であるが、ここで春陽堂との関係を概観してみると、『日露交戦録』に秋聲作品の掲載がなかったことは既に見たごとくだが、『新小説』には「前夫人」（明治37・7）が掲載されている。銃後の女性の運命を描いたものだが、同じく秋聲の「私」（『文芸界』明治38・1）や「我が子」（『女学世界』明治38・1）のように、たった一人の身寄りであり、苦労して成人させた弟の戦死を嘆き悲しむ姉の姿を戦捷に沸く市内の祝祭の中に描出したものとはいささか異なる。（「私」「我が子」は共に琴の教授をしている身の上も同じだが、後者は既婚者だったが幼い子を残して離縁されており、弟を戦争で失った今、残してきた我が子への思いがいっそう募るところが異なる。）これら同工異曲の作に比して「前夫人」は、有吉陸軍少将の妻勢子が有吉家に寄食する有吉の旧友野村少将（故人）の息子と不図したことから過ちを犯したため離縁させられた過去を持つ〈前夫人〉勢子を巡る物語である。有吉少将は戦地に出征し、屋敷には俊子（18歳）と春江（16歳）という姉妹がいるのだが、病弱の春江は今も母を慕い、厳格な父の怒りが解けて母が戻って来ることを願っている。姉の俊子の方はきつい性格で、父の言い付けを守り、母が近づくことすら快く思っていない。少将の出征後、勢子は思い切って春江の病気見舞いと留守宅見舞いを兼ねて、有吉邸を訪れるのだが、俊子だけは相変わらず冷たく対応する。春江などは引き止めるのだが、勢子は二人の成長した姿を確かめて屋敷を後にする。実は勢子は或る決意を固めており、有吉家への暇乞いも兼ねていたのだ。その決意とは従軍看護婦になることであった。「前夫人」は、以下の後日談（この時期の秋聲作品は「将軍出づ」「軍事小説　出征」「さか浪」「数奇」など、短い後日談で締め括る形式が一つの特徴）が語られて締め括られる。

風雲収まつてから、勢子は其の抜群の勤労に依り、勲六等旭日桐葉章を胸にかけて帰つて来たが、爾来彼女は看護事業に係《たづさ》はつて、半生を公共的事業に献げつゝ、極めて厳正な生活を送つてゐると云ふ。彼女の前半生を知るものは、此の甚しい変化を、誰とて異しまぬものはなかつた。

（『新小説』明治37・7）

日露戦争下の女性を描いた小説には、特志看護婦になる結末が多く見られる。先に紹介した広津柳浪「天下一品」も、許婚者有田少佐の戦死の後、春子は佐世保で看護婦として働いているという結末である。恋人、夫、兄や弟の戦死を機に看護婦となる女性を描いたものは多い。秋聲の

「前夫人」も戦時下における看護婦バージョンの一つで、その意味では新味には乏しい。ただ、肉親や愛する者の戦死を契機に篤志看護婦となる他の多くの看護婦ものと異なり、前半生の自らの過ちを僅かでも償おうと四十歳前後で発起した女性を描いたところが秋聲らしい結構を備えており、やはり類似の看護婦ものとは一線を画した特異な作品と思われる。

＊　＊　＊

この後、秋聲は春陽堂の『新小説』に「おち栗」（明治37・11）という掌篇を発表している。これは秋聲の他の戦争小説とは全く傾向の異なる特異な位置を占める小品である。小品である故に〈小説欄〉には収録されず、〈雑録欄〉に収録されたものである。「一」と「二」からなるが、二つに内容的関連性は無い。二つの断片的挿話を並べて語り手の「自分」に統括させるという体裁であり、独立した一つの短篇小説と見做すにはやや無理がある。それ故か、秋聲は控えめに「おち栗」と題したものと思われる。これは「実なし栗」の意味であろう。二つの素材がそれぞれ独立した短篇として熟成しなかった意を籠めた自嘲的題名と考えられるが、内容はなかなか興味深い。「一」は、没落士族の子弟で、中学卒業の頃、一人は父の死による負債を抱え、一人は士族会社の倒産により財産を失ったというよく似た境遇の二人が上京して苦学の末、一人は医者になり、一人は画家になったのだが、画家が医者から二十円の金を借りたことを切っ掛けに友情にヒビが入るという話である。秋聲自身と桐生悠々の上京体験を想起させ、有り得たかも知れない感情の齟齬を描いて興味深い。「二人の親友は、同じ渓間から湧いた水が、東と西とに岐るゝやうに、相離隔して了つた。」そして、医師はますます清潔・謹直に、画家はますます放縦・横着になった。二人の間に介在する「自分」は清潔とも放縦ともつかず、きわめて臆病・平凡に暮らしている、というものである。これは日露戦争とは全く関わりの無い内容だが、「二」は、その「自分」が「知れる中尉を予備病院に訪ふた。」という一文で始まり、日露戦争へと架橋される。この中尉はおそらく旅順攻囲戦で重傷を負い九死に一生を得て、現在予備病院に療養中であるのだが、その壮絶・悲惨な戦闘経緯を見舞いに訪れた「自分」に語るのが「二」の全てである。今は秋聲と日露戦争に焦点を当てて論じてきた本稿の目的に添って、この「二」を中心に論及したい。

中尉の指揮する中隊は五百米程の或る丘を占領したが、忽ち三面から激しい砲撃・銃撃に晒される。このままでは全滅は避けられないので、やむを得ず丘の後腹に退却して敵弾を避けていたが、敵の攻撃はますます激しくなり、やがて敵兵が丘を奪還するため突貫して来た。仕方なくこちらも丘へ出て有らん限りの銃撃を加え、肉弾戦となった。その実態を中尉は次のように語る。

　恁なつて来ると、もう混戦だ。弾薬は竭きないまでも、射つてる隙がない、石塊を拾つて、手当次第投つける、目を瞑つて剣を振廻す奴もあれば、台尻で滅多うちに撲《うち》まわる奴もある。突く奴、撲仆《はりたふ》す奴、蹴る奴、突飛す奴、喚く奴、怒鳴る奴、石が飛ぶ、剣が折れる。いや、迚もお話にならん。文明の戦争もへつたくれもあつたものじやない。全《まる》で野獣の摑合、噛合

さね。（略）
もう此混戦が始まつたときは、中隊は半分しか活きてゐない。（略）
敵の砲撃を受けはじめたのは、丁度朝の七時で、晩方まで中隊の全滅を賭して闘つたと思ひたまへ。此時後方から大砲の丸が飛んで来たぢやない。無論味方だ。
此は已むを得んので、丘上の敵を攘ふには、味方をも併せて攘はなくてはならぬ。（略）
所詮《つまり》、踏とゞまつて、奮戦してゐる奴は、味方の大砲のために殺られて了ふと云ふ勘定で、戦は必ずしも、直接敵の為にばかり兵を損ずるものぢやないと云ふことを、記憶しておいてもらひたい。（略）敵の戦闘力を殺ぐ目的の戦が、時には味方をも併せ殺さなければならぬ場合もあらうと云ふのだ。
が、孰にしても悲惨は同じことだ。
（「おち栗」『新小説』明治37・11）

先ず中尉は、白兵戦の実態は「文明の戦争」もへったくれもあったものではないと語る。これは「文明国日本」が「野蛮国ロシア」を征伐するという日露戦争の政治的プロパガンダなど通用しない戦場に於ける剥き出しの野蛮性を語っている。続いて混戦の最後には、生き残って奮闘している部下たちも「味方の大砲」によって殺されてしまうという不条理が語られるに至る。中尉は白兵戦の中で、大腿骨貫通の重傷を負い、それでも片足で這うように進み軍刀を振り回し戦うが、各所に負傷し、やがて敵軍に押し返され崖下に突き落とされてしまう。途中で木の根に引っ掛かりそのまま意識を失うが、翌日味方によって発見され、救助されたという。丘は前日、敵に占領されたが、間もなく味方の別の中隊によって再度奪還されたのである。「乃公《おれ》は漸く味方の手に救上げられたが、丘上に勇戦してゐた部下の兵は、悉く我大砲弾の犠牲となつたのだ。」（傍点小林）白兵戦となった場合、現実の戦場にあってはこうした不条理も戦術上不可避であることを中尉は語る。職業軍人である彼は、この不条理を受け入れざるを得ないのだろうが、徴兵されてこの悲惨な不条理に巻き込まれた多くの部下の兵たちはどうであったか？（「春の月」の兼吉のような兵士を想起しても良い。）秋聲は次の一文でこの掌編を締め括っている。「語畢つて彼は目を瞑ぢて何をか黙唱してゐた。」と。おそらく彼はこうした不条理な「戦死」を遂げた多くの部下たちの冥福を祈るとともに、生き残った自らの運命を呪っていたのかも知れない。

六

「おち栗」の（二）は、戦場の悲惨な実態を、重傷を負い内地に後送されて予備病院に入院中の或る中尉の口を借りて語らせている。白兵戦になると、敵に殺されるばかりでなく、味方の砲弾によって殺されるというリアルな戦場の悲惨な不条理である。後年、司馬遼太郎は『坂の上の雲』において、旅順攻防戦の大詰めを迎えた乃木希典《まれすけ》将軍を司令官とする第三軍の参謀会議の緊迫した状況を描いている。八月の第一回総攻撃以来、膨大な犠牲者を出しつつ何の戦果も無く、徒に旧態依然たる攻撃を続けている乃木軍に満州軍総司令部から児玉源太郎が乗り込み、乃木の指揮権を剥奪（表面上は借用）し、大胆な作戦転換を命令する場面がある。この「驚天動地」（司馬）の攻撃作戦の転換は、「おち栗」に描かれたような悲惨な状況が必然的に予測されるものであった。児玉の命令は二十八サンチ榴弾砲等の重砲隊の二〇三高地占領に向けた陣地転換を二十四時間以内に完了することと、同高地占領の上は、二十八サンチ砲をもって一昼夜十五分間隔でぶっとおしに援護射撃を加えよ、という無謀なものであった。第三軍司令部は乃木司令官の下、参謀長の伊地知幸介少将、副参謀大庭二郎中佐、攻城砲兵司令官豊島陽蔵少将、砲兵中佐佐藤鋼次郎や奈良武次少佐など最新知識を学んだ砲兵の専門家を揃えている。児玉の命令に対し、奈良は重砲陣地の速やかな移動などは不可能だと反論し、佐藤は二〇三高地など狭い場所への二十八サンチ砲など巨砲による援護射撃などすれば、味方諸共粉砕することになる、と反論する。「そこをうまくやれ」と、児玉はおだやかに言ったが、佐藤はなお承服せず次の言葉を返す。

「陛下の赤子《せきし》を、陛下の砲をもって射つことはできません」

秋聲の「おち栗」は、まさしく「陛下の赤子を陛下の砲をもって」撃った状況を描いていた訳である。『坂の上の雲』は、この佐藤の言に対し、児玉は、突如、両眼に涙をあふれさせ、次のように抑えていた感情を噴出させる。

「陛下の赤子を、無為無能の作戦によっていたずらに死なせてきたのはたれか。これ以上、兵の命を無益にうしなわせぬよう、わしは作戦転換を望んでいるのだ。援護射撃は、なるほど玉石ともに砕くだろう。が、その場合の人命の損失は、これ以上この作戦をつづけてゆくことによる地獄にくらべれば、はるかに軽微だ。いままでも何度か、歩兵は突撃して山上にとりついた。そのつど逆襲されて殺された。その逆襲をふせぐのだ。ふせぐ方法は、一大巨砲を以てする援護射撃以外にない。援護射撃は危険だからやめるという、その手の杓子定規の考え方のためにいままでどれだけの兵が死んできたか」（『坂の上の雲』第五巻　文春文庫）

ちなみに、上記場面に関し、「この光景を、児玉付の田中国重少佐は、生涯わすれなかった」と司馬は書いている。だが、田中は後に、『参戦二十将星　日露大戦を語る』（昭和10・3、『大阪毎日新聞』・『東京日日新聞』）の中で「児玉総参謀長の旅順行秘話」として詳しくこの時の経緯を語っているが、児玉の戦術変更に対する佐藤鋼次郎の反論や、それに対する児玉の涙ながらの激情の憤出については触れていない。司馬遼太郎は旅順戦の多くを谷壽夫の『機密日露戦史』（昭和41年2月、原書房）に依拠して書いたと思われる。この書は谷が陸軍大学兵学教官時代の大正末期、新設の専攻科の学生（と言っても少佐・中佐クラスの選良僅か十人の学生）を対象にした講述テキスト（全12冊）であり、公刊を意図せず、参謀本部編の公刊『日露戦史』には伏せられた事実や実態を詳細に講述したものである。部外秘の本書は明治百年を記念して初めて活字化された。『坂の上の雲』連載開始の二年前のことである。この『機密日露戦史』中に、児玉による上記戦術転換に関する記述がある。他ならぬ田中国重（この時近衛師団長）に取材し、谷がまとめたものである。この（1）重砲陣地の移動、（2）二十八サンチ砲による砲撃について、谷壽夫は「然るに重砲隊副官奈良少佐は第一項に反対し、第二項は友軍に危険なりとて不同意を唱えたるも、児玉将軍は砲撃は味方打ちを恐れずとて肯ぜず。」と記している。奈良武次が、第一項に反対した理由は記されていない上に、第二項も奈良が反対したのか、それとも他の人物か分かりにくい表現だが、佐藤鋼次郎の名前が見られないことは明白である。ただ児玉が「味方打ちを恐れず」と述べたことは確認できる。

いっぽう、佐藤鋼次郎も日露戦後に『日露戦争秘史　旅順を落すまで』（大正13・5、あけぼの社）を書いているが、佐藤は本書執筆途中で没しているため、第二次総攻撃までで中絶、本書は佐藤の遺稿となった。したがって、司馬遼太郎の書いている上記応答場面（第三次総攻撃）に関しては、遺憾ながら知ることが出来ない。さらに、当時佐藤鋼次郎（中佐）の下で攻城砲兵司令部にいた奈良武次少佐も前記『日露大戦を語る』に出席しているが、この緊迫したやり取りについての証言は見ることは出来ない。ただし、佐藤鋼次郎や奈良武次の攻城砲兵隊司令部は第三軍の隷下にあったが、軍司令部の参謀長伊地知幸介少将による作戦には当初から批判的であった。特に佐藤は日清戦争従軍をはさんで長期間ドイツに留学し、要塞戦の戦術・攻城砲・築城の研究一筋で通してきた専門家であった。彼の伊地知幸介参謀長への批判は手厳しい。「伊地知少将は当時薩閥の秀才と見做され、薩閥に重用せられ、殊に大山元帥の姪とかを娶つて」「昔は薩閥の秀才であつたかもしれないが旅順攻城当時では、一時の評判ほどに学識才能の見るべきものなく、頭脳もあまり明晰でないと見え理解力にとぼしく、ことに躊躇逡巡して決断力にとぼしく」云々（『旅順を落すまで』）と酷評しており、こうした伊地知が指揮する乃木軍司令部への評価では児玉源太郎の評価とも一致している。また佐藤によれば、児玉はこれ以前の九月末（第二次総攻撃の失敗後）にも旅順に視察に来ているが、その時、旅順攻撃の今後について、佐藤らに相談があり、永久築城的な掩蔽部を持つ松樹山や二龍山を攻撃破壊するには二十八サンチ榴弾砲が必要なこと、さらに早晩二〇三高地を奪取して、ここから観測して旅順港の敵艦隊を攻撃するには、もう少し西方に二十八サンチ砲を据え付けなければならない。「此際大奮発を以て、多数の同火砲を取寄せ大々的の攻撃を加えなくば、旅順の攻略は」不可能である、との結論に達したという。こうした証言を考え合わせると、司馬遼太郎は劇的場面を構成するために事実を多少改変脚色しているようである。先の『坂の上の雲』の場面もそうだが、これに続く場面も同様である。この直前に一旦占領した二〇三高地がすぐに敵の猛攻にあって奪い返され、憤激して乗り込んで来た児玉は、二〇三高地の西南角にまだ百名ほどの日本兵が取り付いて孤立無援の状態でいるという情報（秋聲の「おち栗」と同様の状況）を聞き、前線から離れた位置にある乃木軍司令部参謀たちの誰一人としてそれを確認した者がいないことに激怒する。そして乃木軍参謀副長の大庭二郎中佐に、二、三人の参謀を連れて今すぐ前線に赴き現状偵察に行けと命令する。児玉が旅順に到着した十二月一日夜のことである。しかし、児玉に同行した田中国重少佐の証言（当時大将）によれば、この時派遣されたのは第七師団の白水淡中佐と連合艦隊の岩村参謀および国司伍七満州軍参謀の三名であったという。しかも日付は翌十二月二日のことであった。田中によれば「当時そんな所へ行けば必ず生きて還れないと思はれてゐたのだから、白水中佐などは上から下まで着物を着替へて、死んでも恥をかかないといふ非常な決心をもつて出掛けて行つた」（『日露大戦を語る』）とあり、証言は具体的である。司馬が書いている大庭二郎中佐の名前は無い。以上のことから判断すれば、今回の児玉による作戦変更が二〇三高地の占領と旅順の陥落をもたらしたことは事実であるが、乃木軍司令部の作戦に疑念をもっていた攻城砲兵部の佐藤鋼次郎や奈良武次が児玉に対して強硬に反論したとは考えにくい。

しかし、「陛下の赤子を、陛下の砲をもって射つことはできません」という佐藤の反論がなされた可能性は否定できない。なぜならば、既に彼は同趣旨の提言を軍司令部に具申していたからである。第一回総攻撃が乃木軍司令部の無謀な作戦により死傷者一万五千八百六十人という膨大な犠牲を出しながら、何の戦果も挙げられなかった現状に鑑み、佐藤ら攻城砲兵部では、このままでは乃木軍は全滅の他ないだろうと憤慨し、砲兵司令官の名をもって佐藤鋼次郎が直接軍司令部に到り十ヶ条近い意見上申をしたという。（佐藤『日露戦争秘史　旅順を落すまで』）その主たるものは強襲法を断念し正攻法により着実に武歩を進めるべきという作戦転換を具申するものだが、その六ヶ条目に以下のような提言が見られる。

㈥　突撃の際に於ける歩砲兵の連携が甚だ宜しくなくて、往々我が砲兵火が我が歩兵に危害を及ぼす事があるから此連携を一層緊密にする方法を定むる事。

すなわち、突撃する歩兵と後方から援護する砲兵とは緊密に連携が取れていなければ、歩兵に危害を及ぼす惧れがある。強襲法による無謀な突撃の繰り返しの中で実際にそのような事態があったことを物語っている。まさに「陛下の赤子を陛下の砲で射つ」事態である。『坂の上の雲』に於ける問題の場面は十一月二十六日から開始された第三回総攻撃の最中のことである。この後、秋聲「おち栗」に描かれた不条理な事態が展開されたであろうことは言うまでも無い。だが、「おち栗」は、この第三回総攻撃での出来事を描いた作品ではない。

「おち栗」が掲載された春陽堂『新小説』十一月号は同月一日発行である。おそらく十月十五日以前には入稿されていたものと考えられる。とすれば、「おち栗」における中尉が語った惨憺たる戦闘は、時間的に考えて第一次総攻撃の体験とみられる。（第二次総攻撃は十月二十六日からであり、執筆時には未だ開始されていない。）そうとすれば前述の佐藤鋼次郎による乃木軍司令部への意見具申とも符合する。

それでは、第一次総攻撃に実際に参加し、「おち栗」の中尉のような体験を書いているものは無いであろうか？　そうした格好の書として、桜井忠温の名作『肉弾』[6]（明治39年4月25日、英文新誌社出版部）を検討してみたい。言うまでも無く『肉弾』こそ旅順戦の第一次総攻撃で瀕死の重傷を負った桜井自身の体験を描いた作品に他ならないからである。

七

桜井忠温は歩兵第二十二連隊（松山）の旗手少尉として出征、第十一師団（善通寺）に属し、当初は奥将軍の第二軍麾下として南山に向かったが、既に南山は陥落したため、その後乃木将軍の第三軍に編入され、壮烈悲惨な旅順攻囲戦を戦うことになる。八月十九日に第一回総攻撃が開始されたのだが、「勇士の死屍は山上更に山を築き、戦死の碧血は凹所に川を流す。戦場は墳墓となり、山谷は焦土と化す。（略）幾許の肉弾を費やしても、彼の堅牢無比を誇つた敵塁に対して効果を奏せざるに終つたのである。」（『肉弾』第二十六）という無残な失敗に終わった。この時中尉に昇進していた桜井は、第十二中隊の小隊長として東鶏冠山から望台を目指して突撃を繰り返したが、突撃中に中隊長川上喜八大尉が戦死したため、桜井が代わって中隊の指揮を執った。しかし最早生きている部下はほとんど無く、白兵戦の中で彼も全身に重傷を負い倒れたのである。「予は幾多の死傷せる部下(?)に取巻かれて、孤り横たわれり、」（第二十六）という状況の中で、次のごとき注目すべき記述が見られる。

稍あつて、我軍よりする砲弾は、盛んに予等の頭上に破裂し始めた。着発弾は予等の身辺に落下して血烟を揚げた。或は足、或は手、或は首が、真黒に寸断せられて飛散つた。予は観念の眼を閉じて、我砲弾に一思に粉砕せらるゝことなら、これこそ遺憾無き介錯なれと念じてゐたが、予が肉、予が骨は猶ほ其砕破するところとなるを得ずして、小破片のみが予の手足を傷つけた。予が左足の辺にゐた一負傷兵は、此の砲弾の破片で顔の真向から唐竹割に劈《つんざ》かれて、足掻き藻掻き、虚空を攫《つか》んで苦しんでゐたが、頓て俯伏になつて息は絶えた。

（『肉弾』第二十八「死中再生」）

ここには明確に「我軍」すなわち味方の砲弾によって絶命する日本軍の兵士が描かれている。負傷兵のみではなく、未だ戦闘能力を保持している兵士もいたことは、この前後の記述からも窺がわれる。現に桜井は見知らぬ高知連隊の兵士（近藤竹三郎）に危機一髪の状況下で奇跡的に救出されたのである。正に秋聲「おち栗」に描かれた状況、すなわち朝の七時から晩方まで中隊の全滅を賭して戦った所へ、後方から味方の砲弾が落下する。「所詮、踏とゞまつて、奮戦してゐる奴は、味方の大砲のために殺られて了ふと云ふ」ことになり、「敵の戦闘力を殺ぐ目的の戦が、時には味方をも併せ殺さなければならぬ場合もあらうと云ふのだ。」という「おち栗」の状況と合致するものである。『坂の上の雲』における佐藤鋼次郎のいわゆる「陛下の赤子を陛下の砲で射つ」という不条理な現実が実際に現出していたわけである。

ところで、桜井忠温の『肉弾』は明治三十九年四月二十五日に乃木希典大将及び大山巌元帥の題辞、大隈重信伯爵の序文を以て英文新誌社出版部から刊行されるや、大評判となり、明治天皇の天覧に浴し、桜井は異例の拝謁の栄に預かったことはよく知られている。しかし他方で陸軍上層部の激怒を買い、桜井は陸軍省に呼び出され厳しく叱責されている。陸軍士官たるものが文筆を弄ぶとは何事か、ということであったというが、内容に黙過しがたい部分があったことは想像に難くない。その一つが上記の如き「陛下の赤子を陛下の砲で射つ」不条理が平然と行われる戦場の残酷性の描写だったのではないか。桜井は晩年の著書『哀しきものの記録』（昭和32・12、文藝春秋新社）で、陸軍省に呼び出された時の様子を〈「君は生意気だぞ。青年将校たるものが文筆を弄ぶとは何ごとか。第一序文に、惨風血雨の残酷に泣けりとあるが、残酷とは何だ。日本軍が残酷だというのか」と恐ろしい目幕《ママ》でやられた。〉と書いている。やはり味方の砲撃に殺される場面など陸軍としては触れられたくない事実だったと思われる。ちなみに桜井はこれ以後七年間筆を絶ったが、明治四十五年、田中義一少将（後大将、首相）に勧められ、再び文筆活動を開始する。この時の田中の言に「戦勝に酔っている奴の目を醒まさんといかん。日露戦争は勝ってばかりいたんじゃない。随分ザマの悪いこともしとる。そんなことでも何でも書いてくれ」（『哀しきものの記録』）とある。これに励まされ再び旅順戦跡に赴き、書き上げたのが『銃後』（大正2・3、丁未出版社）であった。無数の戦死者への鎮魂を兼ねた書でもあった。

さて、秋聲「おち栗」と瓜二つとも言うべき体験が描かれた『肉弾』であるが、その刊行は前述のごとく明治三十九年四月二十五日初版であった。すなわち日露戦争終結後のことである。にもかかわらず、旅順攻囲戦の第一回総攻撃の惨憺たる実態を描いた本書は陸軍上層部の逆鱗に触れたのである。

ここで秋聲「おち栗」に立ち返ってみたい。既述したごとく「おち栗」[7]の発表は明治三十七年十一月である。すなわち第一次旅順総攻撃の惨憺たる失敗後のことであった。旅順は未だ陥落していない。日露戦争も未だ終結を見ていない時点である。戦勝(講和)の翌年に発表された『肉弾』でさえ陸軍省の逆鱗に触れたのである。目立たない形で発表されたとは言え、「おち栗」が密かに投げかけた惨憺たる戦場の不条理は大きな衝撃を齎したとしても不思議ではない。あるいは秋聲は意図して未成熟の素材を二つ無雑作に投げ出すような形式をとったのではないかとも想像してみたくもなるのだ。軍部は戦争報道雑誌には、たとえ小説であろうとも神経を尖らせていたであろうが、一般文芸雑誌の雑録欄にまで目が行き届かなかったのかも知れない。この小説が当時どの程度の反響を呼んだのかは、遺憾ながら必ずしも詳らかではない。私見によれば、当時まったく反響を呼んだ形跡はない。既述したように、「おち栗」とは〈実なし栗〉の意を籠めた自嘲的題名と思われるが、この栗は火中に投じれば炸裂する危険も充分に予測されるものであったのである。だが、膨大な秋聲文学の鬱蒼たる森の片隅で全く注目されることなく埋もれたまま現在に至っている。

【注】

（1）秋聲は後に、日本文章学院編輯・徳田秋聲編『会話文範』（明治44・6、新潮社）なる編著を出している。秋聲の関与がどの程度か不明だが、序文を見ても小説における会話文の重要性を考えていたことは確かである。

（2）伊藤晴雨による以下のごとき証言。「鏡花が笈を負うて郷里金沢から文学者の希望を抱いて遙々上京して、紅葉の書生として住み込んだ時は、先輩に小栗風葉や柳川春葉など、既に知名の門下生が居た。鏡花は皮肉屋と云われた斎藤緑雨などに引っ張り廻されてベソをかいて居た。加賀の訛りが抜け切らず皆んなに馬鹿にされて居たので、なんとかして東京の言葉を覚えたいという一心から、その頃芝の土橋にあった永寿亭という寄席へ毎日の様にノートを持って通い続けた。永寿の主人は当時新橋で一番の美人と云われた洗髪のお妻の兄であった。（洗髪のお妻は頭山満翁の愛人である事は能く人の知る処である）白面の書生が落語家の噺を熱心にノートするのを感心したので永寿の主人は泉君に段々話しを聞いて見ると、以上の事情が判ったので、この永寿亭がいろ〳〵と世話を焼いて、江戸から東京の言語習慣等を委しく教えてやった。教える者は針、教わる者は糸の譬えで、牛込から芝迄毎日の様に歩いて通う泉君の熱心は僅かの中に東京弁になって了った。（以下省略）」（『文京区絵物語』昭和27・10、文京タイムス社）

（3）『日露戦争実記』（博文館）第六編（明治4・3）には「陸戦の第一戦死者」と題する田所の記事があり、田所清熊は「熊本県阿蘇郡白水村大字中松の豪農田所常熊氏の実弟にして」云々と紹介されている。戦死日は「三月九日」とある。

（4）第二師団（仙台）の野戦電信隊伍長根来藤吾（福島県二本松出身）は、三月十七日韓国鎮南浦

に上陸、四月十三日に安州を通過しているが、その日記に「安州の入口に、博川西方高地にて戦死せし騎兵一等卒田所清作《ママ》氏の墓あり。これ戦死者の嚆矢なり。」（『夕日の墓標――若き兵士の日露戦争日記――』昭和51・12、毎日新聞社）と記している。名前は誤記されているが、三月八日に戦死した田所清熊の墓標が建てられていたことが確認できる。

（5）秋聲は後に従軍通訳官になったもう一人の男を描き出している。「数奇」（明治41・9『趣味』）がそれである。日露戦争開戦の直前にウラジオストックから帰国した安本は満州地図の翻訳をしつつ友人稲葉の勧める新聞社に入社を斡旋されたり、稲葉の友人（陸軍中尉）の妹との見合いをしたりと、落ち着かぬ生活をしている。また二人の共通の友人大森（作家）夫妻の幸福そうな家庭を訪ねたりするが、どうにも日本での生活に馴染めそうもない。若い時から極東問題に関心を持ち、六年間をロシアや満州を放浪して来た安本である。見合い後の結納も延び延びのまま、やがて広島（大本営が置かれていた）から通訳官として従軍するとのハガキが届いた。この後「通訳官」の鈴木のごとく「戦死」の運命を辿るか否かは分からない。それにしても秋聲は、明治四十一年になってから、何故明治三十七年を時制現在とする「数奇」を書いたのか、興味深いところである。

（6）櫻井忠温の『肉弾』は、二〇一六年に中央公論社から初文庫化（中公文庫）された。同書の「編集付記」によれば、昭和三年四月の一三八〇版を底本とし、新字新仮名に改めたとある。稀代とも言うべき重版を数えた世界的ベストセラーであることはよく知られている。だが、後版では章題や本文に異同が見られ、桜井が改稿したことは明らかであるが、版毎の詳しい本文校訂は不可能であろう。ちなみに、引用部分「我軍よりする砲弾」「我砲弾のため」（初版）は、中公文庫では「砲弾」が「銃弾」となっている。「砲弾」より「銃弾」の方が、読者に与える衝撃はやわらかだが、文脈から見てこれは「砲弾」でなければ意味が通らない。なぜならば、「我が軍よりする銃弾は、盛んに予等の頭上に破裂し始めた。」とあるが、「銃弾」が頭上で破裂することはない。これは野砲や榴弾砲から発射する榴散弾で、目標手前上空で炸裂し散弾を前下方に投射するものである。また「着発弾は予等の身辺に落下して血煙を揚げた。」とあるが、これも「銃弾」ではあり得ない。榴弾砲から発射されたもので着弾してから炸裂するものだからだ。(金子常規『兵器と戦術の世界史』)それならば、中公文庫の「銃弾」は誤植であろうか。多田蔵人氏に所蔵の一三七〇版(昭和3年4月で中公文庫底本の一三八〇版と同年同月刊)を確認してもらったところ、「銃弾」であるとの教示を得た。だとすれば、中公文庫の「銃弾」は誤植ではないとしても、どの版から「銃弾」になったのか、そもそもこれは誤植なのか、桜井による改変の余地も含めて依然として未詳である。

(7) 秋聲は「おち栗」の題材を何処でどのように得たのか? これも遺憾ながら未詳である。『日露交戦録』など戦争雑誌の記者をしていたならば、取材で予備病院を訪れたこともあったであろうが、既に見た如く、その可能性は低い。文字通り「知れる中尉」であった可能性もある。後の作品だが、「戦話」(大正4・9『中央公論』秋期大附録号)には金沢の四高の同窓生の軍人と信越線の車内で邂逅し、彼から川中島合戦の専門的軍事戦話を聞かされた逸話が描かれているが、金沢の旧友で軍人になった者も数人いたようである。金沢の第九師団も旅順攻囲戦に最初から最後まで参加した師団で、第一師団(東京)と桜井忠温の第十一師団(四国)とともに多大な犠牲者を出している。

秋聲と関東大震災―「ファイヤ・ガン」試論

―爆弾と消火器―

一

周知のごとく関東大震災は、一九二三（大正12）年九月一日午前十一時五十八分、東京・横浜など首都圏を襲ったマグニチュード7・9とされる巨大地震である。この地震・津波による死者・行方不明者は約十万五千四百人にのぼった。家屋の倒壊・焼失などの被害も当然極めて甚大であったが、その要因は、地震後に起きた広範な火災によることも良く知られている。そして地震翌日には戒厳令が布かれた中、自警団や軍・警察による朝鮮人・中国人の大虐殺、亀戸事件や甘粕憲兵大尉による大杉栄夫妻の殺害事件など社会主義者等へ虐殺が続いた。このように付随して生起した凶災を含めて、〈関東大震災〉とは、単なる自然災害にとどまらず、以降の日本の命運を予言するような社会的事件でもあった。こうした〈関東大震災〉を秋聲はどのように受け止めたのか。地震発生時、秋聲は偶然にも難を逃れた形で東京には不在であった。八月三十日の夜東京を立ち、前日の午前に郷里金沢に着いたばかりであった。やや行き詰まった姪の結婚話をまとめるため姉の家に滞在したのだが、九月一日の夕刊から少しずつ報道される地震の情報はあいまいで留守宅の安否がわからず、ジリジリとした時間を過ごすことになる。それでも姪の結婚話をまとめるため奔走するのだが、二日午後に駅頭で「ポンペイ最後の日——東京は今や焦土と化しつゝあり」「神田、本郷被害甚大」等の号外の文字を目にして倒れそうな衝撃を受ける。その後も帰京手続きや交通事情の悪化で十四日に帰京するまで、不安や心労は危機の現場に不在であったゆえの焦燥と相俟って秋聲を憔悴させた。こうした経緯は十月五日の『東京朝日新聞』（夕刊）に秋聲自らが語っている。これは「夢のおもひ出」（八）として写真入りで掲載されたものであるが、震災関係の報道記事を追っている時に偶然気付いたもので、『秋聲全集』や「著作目録」にも漏れているので、先ずはここに紹介しておく。

夢のおもひ出（八）

「不安の旅先」金沢に居て震災を聞く・帰京迄の半月厭な心持

徳田秋聲氏の話

私は当時郷里金沢の方へ旅行中で、恐ろしい目には会《あ》はなかつたが、十四日夜帰京するまで殆ど夜睡眠をとれぬ位厭な不安な気持で頭の中が一ぱいになつて居た、一日夜の号外を振り出しに東京、横浜の惨状が手にとる様に報ぜられる、逸早く避難して来た人も云ひ合はした様に本郷、小石川は、△**全滅**　だと話す、森川町の自宅には身体の不自由な老人と六人の子供を残してあつたので一家悉くやられたか、老人や小さい者のために妻や大きな子供は犠牲になつて居はしまいかと妻が死んだ場合、子供達が死んだ場合といろんな悲惨な場面を頭の中に描いて見てはイラ〳〵して居た、鋭敏になつた私の神経は東京の死者幾万の数字を自分の家族に比例までつくつて割当て見もした、姉達が、占をして貰ふと一家は無事と出たが何うして安心が出来やう、其内五日午後になつて軽井沢まで遁《にげ》て来た婦人之友社の龍田氏から「このはがきがつけば嬉しい」との書出しで本郷区は安全家族も△**無事**　との消息が只金沢市徳田秋聲だけの宛名で私の手許に届いた、然し私の不安は依然として去らない。姉達や土地の人々は危険だからと止めたけれど帰京の決心をした。ところが役場から入京に要する証明書か容易に下つて来ない。辛うじて証明書を貰つたが、汽車に却々《なか〳〵》乗れない、毎日停《ステ》車場《ーシヨン》へお百度を踏んで、十三日正午金沢発の列車にやつと乗込む事が出来た。汽車の中には生糸や反物買占めに出掛ける抜目のない北陸関西方面の商人が多数乗つて居た、全く自然界の出来事は何時どのやうな事が突発するかも知れないものだ

右に語られた帰京迄の経緯や帰京後の心境は、「不安のなかに」（大正13・1『中央公論』）・「余震の一夜」（同年同月『改造』）・「『梅』を買ふ」（同年同月『我観』）などに描かれている。帰京後の

秋聲は一穂と二人で、橋桁のみ残った厩橋を綱渡りのように渡って本所・横網町から被服本廠跡まで被災の激しかったところを歩いている。被服廠跡に積み上げられた死体の山ばかりでなく、隅田川にはまだ死体が浮き、焼けた電車の車台には雀焼きのように真っ黒く焼けた死体が転がっていたと云う(1)。また、面識のあった大杉栄虐殺事件の報に接したのも帰京後のことであった。こうした中、先ず発表された震災関連の小説は「フアイヤ・ガン」(大正12・11『中央公論』)であった。他の作品は、この未曽有の災害に対する自らの体験を私小説風に表現したものばかりだが、「フアイヤ・ガン」のみは、いわゆる客観小説で震災直後の世相風刺の効いた好短篇である。震災後の混乱が続く中、大学構内の草原で見つかった物体が、理学博士によって爆弾だとして警察に持ち込まれたが、間もなく刑事たちによって消火器だと判明するという話。爆弾と消火器という正反対の機能と目的を持つものの異常事態下における誤認、しかもそれが理学博士によってなされ、やがて面目を失うという逆転を描くことによって、当時の不安・混乱・流言蜚語に揺れる世相の一端を鋭く切り取ったものである。消火器を爆弾と誤認した博士の言として、本文には「多分不逞の鮮人が、秘密裏に買ひ取つたものでせうよ。」とか「何しろこの周りに集つて、鮮人が今こゝへこれを落して逃げたと言ふものがあつたものですから、」とあるように、震災直後から、朝鮮人による暴動や井戸に毒を投げ込んだなどという流言蜚語が広まり、これが大虐殺に繋がったことは良く知られている。松尾章一『関東大震災と戒厳令』(2)によれば、事実無根の流言蜚語によって虐殺された在日朝鮮人は六〇〇〇名以上、中国人は七〇〇名以上に上ると言う。これらは民衆による自警団が軍隊・警察と協力して行ったものであった。さらに松尾は、警視庁編『大正大震火災誌』（大正14、非売品）から、各警察署の報告に見られる流言飛語の伝播状況を時系列に並べ替えて紹介しているが、とりわけ興味深いのは次の二例である。

自警団によって駒込警察署に連行された爆弾・毒薬所持の朝鮮人を調査した結果、爆弾はパイナップルの缶詰、毒薬は砂糖だったという事例（9月2日）。京橋月島署の報告に「民衆が「鮮人」が携えていた爆弾を収容したと本署に持参。爆弾を鑑定すると唐辛子の粉末であった。」との事例（9月3日）である。この他、九月八日の『東京日日新聞』には、「鮮人の爆弾　実は林檎　呆れた流言蜚語」という見出しで、湯浅警視総監談話による報道がなされている。「ファイヤ・ガン」も同様の事例を題材にしていると見られるが、爆弾／缶詰・爆弾／唐辛子や爆弾／林檎といった荒唐無稽な誤認ではなく、何よりも爆弾と消火器という正反対の機能を有するものの誤認という点にこの作品の眼目があると思われる。

二、秋聲・悠々・消火器

ところで、秋聲と消火器には因縁がある。若き日に盟友桐生悠々と小説家を志して上京、尾崎紅葉や坪内逍遥を訪問したりしたが、容易に道は開けず、忽ち生活に窮した二人は郷里の友人谷崎安太郎を頼り、彼の考案になる消火器の部品製造を手伝った体験があった。桐生によれば、谷崎は蔵前の工業学校を卒業し、本所の資産家の娘と結婚、その援助を受けて彼の考案になる消火器を売り出していたという。秋聲は、『光を追うて』（昭和13・1～12『婦人之友』）に、その時のことを次の様に描いている。

二人はその頃、銀座うらの八官町にあつた谷崎安太郎の家に通つて、彼の発明にかゝる消火器の部分品の製作を手伝つてゐた。ロッシヤン・ランプと硫酸とで指先きの爛れてゐたことだけは、今でもぼんやり思ひ出せるが、それが何んな仕事であつたかは分明《はつきり》してゐない。（二十二）

また桐生悠々も『桐生悠々自伝』(3)中の「職工生活」に、そのことを詳しく回想している。

私たち二人が同行して、この谷崎氏を訪い、生活の資を得る途に関して、氏の教えを請うと、氏は訳もなく、それならば、「ロシアンランプで以て硫酸ビンを溶かすのだ」と言って、その方法を教え、この労働に従事すれば、イクラかの賃金をくれることを約した。で、二人は隔日に、一人は今日、一人は明日という具合に、今日にいうところ職工となって、この百工商会に通勤した。

いっぽう『写真図説　日本消防史』(4)によれば、「明治二五年（一八九二）にドイツ製硫曹式消火器が一般に公開披露され、その威力を認めた関係者は消火器の生産に着手した。同年、谷崎安太郎が上部破瓶型アルカリ消火器の特許を受け、製造を始めたのが消火器の始まりである」と記されている。つまり秋聲と悠々は我が国最初の消火器製造に関わっていたことになる。二人の上京は一八九二年であり年譜的にも符合する。二人にとって若き日のこの苦い体験は、その後何度も話題にされており、「ファイヤ・ガン」を書く秋聲に何ほどか意識されていたものと思われる。ファイヤ・ガンと銘打たれた作中の消火器も、本文から推察するに、同じ上部破瓶型消火器と思われる。さらに震災前に、桐生の配慮により「名古屋新聞」に連載することとなっていた『掻き乱すもの』が十月二十七日から掲載され始めたが、震災前に送ってあった原稿内容の記憶があいまいになっていたため、その確認と続きを書き継ぐため十一月七日から十二日まで名古屋に滞在、桐生悠々とも旧交を温めている。この滞在の一端は後に「倒れた花瓶」（大正15・1『文藝春秋』）に描かれるが、当然、東京で罹災した〈井波のお婆さん〉（「余震の一夜」では井村）の消息が秋聲の口から伝えられたであろう。〈井波のお婆さん〉とは、若き日の桐生と悪縁で結ばれた下宿の主婦である。帝大生となった桐生の後を追って徒歩で上京し、白山下で世帯を持った女性であり、ここを若き秋聲もしばしば訪れたことがあった。桐生の新婚時にも同居していたと伝えられる。その後彼女は東京で一人寂しく暮し、秋聲のところへもよく訪れて来たようだが、この時上野近辺で罹災し、岩崎邸の避難所にいるところを徳田家に引き取られ、数日して金沢に避難して来たのである。そして未だ東京に戻れずにいる秋聲のもとを訪ねている。「余震の一夜」には「私の家も家族も無事だと云ふ簡短な知らせを受取つてから、それが三日目の八日の日であつた。」と彼女が秋聲の滞在している姉の家へ突然訪ねて来たことを記している。この「家も家族も無事だと云ふ簡短な知らせ」が、先に紹介した「夢の思ひ出（八）」にある婦人之友社の龍田氏（後の作家三上秀吉と思われる）から「金沢市徳田秋聲」だけの宛名で届いたハガキを指していると見られ、それが五日とあるから、それから「三日目の八日」というのは日付けも符合する。「震災中故郷の姉の家にゐた私が、妻や子供たちは勿論、色々の人の身のうへに、色々の場合を想像してゐたなかにはこの老婆もあつたことは勿論であつた。」（「余震の一夜」）と記している。そして近くの公園の池に死体となって浮かんでいる彼女の姿を想像し、「私は余り好い気持がしなかつたけれど、漸く竹内（桐生悠々）が救はれたやうな気がなくもなかつた。」（「同」）と述べている。「ファイヤ・ガン」を書く秋聲にとって、若き日の思い出にまつわる二人の存在が意識にあっただろうことは想像に難くない。「ファイヤ・ガン」掲載の『中央公論』の発売日は十一月一日とされているが、実際の発売日は新聞広告[5]によれば、十一月九日である。すなわち秋聲の名古屋滞在中に発売されたことになる。とすれば、この爆弾と消火器にまつわる作品を桐生悠々にも直接見せたのではないかと想像してみるのも興味深い。

三、爆弾と消火器

ところで、戦後刊行された「ファイヤ・ガン」収録本は、次のようなものである。

①『或売婦の話・蒼白い月』（岩波文庫、昭和30・1）
②『現代日本文学全集63・徳田秋聲集（二）』（筑摩書房、昭和32・11）
③『秋聲全集』第七巻（雪華社、昭和37・6）
④『日本近代文学体系21・徳田秋聲集』（角川書店、昭和48・7）
⑤『秋聲全集』第六巻、「解説」は第十八巻（臨川書店、昭和50・10）

これらには、すべて徳田一穂の解説または解題が付されており、「フアイヤ・ガン」に関しても短い言及がある。例えば、②には次の様な指摘がある。

「フアイヤガン」は、大正十二年の関東大震災の折りの一つの事件で、思はざる災害にあつて、社会秩序が混乱をきたした場合には、学問知識なども案外当てにはならず、大学教授が滑稽な失敗をしてしまふ有様を写実的にではあるが、多少カリカチュア風に書いたものである。

短いが要を得た端的な指摘である。①も同様である。③には見るべき言及はない。④には榎本隆司の詳細な注釈があり興味深いが、一穂の解説は引用した②と大差ない内容である。しかし、⑤には十八巻に全集収録作品全般にわたる詳しい解説があるが、その中の「フアイヤ・ガン」に関する言及はきわめて興味深い。

関東大震災の時の人々の動転のなかで大学教授が東大の構内で発見された近くの岩崎邸の外国製の火災消火器の英文の使用法に関する説明書きを誤読して、「フアイヤガン」と云ふ名称から爆弾と思ひ違ひをする諧謔諷刺の入り混じつた短篇がある。何人かの本富士署の刑事が登場し、大学教授の姿がユーモラスに描出されてゐる「『《ママ》フアイヤガン』」《ママ》といふ短篇があるが、「或る売笑婦の話」と好一対と言へよう。

作品内容の把握にやや誤認が見られるが、何よりも、右の作品要約からは「ファイヤ・ガン」は、実際に在った出来事を題材としているらしいことが窺われる。作品自体は、全て固有名を避けており、「何某署」であり、「〇〇大学」であり、「××博士」などと表記されている。ところが徳田一穂のこの一文は、固有名を全て朧化して書かれていたことなど忘れた如く、いきなり固有名で解説している。ちなみに④で、詳細を極めた注をつけた榎本隆司は、冒頭の「何某署」について、「ある警察署。特定の名を出さないのは、フィクションであるからということとともに、話題が話題なので差し障りを考え、わざとボカした感じである。」と述べ、基本的にこの作品は「フィクション」との見方を提示している。しかし、徳田一穂によれば、「何某署」は「本富士署」であり、「〇〇大学」は「東京大学」であり、「石崎さんのところ」は「岩崎邸」であるという。

つまり秋聲の身近にいた一穂は、この作品が事実に依拠して書かれたことを知悉しており、その記憶が、右のような要約になったものと思われる。とすれば、秋聲にとって身近な場所で起こった小事件を題材にしたということになる。おそらく本富士署関係の知人[6]から得た題材[7]ではないかと推察されるが、それゆえに固有名を伏せざるをえなかったのではないか。秋聲の作品にはアルファベットの頭文字を使用する例は多いが、この作のように「何某署」「〇〇大学」などと朧化したものは稀である。それゆえ現在では、固有名を念頭に置いて読解した方が、どこか作り話的匂いのするこの作品のリアリティーが裏付けられるものと思われる。徳田一穂も「写実的にではあるが」と念を押す所以である。

＊　＊　＊

例えば、〈ファイヤ・ガン〉と銘打たれた物体が発見された大学を東京大学を念頭において考えてみよう。「誰かゞこれを見つけて、騒いでゐた」「何しろこの周りに集まつて、鮮人が今こゝへこれを落として逃げたというものがあつたものですから」という状況を想定してみるに、地震直後、休暇中の東京大学には無数の避難民が押し寄せ、やがて構内建物に収容された。十月五日の『朝日新聞』には「梃子でも動かぬ帝大内の避難民」「開校間近くなつて困りぬく大学当局」との見出しで、未だ二千百余名の避難者を収容していることを報じている。つまり、大学関係者だけでなく、不特定多数の避難民が構内におり、その一部の人達がこの物体を見つけて騒いでいたのだと想像が付く。因みに『中央公論』編集者の木佐木勝(7)は本郷西片町の瀧田樗陰邸で地震に遭遇、帰途、東大構内の建物から火が吹き出し、隣の建物に燃え移るのを目撃している。その後東大構内は図書館はじめ過半を焼失している。構内に消火器がころがっていても不思議ではない。この作品に描かれた時期は地震直後ではなく、一段落を過ぎた頃と考えられるが、十月になっても東大構内には、まだ二千名以上の避難民がいたのである。そして朝鮮人による暴動の流言蜚語が熾ぶる中、不審な物体の名称が〈ファイヤ・ガン〉であるところから、ツェッペリンから投下された爆弾と同型のものと速断した理学博士によって、近くの本富士署に持ち込まれる。署長室で初めて目にした刑事たちも「不思議な物体」との印象で消火器とは思いもつかなかったようである。持ち込んだ理学博士がそうであったのだから無理も無い。作品本文から判断すれば、これは上部破瓶型消火器と思われるが、次のように説明されている。

物体はビール瓶よりも一ト廻り太いくらゐの長さ一尺二三寸ほどの筒形の物であつた。ちよつと見ると、硝子か何かで造つたもの丶やうに、つや〳〵した光沢をもつてゐて、黝黒色をもつてゐたが、それが鉄の種類であることは明らかであつた。どちらが頭かわからないが、一方に洗面場の水口の螺旋の把手のやうな、そして其よりも大きなものがついてゐて、その下部の脇の方に、真鍮製の小さい口がついてゐた。

（「ファイヤ・ガン」）

図1　上部破瓶型消火器　直径16cm・高さ62cm（飯能市郷土館蔵）飯能市郷土館の教示によれば、製造元は「東京の工藤製作所」

現在残っている消火器で、これに近い上部破瓶型消火器を挙げるとすれば、飯能市郷土館所蔵の図1のようなものである。やはり消火器とは見えなかっただろう。まして〈ファイヤ・ガン〉と銘打たれていればなおさらである。ところで、〈ファイヤ・ガン〉という消火器は本当に実在したのか。作中に、理学博士の言として「勿論元来が独逸で作られたものですが、これはこゝにも書いてあるとほりアメリカ製でね、ウエルドン会社の製造に係るものです。」とある。前記『写真図説日本消防史』には記載はないが、『社団法人　日本消火器工業会十年史』[8]には、次のような記述が見られる。

大正10年という年は不思議な年で、四塩化消火器が神戸のサンタック商会（国内商社名として発音をもじって三徳商会としたというから面白い）が米国のウェルドン会社から容器と薬剤（四塩化炭素）を輸入して国内で販売している。英語のＦｉｒｅ-Ｇｕｎを直訳して消火銃と名づけたのは三徳商会である。三徳商会の販売網として、東京の太進商会、大阪の深田商店、広島の城田商会が大手で、高圧電気に安全で、油が消えるということで電気関係に売り込んだそうだが、翌年の関東大震災を境によく売れたということである。

このように、米国ウェルドン社の「Ｆｉｒｅ‐Ｇｕｎ」という消火器は確かに実在している。ただし、作中の消火器は右に紹介されている三徳商会により〝消火銃〟と訳されたものではなく、ウェルドン社から直接輸入されたものと考えられる。後に〝消火銃〟と訳されたものを、理学博士は震災後の混乱と社会不安の中でツェッペリンの爆弾と同型のものだと早合点し、「さあ何と訳したらいいかね、火銃とでもいふかね、つまり火の鉄砲だ。」と述べている。そして、レッテルに書かれた英文の仕様を解読しながらその危険性を説き聞かすに至る。

やがて出動を命じられた刑事たちの中で、一人がこの危険で「不気味な代物」をどこかで見たことがあると思い付く。「たしか石崎さんとこで見たぞ。あすこの請願巡査のとこに備えつけてあるのは、たしかにあれだ。何でも最新式の消火器だとかいふ話だつたがね、どうも似てゐるよ。」こうして、この刑事はそれを借りて来るため早速自転車で「石崎」家へ向かうことになる。因みに「請願巡査」とは、旧警察制度で、町村や私人の要請・請願により配置された巡査のことで、請願者の費用により維持されたものである。昭和三年に廃止された。つまり、「石崎さん」とは町の有力者と想像されるが、前述のごとく徳田一穂によって、これが「岩崎家」と指摘されてみれば、容易に得心が行く。本富士署の前の春日通りから湯島の切通し坂を下りれば、旧岩崎家の

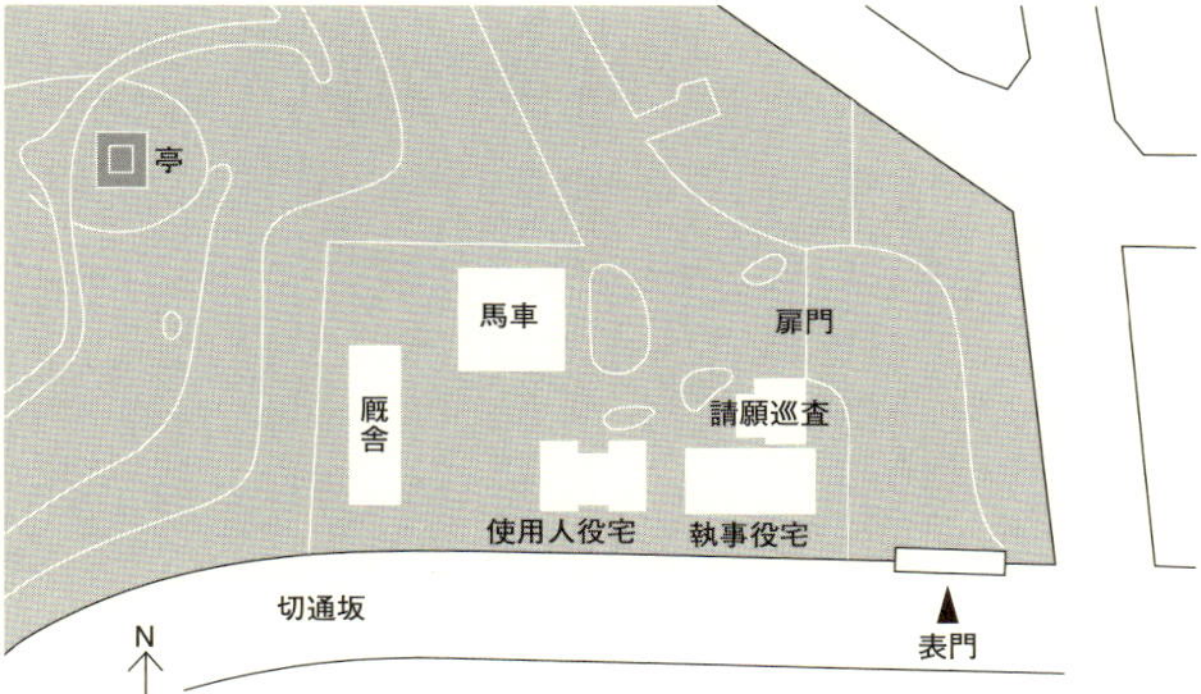

図2　旧岩崎邸表門付近　執事役宅の北に「請願巡査」とある。現在の正門はもっと北になる。（『旧岩崎邸庭園』より）

正門は数分の距離である。自転車で行けば、理学博士が帰らない内に本富士署に帰り着くことも可能である。東京都公園協会『旧岩崎邸庭園』(9)によれば、図2のように旧表門内に請願巡査の建物があったことがわかる。さらに同書によれば、「大正12（一九二三）年、東京を襲った関東大震災の際は、地元市民に屋敷が開放されました。庭の芝生は五〇〇〇人ほどの避難民によって泥のようになったといいます。岩崎邸は本邸のみならず馬小屋まで、一時難を逃れた人々が住んでいたそうです。」と記されている。先に触れたように、「井波のお婆さん」はここに避難していたところを捜し出され徳田家に引き取られたのであった。北原糸子『関東大震災の社会史』(10)によれば、この後、岩崎家はこの本邸内および切り通し坂を隔てた霊雲寺境内に一三七戸のバラックを建て、計六二三人の被災者を収容している。「ファイヤ・ガン」が掲載された『中央公論』の同じ号には「バ

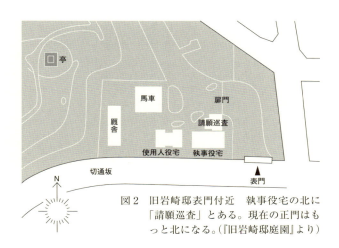

ラック生活者を見て」という特集が組まれ、田山花袋等十五人の作家が寄稿しているが、秋聲も「デッサンの東京」を書き、不忍池までブラブラ歩いて観察したと記している。池ノ端のバラックを見るためだが、おそらく春日通りを行き、本富士署の前を通り岩崎邸の正門前を過ぎて不忍池に出たものと思われる（帰りは湯島天神に立ち寄っているから春日通りを帰ったことは確実である）。あるいは、東大構内を抜け岩崎邸の裏を通るかたちで無縁坂を下ったかも知れない。因みに大杉栄の死に触れているのもこの一文である。

かくして刑事が岩崎邸から借りて来た同型の消火器が目の前に並べられることによって、理学博士は面目を失い、「何うも飛んだ粗忽で……。」とそこそこに退散する。こうして、この物騒で人騒がせな一件は、作品冒頭の場面に描かれた次の様な刑事たちの話題に回収され、また一つ恰好の事例を加えるに至ったのである。

刑事たちは、その時ひどく一般から恐怖されてゐる鮮人の行動や、錯誤から来た残虐などについて各自の見聴きしたことを話し合つてゐた。頻繁に警察に舞ひこんで来る報告も報告も、その元を捜索してみると、何の根拠も事実もないことが確かめられるばかりであつた。彼等は各自にそんな事実を話しあつて賑やかに興じ合つてゐた。

だが、署長一人は刑事たちとは異なる表情を残している。消火器と判明した時は、「笑ひもせず、少し慍《いか》つたやうな表情」であり、「私の威信にも係る」という「苦い微笑」であり、最後の「苦笑」である。

先に触れたように湯浅警視総監の談話や月島警察署の報告に見られたような、爆弾／唐辛子や爆弾／林檎という荒唐無稽な誤認と異なり、爆弾／消火器という正反対の機能と目的をもつものの誤認というところにこの作の眼目があり、秋聲の関心もそこにあったと思われる。〈ファイヤ・ガン〉というウェルドン社の消火器が実在したところから判断すれば、この作に書かれている英文の仕様書きも実際の物と思われる。とすれば、秋聲は本富士署か岩崎邸に出向き、実物から写し取ったと推察されるのだが、このような取材は秋聲にとって極めて珍しいと言わねばなるまい。爆弾／消火器という題材への一通りでない秋聲の関心が窺われる。

四、ツェッペリン・軍用飛行機・爆弾

理学博士は当初この〈フアイヤ・ガン〉をツェッペリンの爆弾だと誤認して警察署に持ち込んだ。アメリカ製だと気づいてからは、それと同型の爆弾だと説明するのだが、ここにいま一つ見落とせない問題がある。博士は九年前の第一次世界大戦下においてツェッペリンから投下された爆弾によるロンドンやパリ市民の恐怖を語る。空から投下されないまでも、今回の火災のすさまじい拡がりは、これが使われたのが原因かも知れないと早急に捜査を促すのである(11)(ドイツ飛行船ツェッペリン伯号が世界一周の途中、日本の霞ヶ浦飛行場に寄港したのは、関東大震災から六

年後の一九二九（昭和４）年になってからである。）だが、秋聲にとって、この〈ツェッペリン〉という表象はきわめて重要なものであった。「余震の一夜」では、またどういう災害に遭うかわからないから、家族はいつまでも一緒にいたいという「私」に対し、「さう云ふことばかり考へてゐたんぢや仕様がないもの。地震やテッペレンのためにのみ生活してゐられないやうなもんでね。」と「年長の子供」が答える場面がある。徳田一穂に比定される人物の発言だが、唐突に「テツペレン」が出て来るのは、明らかに「ファイヤ・ガン」を意識した発言であろう。既に述べたように、「ファイヤ・ガン」が事実に依拠した作品であることは、他ならぬ徳田一穂の一文によって明らかである。作中の理学博士が「テッペリンから投下され」た爆弾と誤認したことも事実と思われるが、これを書く秋聲自身も爆弾投下の危惧は共有していたものと思われる。つまり「地震やテッペリンのためにのみ生活してゐられない」という一穂（と見られる人物）の発言は、「ファイヤ・ガン」だけではなく、この時期秋聲自身も口にしていた脅威であったのではないか。

戦後のことであるが、広津和郎は吉田精一との対談[12]で、秋聲独特の発想力の鋭利さに触れて次のように語っている。

さつきの文芸懇話会の時に、徳田さんの一撃のもとに松本学氏が方向を転換したのと同じことで、大正のころ、スミスの飛行機が来て宙返りした時かその前か、（略）兎に角飛行機が出来てみんなの好奇心を湧き立たせていたが、その頃『新潮』の合評会の席で飛行機の話が出ると、徳田さんが、「とんでもないものを作つたものだ。これを悪く利用されたらどんな悲惨なことになるか知れない」と言つたものです。徳田さんは日本の空襲の前に亡くなつてるんですがね、空襲を知らずに。しかしそういう時にパッとそんな風に頭がひらめく。帰りにはそのことを忘れてほかのことでも考えて歩いてるでしょうが。……兎に角面白い頭ですよ。

（「対談〝あるがままの肯定〟の作家」）

代々木練兵場におけるスミスの宙返りが話題になったのは一九一六（大正5）年のことであるが、秋聲の飛行機への脅威はツェッペリン同様に関東大震災時にも持続されている。「ファイヤ・ガン」と同時に発表されたエッセイ「秋興雑記」に大震災後の復興に触れて、秋聲は次の様に記している。

アメリカがいかに物質が豊富だといつても、それはアメリカの豊富さで、羨んでも仕方がない。人類がもつと進歩したら、もつと何うにか融通がつくかも知れないが、おそろしい軍用飛行機なんかを盛んに作つてゐるやうな現在では、そんなことは望まれない。我々は東京復興について地上の地震や火災とゝもに、その飛行機の襲来をも念頭におかなければならないといふのは、我々は現代文明から何を恵まれてゐるかを疑ふと同時に、人類の生活意志が那の辺にあるかを解するも苦しむのである。

（『随筆』創刊号、大正12・11）

「ファイヤ・ガン」と時を同じくして書かれた右のエッセイにおいて、地上の地震や火災とともに飛行機の襲来にも備えるべきだと述べている。ツェッペリンから投下された爆弾の脅威は、地震と火災による壊滅的被害の惨状を体験した中で、もはや他人事ではないと述べているのである。広津の指摘したように、秋聲は東京大空襲を体験することなく逝去したが、それを予見するような警告を、地震という自然災害の中で想起しているところが秋聲の「面白い頭」だと言うことができよう。「ファイヤ・ガン」は関東大震災という未曽有の災害と混乱の中で、消火器を爆弾と誤認する理学博士が描かれているが、流言蜚語を背景に爆弾／消火器という誤認にこの作の要諦があることはすでに見て来たごとくである。だが、〈ツェッペリンの爆弾〉に注目すれば、地震という地下から地上へというベクトルの脅威とともに、空中から地上へというベクトルの脅威、すなわち戦争の脅威をも喚起している事に気付かされる。

既に記したことだが、名古屋に滞在していた秋聲は、『中央公論』の発行日からみて「ファアイヤ・ガン」を盟友桐生悠々に見せたかも知れないとの憶測を書き付けた。二人とも消火器については苦い思い出を共有するからである。これは勝手な憶測の域を出ないだろうが、次のことは付け加えておきたい。桐生が有名な「関東防空大演習を嗤ふ」[13]を書いて『信濃毎日新聞』を追われたのは、一九三三（昭和8）年、関東大震災から十年後のことである。敵機の爆弾投下は「関東地方大震災当時と同様の惨状を呈するだらう」と述べ、その最終部を次のような一文で結んでいる。

要するに、航空戦は、ヨーロッパ戦争に於て、ツエペリンのロンドン空爆が示した如く、空撃したものの勝であり空撃されたものの負である。だから、この空撃に先だつて、これを撃退すること、これが防空戦の第一義でなくてはならない。

桐生悠々が軍部の言論弾圧に抗して個人誌『他山の石』を出しつつ抵抗を続け、「戦後の一大軍縮を見ることなくして早くもこの世を去ることは如何にも残念至極に御座候」と書き残して憤死したのは一九四一（昭和16）年九月十日、秋聲の『縮図』が中絶を余儀なくされたのはその五日後のことである。二人とも空襲を体験することなく世を去っている。

【注】

（1）徳田一穂『秋聲と東京回顧』（平成29・11、日本古書通信社）ちなみに、一穂自身は銀座通りを走るバスの中で地震に遭遇している。

（2）松尾章一『関東大震災と戒厳令』（平成15・9、吉川弘文館）

（3）「思い出る儘」（昭和11・6〜昭和16・8）は『他山の石』に連載されたが、本稿では、大田雅夫編『桐生悠々自伝　思い出るまま・他』（昭和48・7、現代ジャーナリズム出版会）より引用。

（4）藪内喜一郎監修『写真図説　日本消防史』（昭和59・6、国書刊行会）

(5) 十一月九日の『朝日新聞』に『中央公論』11月号の広告が掲載され、「十一月九日発売」とある。なお、目次紹介の「ファイヤガン」徳田秋聲には「大混乱大動遙の中に起れる一つのユーモラスの出来事を描く。流石に老手」と紹介されている。

(6) 関東大震災直後、徳田家の裏の家作(フジハウスは未だ建てられていない)に、三組の夫婦が避難して来ていた。「余震の一夜」によれば、T氏夫妻とS氏夫妻ともう一組で、これは「梅を買ふ」で「南溟」という骨董屋だとわかる。T氏は法律家だとあるが、S氏のみはどういう人物か書かれていない。しかし、後の「贅沢」(大正13・4『新小説』)によれば、「山村の裏の廃屋に避難してゐる警察の人の話によると」などとあり、S氏は警察であったことが判明する。また「未解決のまゝに」からも警察関係との繋がりが窺われる。

(7) 「未発表稿　関東大震災体験記」(平成10・10『中央公論』)

(8) 『社団法人　日本消火器工業会十年史』(昭和46、日本消火器工業会)

(9) 『国指定重要文化財　旧岩崎邸庭園』第七版(平成23、公益財団法人　東京都公園協会)

(10) 『関東大震災の社会史』(平成23・8、朝日新聞出版)

(11) 宮武外骨『震災画報』第一冊(大正12・9・25)によれば、「火災中に頻々と聴こえた大爆音は、薬店や諸学校の薬品が爆発したのであるに、不良漢が放火目的での投弾だと誤認した者が多かった。」(ちくま学芸文庫より引用)とある。理学博士もこうした誤認を犯した一人。

(12) 『現代日本文学全集』「月報78」(昭和32・11、筑摩書房)

(13) 「関東防空大演習を嗤ふ」(昭和8・8・11、『信濃毎日新聞』)。本稿は『畜生道の地球』(昭和27・7、三友社)から引用。

秋聲と学芸自由同盟のことなど

——久米正雄宛郵便物から——

かつて二度にわたって入手した久米正雄宛郵便物について、その一端を紹介したい。書簡も多少はあるものの目ぼしいものは抜かれており、ほとんどは雑多な郵便物ばかりである。出版社からの原稿依頼状のようなものから、古書目録・パンフレット・新刊案内・各種ＤＭなどで、未開封のものも多い。よくこんなものまで保存されていたと思うようなものもある。段ボール箱に入れたまま勤務先の研究室に置いてあり、時々面白そうなものを引っ張り出して眺めて楽しんでいる。後で入手したものは、古書店の方で大雑把に類別してファイルされていたが、前のものは未整理のままである。それらの中で興味深いものを一つ二つ紹介してみたい。

まず「学芸自由同盟ニュース」第一号（昭和8・8・16）で、差出人は本郷菊坂町の菊富士ホテル内「学芸自由同盟」である。菊富士ホテルには書記長となった舟木重信が宿泊していたからと思われる。ところで、この組織の代表に徳田秋聲が就任したことは承知していたが、その機関紙（非売品）を目にしたのは初めてである。ちなみに、他に第四号（昭和8・12・22）もあるが、何号まで発行されたかは未詳である。学芸自由同盟は、同年五月十日に起きたドイツ・ナチ党による焚書事件に端を発して成立している。この〈文化の処刑〉とも言うべき暴挙は世界に衝撃を与え、わが国でも当時の文化状況に危機感を募らせていた作家・思想家・文化人などがすぐさま反応を示し、ナチスへの抗議と文化擁護、並びに世界の作家・思想家との連携を目的とする「ドイツ文化問題懇談会」が結成され、六月二日に内幸町レインボーグリルで総会が開催された。発起人は長谷川如是閑・藤森成吉・三木清・新居格・田辺耕一郎・舟木重信らであった。

この懇談会には警察の厳戒態勢の中、九十余名が参集したとされるが、当日の司会は新居格で久米正雄が議長に選出されている。そして、木村毅・藤森成吉・芳賀檀・千田是也などが最近のドイツ事情を語った後、ナチスへの抗議文が可決された。さらに三木清らが「最近の文化事情のもとにあっては、単にナチスの暴挙に対して抗議するのみならず、広く文化諸問題を検討し、学芸の自由なる進歩発達を期する恒常的団体を創設すべき」であるという動議を出し、これが満場一致で決議された結果「学芸自由同盟」の結成となったものである。そして、七月十日に日比谷公園の市政会館東洋軒において創立大会が開催されるに到ったものである。

以上の経緯は「学芸自由同盟ニュース」第一号にも報告されているが、翌日の『朝日新聞』によると、この創立大会には百余名が参集したが、前回に続く「当局のこれまた異常の弾圧のため」

平穏に推移するかに見えたが、終盤に至って不当検閲に対する抗議行動を決議し、漸く気勢が挙がったと報じられている。この学芸自由同盟の結成は、短命に終わったとは言え、わが国の人民戦線史上においてきわめて重要である。とりわけこれが既成の団体・組織を基盤とせず、個人の主体的参加により結成されたところが注目される。

秋聲に即して見れば、六十三歳のこの年三月「町の踊り場」で文壇に返り咲き、「和解」「死に親しむ」「風呂桶」など短編の秀作を発表するとともに、私生活においては、後に『縮図』のモデルとなる白山芸妓の小林政子との恋愛が進展、結婚かと報じられる（昭和8・6・23『東京日日新聞』）など公私ともに充実した年であった。また、学芸自由同盟の動向との関連で言えば、僚友の故小栗風葉の甥小栗喬太郎がドイツより帰国、秋聲の経営になる新築のフジハウスに入居している。フジハウスは名古屋で材木商として成功した風葉の弟儀造（喬太郎の父）の尽力によりこの年竣工したものである。小栗儀造も上京修行中の若き日に、秋聲から英語の勉強をみてもらったことがあり、生涯にわたって秋聲に恩義を感じていたようである。小中陽太郎の執念の書『青春の夢』（平成10・8、平原社）によれば、この時、喬太郎はドイツ共産党の日本人党員としてミュンツェンブルグから日本反帝同盟への活動資金を託されており、フジハウス入居後、この密命を果たしたが、間もなく官憲に追われることとなる。秋聲の家人の機転で危うく逮捕を逃れ、中山道を経て名古屋へ逃亡、潜伏する。これは八月下旬のことと見られるが、「学芸自由同盟ニュース」第一号によれば、八月十日現在の同盟員は二百五十六名と報じられている。この中には帰国間もない白面の活動家小栗喬太郎の名は無い。しかし、同年八月二十三日付久米宛郵便物の中に、「極東平和の友の会」創立総会案内状（ガリ版刷）がある（差出人は解放社）。これは〈世界の良心の発動者として有名な文豪ロマン・ローラン、アンリ・バルビュス氏達の斡旋により、一九二三年（大正12）八月オランダのアムステルダムに於て戦争反対のための世界会議が開かれたことは御承知の事と存じます。欧州より一層切迫した情勢の下に、極東に於ては既に二年近く戦争行為が展開され、その惨禍はいよいよ拡大されようとしてゐます。この秋に当りアムステルダム会議と同趣旨のものを九月上旬上海に開催するやう、前記ロマン・ローラン、アンリ・バルビユース氏達は熱心に勧説してまいりました。〉として、この上海会議への支持と戦争反対運動継続推進のため、「極東平和の友の会」の設立を訴えたものである。この設立発起人百七名の中に徳田秋聲の名前がある。秋聲は学芸自由同盟代表としていち早く名を連ねたものである。久米正雄の名は無いが、末尾に小林義雄の名前があるのが注目される。『青春の夢』によれば、小林は喬太郎とベルリンで一緒に活動した人物で、帰国後は東京商工会議所に勤めながら「ソビエト友の会」会員として活動していた。小栗喬太郎がフジハウス入居後すぐに訪ねた人物である。そして何よりもアムステルダム世界反戦大会はベルリン在住中の喬太郎が参加を切望しながら果たせず、日本人代表を参加させるべく尽力した会議であった。帰国後早々に官憲から追われる身にならなければ、彼もこの「極東平和の友の会」に秋聲や小林と共に加盟したものと思われる。

さて、「学芸自由同盟ニュース」に戻れば、これには徳田秋聲の「幹事長として」と題する一文が掲載されている。内容はいつもの秋聲らしい肩肘張らない自然体の文章で就任に当っての所感を述べたものだが、秋聲に御鉢が回ってきた経緯を語った部分がちょっと興味深い。それは「或日の学芸自由同盟の大会に私は出席して見た。すると其の日は議長に推されてゐる久米君が来ないので、豊島君〔與志雄〕が代つて議長の席に就き、議事を進めた。ところで久米君が幹事長を固辞したので、私に推しつけられさうになつた。無論その柄でもなし、思想上の問題について、常識以上の何物をも持たないので、私も固辞したが、その後舟木〔重信〕、田辺〔耕一郎〕両君が来て、何うしても承諾してくれといふので押問答の末、誰か適当の人が見つかるまで、遣つて見ることになつてしまつた訳である。」という箇所である。秋聲が「学芸自由同盟」の幹事長を勤めた事実を私が知ったのは、杉山平助が当時書いた評論「徳田秋聲論」の次のような箇所である。〈現在の彼は、日本学芸自由同盟の書記長とかをつとめてゐるさうであるが、もし将来、日本にファッシヨ文学同盟なるものが一大勢力を獲得し、彼にその委員の椅子を提供したとするも、それはそれほど不似合なものとも感じられない。ファッシヨ文学にしろ、もし真に興るべきものが興つて来たとするならば必ずそこには何らかの「新しさ」や「自由」も感じられ得るものに相違なく、秋聲がそれを知覚しないでゐるとは考へられないからである。〉（『文藝』昭和9・3）この評言に対して当時の秋聲は強い不満を洩らしたようである（勝本清一郎との対談）が、秋聲は既に「如何なる文芸院ぞ」（『改造』昭和9・3）で、三上於菟吉、直木三十五等の軍部と結託したファッシヨ文学を批判している。これは学芸自由同盟の幹事長として国家による文芸統制に疑義を表明したものであり、この杉山の論には首肯しがたいものがあったのは当然である。ちなみに、杉山の「徳田秋聲論」と秋聲の「如何なる文芸院ぞ」は、同年同月にそれぞれ改造社の雑誌に発表されていたのである。

しかし、後に情報局の執拗な圧力により『縮図』の中絶を余儀なくされたにもかかわらず、日本文学報国会の小説部会長を引き受けるなど、杉山の指摘はその後の秋聲の動向をある意味で予見しているように思われて記憶に残った。もちろん日本文学報国会の性格は所謂ファッショ文学とそのまま重なるものではないことは言うまでもないが、このあたりのことを秋聲に即してゆっくり考えてみたいのだが、別の機会としたい

ここでは「学芸自由同盟」について、当初、学芸自由同盟の創立大会の議長や幹事長に予定されていた久米正雄が、なぜ当日になって突然欠席したり、固辞したりしたのか？　そのことについて触れておきたい。前述のように「学芸自由同盟」の母体は、ナチスの焚書事件への抗議をきっかけとする「ドイツ文化問題懇談会」であったが、久米はこの議長にも選出され、当日の様子を報道した「朝日新聞」の写真にも久米の姿が大きく報道されている。したがって「学芸自由同盟」の幹事長も、衆目の見るところ久米正雄と認めていたものと思われる。にもかかわらず、秋聲の一文にあるように、なぜ不自然な欠席や固辞をしたのだろうか。この答えらしきものを後から入手した郵便物類の中に見出したので紹介しておきたい。それは右翼や匿名人物などによる久米批判や脅迫状である。たとえば日本橋の「プロヒトラニスト」（匿名）による次のようなハガキ。

君はナチスの焚書に憤懣を感じてゐるさうな、そして抗議をするさうな、ホントですか。臭いもの身知らずか根岸の泥に逃げ込む鮒のたぐひでなければ幸福である。独り汝久米正雄といはず無能有害なる凡百のガラクタ文士共は臆面もなくペニー・ドレッドフルを乱作して此のうるはしい大和島根の良民を茶毒する罪は代議士の収賄と共に死刑を以て論ずべきものである。（後略）

（6月11日）

また、「大日本生産党実行委員一同」からの次のような封書。

お前の様な大馬鹿がゐるから日本にヒットラもムッソーニーも出て来ないのだ。聞くところに依るとお前は大ヒットラの政策におちよつかい出したと云ふ事だが、麻雀や野球より外能の無いお前に何が分かるか。又ヒットラ様はお前なぞに一々お耳をかす様な安いお耳は持つてゐないぞ。お隣の旦那様が娘の教育上よくないからと言つて下らないラブレタやお前の小説の様に三文の価値もない書物を焼捨てたからつて何もお前から文句をつけられる筋合のものではないではないか。

若しお前が焚書抗議撤回を声名しなければ我々の主義に反する者として、お安い生命を頂戴するから覚悟しておいて貰ひ度い。

（6月10日）

この他にもまだあるが、こうした批判や脅迫状が久米正雄をして、「学芸自由同盟」の正面に立つことを躊躇わせたのでは、と憶測するのだが、如何であろうか?

【付記】
秋聲の「学芸自由同盟」幹事長就任挨拶の全文（全集未収録）を紹介しておく。（写真は省略）

「幹事長として」

徳田秋聲

或日の学芸自由同盟の大会に私は出席して見た。すると其の日は議長に推されてゐる久米君が来ないので、豊島君が代つて議長の席に就き、議事を進めた。ところで久米君が幹事長を固辞したので、私に推しつけられさうになつた。無論その柄でもなし、思想上の問題について、常識以上の何物をも持たないので、私も固辞したが、その後舟木、田辺両君が来て、何うしても承諾してくれといふので押問答の末、誰か適当の人が見つかるまで、遣つて見ることになつてしまつた訳である。

しかし私の頭脳は現在の各種の思想問題、社会問題については全く無色といつてい丶。たゞ私には私の持前の性格を中心とした、四囲の情勢、時代の推移といふやうなものに就いての、好みとか判断とか希望とかいふやうなものはある。それが時々の感想文や作品に陰影を落して来る。私の気持は狭い書斎のなかで、各種の問題、現実の世相に触れる毎に、屢々動揺し振蕩される。その帰結は大抵の場合中庸といふやうなところへ嵌まつて来るやうである。従つて時の流れが余りにも急激になれば、これを堰止めなければ困ると思ふし、逆流すればしたで、尚更気が揉めるのである。これは恐らく私の自然主義風の用心深さからも来てゐるのだらうと思ふが、しかし最近我々の生活の行詰まりから、周囲の雰囲気が、復た旧い非文化的なものに逆転しだした傾向にあるのは、何といつても腑効ないことである。我々の生活が行詰まつたといつても、それは行詰まらせる何等かのあることは勿論である。

幹事長として私は実際の事務において何の働きをも為し得ないことは言ふまでもない。しかしそれは諸君がやつてくれるさうだから、私はたゞ驥尾に附して暫定的に頗る間の抜けた幹事長振を発揮することだらうと思ふ。

（「学芸自由同盟ニユース」No.1　昭和8・8・16）

Ⅳ 通俗小説への意欲

『心と心』――『あらくれ』の陰画

――もう一人の養女の物語――

一、『心と心』は代作か

『あらくれ』は大正四年（一九一五）一月から『読売新聞』に百十三回にわたって連載されたが、秋聲はこれと併行して二月から『心と心』と題する通俗小説を『大阪朝日新聞』に九十七回にわたって掲載している。これまでの全集類には未収録のうえ、八木書店版全集別巻の「著作目録」には「飯田清涼《ママ》による代作」と記されている。しかし、管見の及ぶところ飯田青涼を含めて、これを代作とする根拠資料は見出せない。飯田青涼（政良）は、これより四年前の明治四十四年に『女の夢』と題する小説を夏目漱石の斡旋により、『大阪朝日』に秋聲との合作として掲載した人物であることは既に知られている。その経緯や実態は、紅野謙介「漱石、代作を斡旋する」（『文学』

平成12・3、後『投機としての文学』平成15・3、新曜社所収）や松本徹「漱石と代作―飯田青涼を介して」（『徳田秋聲全集』第14巻「月報」平成12・3、後『徳田秋聲の時代』平成30・6、鼎書房所収）に詳しい。『女の夢』は連載から十五年後の大正十四年に飯田の単独作として単行本化されているが、飯田はこの「自序」の中で「二年ばかりの間に、長編を七編、短篇を四十編ばかり公表した。」と述べている。『心と心』もこの「七編」の中の一つと想定する余地もあるが、「二年ばかりの間」という期間内には収まらない。しかもこの七編の中に秋聲名義の他の代作が含まれているとも断定できない以上、『心と心』が飯田青涼による代作とする可能性は極めて低いと思われる。さらに『女の夢』は紅野も「歴史的な大愚作」と評する如く不出来な小説であるが、『心と心』は私見に依れば通俗小説として一定の完成度を保持し、内容的にも興味深い小説であり、同じ青涼による作品とは思われない。したがって飯田青涼による代作説はひとまず退けたい。だが『あらくれ』と『心と心』という二本の新聞連載を併行して執筆している事実は、秋聲の過去の例に照らして、一つは他の人物による代作かとの疑念の余地も残る。それ故『心と心』に関しては、この可能性も検討しておきたい。前述したごとく、『心と心』を飯田青涼の代作と見做す根拠資料は見出せない。他の人物による代作との根拠資料も同様である。筆者が『心と心』の代作説を否定し、秋聲のオリジナル作品であると見做す根拠を、先ずテクスト自体に見られる語彙・用語・用字等から検討してみたい。

『心と心』には次のような秋聲特有の擬態語が見られる。

＊「銀蔵が年老《と》つて、よんぢりして来た故《せい》もある」、「涙がじび〳〵出る」（『あらくれ』にも「草の根から水のじびじびしみ出して」（百十三）という表現が見られる）、「言語応対のさくりとした青年」

また、以下のような他の秋聲テクストに多く見られる用語や用字も目に付く。

＊「狡猾《わるごす》い」あるいは「狡黠《わるごす》い」、「胸がすやされる」、「萬望《どうぞ》」、「滅切《めつきり》」、「旋《やが》て」、「目色《めつき》」「目容《めつき》」「手容《てつき》」

さらには、「可笑《おか》しい」などは他の作家も使用するが、秋聲テクストには、「可憎《あいにく》」「可憫《みじめ》」など漢文表記的に「可」を付した用例が多く見られる。同時併行して執筆された『あらくれ』と『心と心』の両テクストに見られる同様の表記を列挙すれば、「可憐《いぢら》しい」「可憫《いぢら》しい」「可悔《くや》しい」「可恐《おそろ》しい」「可恥《はずか》しい」「可怕《こわ》い」などである。同じく両テクストに見られる特徴的表記を付記すれば、「爾時《そのとき》」「左《と》に右《かく》」（左之右之《とにかく》）「晷《とき》を移す」「吩咐《いひつ》ける」「酒の下物《さかな》」「尫弱《ひよわ》い」などがある。

こうした特徴的語彙・用語・用字などから判断すれば、『心と心』は、飯田青涼もしくは他の人物による代作ではなく、秋聲オリジナルと見做してよいと思われる。

二、通俗小説としての『心と心』

秋聲は『心と心』連載中にその挿絵に関して次のような注文（ハガキ）を『大阪朝日』編輯部宛に出している。日付は大正四年三月三十一日である。

「あらくれ」の画伯座下

画伯へお願ひします。総吉はペンキ屋ですから、ヤハリ職人羽織など着ないで、紋付草履でもはいてゐた方がいゝやうに思ひます。尤も元が美術家ですから多少普通の職人らしくない処も必要と思ひますが。

（『徳田秋聲全集』別巻、平成18・7）

同時連載中の『あらくれ』（『読売新聞』）と混同しているところは秋聲らしい迂闊さだが、それ故にこのハガキはかえって興味深い。ちなみに、『心と心』の挿絵画家は幡恒春であり、『あらくれ』には挿画は無い。これは日付から見て、総吉が妹お君のために高利貸の兄総右衛門の屋敷に借金の依頼に行く場面、七章の1～8（3月29日～4月5日）までの総吉の服装への不満の表明と見られる。こうした書簡の存在は『心と心』が他人任せの代作ではなく、秋聲オリジナルであることの証左とも考えられる。また『あらくれ』との混同は、両作品に等分の意欲を以って臨んでいることの傍証でもある。さらに秋聲はこの時期、通俗小説への意欲の表明と見られる注目すべき発言をしている。

僕の考へに依ると通俗小説と純正な芸術上の作品との区別は早晩合一される時があると思ふ。そして、その時が即ち普遍性のある大きな芸術が現はれる時であると思ふ。

（「屋上屋語」大正4・3『新潮』）

これは、後年（昭和10）に横光利一が〈純文学にして通俗小説〉を提唱した〈純粋小説論〉を先取りしたような発言できわめて興味深い。先の『大阪朝日』編輯部宛ハガキより一ヶ月前の発言である。『心と心』はその十日前から連載が始まっていた。『あらくれ』（『読売新聞』）は一月十二日からである。とすれば、「早晩」と述べているが、執筆中の『あらくれ』と『心と心』の二作には、何か合一されるべき徴表が見られるのか。秋聲はこの後も同様の発言を繰り返し、『誘惑』（大正6）以降、通俗小説の刷新に意欲的に取り組むことになるが、それに先立つ通俗小説『心と心』はこの意味でも興味深い。なお、『あらくれ』は連載終了後の大正四年九月に新潮社より単行本化されているが、『心と心』も翌年一月五日に朝野書店から刊行された。武内桂舟の木版口絵入りの瀟洒な装丁である。函入りと見られるが、架蔵本は函を欠く。朝野書店（正文堂）は明治十九年創業で、須藤南翠『新粧之佳人《しんしょうのかじん》』『緑蓑談《りょくさだん》』など政治小説を出版した老舗である。その後の文学全集類には収録されぬまま現在に至っている。したがって、本稿で『心と心』を秋聲オリジナルとして考察するに当たり、まず梗概を以下に示しておく。

＊　＊　＊

幼い頃、父親の経済的破綻と母の死により一家離散、養女に出されたお君が、その後養家も困窮するようになり、現在は西ヶ原にある萩村家の屋敷に小間使いとして奉公しているところから始まる。萩村家は故海軍中将の遺宅で、中将の遺産を受け継いだ静野（中将の娘）と敏夫母子がひっそりと暮らしている。敏夫の父は敏夫の生後間もなく独逸で医学留学中死んだと知らされており、母静野は頑なに世間と交渉を絶って生活している。そして今は青年となった敏夫とお君との身分違いの恋愛を軸に物語は展開する。敏夫の成長を生甲斐にして現在まで過ごしてきた静野は、当然二人の結婚を許さないが、お君の養父母もお君を金蔓として、もっと実入りの良い処へ売り込もうとする。萩村家からお君を引き取った養父銀蔵は、次にお君を銀座のレストランの女給に押し込み、続いて退職官吏で金満家の村松老人の妾として売り渡したりする。お君を救おうと次兄総吉は冷酷な高利貸しの兄総右衛門を訪ねるが、すげなく断られ、酒の勢いを借りて総右衛門に重傷を負わせる。総右衛門の見舞いに訪れた敏夫から事情を知った総右衛門の一人娘お花は、お君に同情を寄せ、自分の指輪などを提供してお君を救い出すことに協力する。こうしたことから、初めて若い男性と出会ったお花は敏夫に思いを寄せるようになるが、それが恋だとは気が付かない。敏夫も妹のようにと思いつつお花にも惹かれてゆく。一方お君は養家から籍を抜こうとした敏夫や総吉の計画も銀蔵夫婦からの養育料の請求に応じられず、話し合いの末、木挽町の春木医院に奉公させることになる。折しも、春木院長の後妻が夫に無断で借りた借金証書の書き換えに総右衛門が訪れる。長兄とは幼時に別れた切りのお君は、残された名刺を見て、あれが兄だったのかと気付く。その後、総右衛門の後妻の甥である沢崎が総右衛門の代理で訪れる。春木は診察で忙しいため、彼はお君と面談する。沢崎の目的はむしろお君と会うことにあった。沢崎はお花と結婚して総右衛門の後継になろうと考えている男である。これより前、病弱のお花が熱海で保養している時、萩村敏夫がお君を救い出す援助をしてくれたお礼と見舞いに訪れたことがあった。敏夫とお花の姿を目撃し、二人の関係に疑いを抱いた沢崎は、敏夫をお花から引き離すべくお君に忠告する。一途に思い詰めているお花は死ぬかもしれないとまで告げる。しかし、沢崎の思惑とは逆に、お君はお花のいじらしい気持ちを思いやり、自分が身を引いて敏夫とお花を結び付けようと思い悩むのである。その後、お君は苦悩しつつも敏夫に会って、お花のために将来に見込みのない自分は身を引きたいと申し出て、お花との結婚を勧める。敏夫はお君の突然の申し出を理解できない。その後お君は病床のお花を見舞い、総右衛門にもお花の敏夫への想いを告げ、二人の結婚を懇願する。

いっぽう春木夫人（後妻）の借金は浮気相手の男の為と判り、春木は不身持な夫人を離別する。だが、春木自身も同郷の先妻を離別して芸者上がりのこの夫人を後妻にしたほどで、決して清廉な人物ではなかった。しかも先妻との結婚以前にも、春木には罪深い過去があった。しかし、今回の事件で春木も自分の前半生を振り返り、慚愧の念を抱くようになり、実らぬ恋に悩むお君としんみり語り合うのだが、お君の恋い慕う相手（萩村敏夫）こそ、昔ドイツ留学前に生まれた自分の子供であったことを知る。程なく春木は意を決して萩村家を訪問、静野に過去の自分の不実を詫び、敏夫とお君との結婚を認めてくれるように懇願する。頑なな静野の心も溶けだした頃、敏夫が帰宅して、今お花が息を引き取った事を告げる。お花は間際まで敏夫とお君の結婚を願っていたという。

三、『あらくれ』との類縁性

『心と心』は全集未収録の上、これまで論及の対象とされたこともない作品ゆえに、やや詳細な梗概を記したが、内容的に『あらくれ』との顕著な類縁性が見られる。まず、両作共に東京市の北郊を舞台として物語が始動する。お島は王子の由緒ある旧家で大きな植木屋に生まれたが、母の虐待で幼い頃に近辺の裕福な紙漉業農家に養女に出されるのだが、お君も田端在に生まれ、父の連帯債務による破産と母の死を契機に、幼時に養子に出された過去を持つ。養父銀蔵は滝野川の大きな植木屋だという（ただし、この設定は二章からは下谷の骨董屋に変わる）。一家離散後の長兄総右衛門は、その後滝野川に屋敷を構える高利貸となる。このように、お島・お君の二人とも東京北郊の生まれで、その事情は異なるものの幼い頃養女に出された過去を持つ。そして共に

十七、八歳になったところから物語が始まるとともに、この二人の流転の様相がそれぞれの物語の主軸となる。その他の細部でも本筋とは無縁ながら、いくつかの類縁性が見られる。お君の次兄総吉は美術家崩れのペンキ屋であることは先に見たが、『あらくれ』の植源の息子房吉も美術家志望であったこと、お島の養母おとらの浮気相手青柳（医者）の姪お花とお島は少女時代に姉妹のように見られたこと、『心と心』のお花はお君の姪として重要な登場人物であること、春木（医者）の後妻お照の浮気相手は洋服屋（『あらくれ』の小野田と同業）であることなど、これらの類縁性は両作の本質に関わるものではないが、『心と心』が代作ではないことの傍証にもなるであろう。それではこうした類縁性の中で、基本的な生い立ちの問題を検討してみたい。

先ず、東京北郊の生まれで、幼時に養女に出されたという共通性は、『あらくれ』のモデル（鈴木ちよ）の生い立ちに即した設定であろう。秋聲は自作コメントで、お島について「作品にも書いてある通り家は非常に好い。けれども小さい時に里子に出された所為か母親との間がひどく折合が悪い。」（「爛」と「あらくれ」のモデル」『新潮』大正4・10）と述べている。やや遅れて併行連載となった『心と心』は、『あらくれ』のこうした設定に合わせて、いささか安易に「場」と「境遇」を踏襲したようにも思われる。しかし、物語の発端としての設定は似通っていても両作の展開は大きく異なる。むしろ生い立ちに同様な「場」と「境遇」を持つ二人のその後の流転の様相の差違にこそ注目すべきであろう。

『あらくれ』のお島は、作太郎との仕組まれた縁組を嫌悪して養家を飛び出し、神田の缶詰屋の鶴さんとの結婚と破綻を経て植源に預けられた後、「山」（S—町）にいる兄壮太郎に誘われ同行して出稼ぎを目論むも失敗、浜屋の若主人との狎情を経て、父親に連れ戻され、預けられた伯母のところで知り合った裁縫職人の小野田との結婚及び洋服屋の開店とその浮沈や曲折、つづいて小野田と別れて新しい職人と独立しようと考えるところまでが描かれる。つまりお島は生家という血族共同体からはじき出され、養家という擬制の家族にも安住できず、むしろそれらに反発して自ら彷徨を続ける。お島の行動原理には新たに「家」や「家族」（家庭）などを形成しようとする意志は見られない。

『心と心』のお君は、先に梗概でも触れたごとく、西ヶ原の屋敷奉公から養父銀蔵（大きな植木屋であった銀蔵は木から落ちて働けなくなり、お君を金蔓として怠惰な生活をしており、お君をより金になる仕事に廻そうとしている）に引き取られ、続いて銀座の洋食店の女給として働かされる。次は退職官吏の金満老人の妾として小田原の別荘へ売られてしまう。お花の援助によって敏夫と総吉に救い出されたものの、養父母から籍を抜くこともできず、さらに木挽町の春木医院に小間使いとして身を置くこととなる。ここから春木が若き日に妻と子（敏夫）を捨てた過去が明かされ、お君の運命も急転することとなる。だが、それはお花の死という悲しみとともにあった。

お君は一家離散して生家は無く、養家からは金蔓として働かされる存在で、みずからの境遇をみずから変えて行こうとする積極性は見られない。お島の人物像とは対照的な存在である。『心と心』は小説内時間も『あらくれ』に比して短く、二人の流転の様相も自ずと異なるものである。

亀井秀雄は秋聲文学の時空間に着目し、その特異性を「物語の中心人物の行動する時空間を、歴史的な背景のなかで特定しようとはしなかった」と述べ、主人公が東京を転々とする場合でも本所、根津、浅草などの地名は出て来ても、その地区の生活環境や住民の気風などには関心を示さなかったし、郊外などでは地名すら曖昧にしている、と指摘している。さらに歴史時間についても、『あらくれ』で山から連れ戻されたお島は、下谷の伯母のところに預けられるが、その伯母の良人は初出には、元「井伊家」お抱えの剣客だとあったが、初版からは「或大名家」と曖昧化され、「桜田の不意の出来事」との関係も曖昧化されてしまった。同様に「その頃始まつた外国との戦争」が日清戦争か日露戦争か曖昧であるし、博覧会も何時の博覧会かも不明であると指摘する。つまり藤村や花袋などと異なり、「場《トポス》」と「年代学《クロノロジイ》」を消し去った話法が秋聲『あらくれ』や他の短篇に見られる特異性だと指摘する。そして、この無定形な話法と、この期の多くの「主人公たちの人生の流転とが奇妙にマッチし」、「無定型な人生」と「無定型な空間」を浮かび上がらせることに成功していると指摘している（「秋聲の話法《ナラトロジイ》」『徳田秋聲全集』第10巻「解説」平成10・9）。

＊　＊　＊

確かに、クロノトポスを消去したようなこの特異な話法《ナラトロジイ》は、秋聲文学の特徴を鋭く指摘したものとして興味深い。だが、『あらくれ』に限って言えば、亀井の指摘には全面的に同意しがたいものがある。まず、「場《トポス》」に視点をおけば、お島の生い立ちについては「王子」が具体的地名として明記されるのみである。養家の紙漉業農家や「植源」も王子周辺であること以外具体的地名は明かされない。しかし生家が「王子」の元庄屋で「高貴な家に出入りする植木屋」と明記されるだけでも養家や植源の「場」と「年代記《クロノロジー》」は浮かび上がって来るのではないか。養家は紙漉業とあるが、「六部殺し」的出来事を機に財を成し、現在では紙漉業自体は片手間になっている。作中には「この三四年近辺に製紙工場が出来などしてからは、早晩罷めてしまふつもりで、養父は余り身を入れぬやうになつた」とあるが、「王子」と言えば「王子製紙」など洋紙工場発祥の地であることは容易に想起出来るであろう。「楮の間から小判の出て来る」ような和紙の時代は過ぎ去りつつある。実家に帰ったお島が、相変わらず母親と口争いしつつ植木などに水をやる場面がある。

お島はもう大概水をくれて了つたのであつたが、家へ入つてからの母親との紛紜《いさくさ》が気煩《きうるさ》さに、矢張大きな如露《じよろ》をさげて、其方こつち植木の根にそゝいだり、可也の距離から来る煤煙に汚れた常磐木の枝葉を払ひなどしてゐたが、目が時々入染《にじ》んで来る涙に曇つた。

（十四、傍点小林）

このように王子の町やその周辺の工業化による環境変化が実にさりげなく書き込まれている。こうした秋聲による細部の描写には注目すべきものがある。さらに後半にはお島が洋服の註文取りに廻る一齣に「煙突の多い王子のある会社では、応接室へ大勢集つて来て、面白さうに彼女の周囲を取捲いたりした。」（七十一、傍点小林）との一文も挿入されている。また、お島を養家に仲介した西田の爺さんは陸軍の「糧秣」納入業者として近年羽振りが良いとあるが、隣接する赤羽は「赤羽火薬庫」「赤羽工兵隊」「陸軍被服倉庫」「東京砲兵工廠」の「銃砲部門」などが設置され、一帯は「軍都」と呼ばれるように発展して来たトポスである。或いは「煤煙」は赤羽からも来たであろう。また他方で、大杉重男も指摘（「『あらくれ』論」『群像』平成5・6、後『小説家の起源』平成12・4、講談社所収）するように、王子に隣接する染井・巣鴨一帯は江戸から明治にかけて植木屋が多く立ち並ぶ一大植木センターであった。実家の仕事仲間「植源」もこのあたりの植木屋だろうと容易に推察できる。「江戸切絵図」にも「此辺染井村植木屋多シ」とあり、駒込村まで続いて「植木屋多シ」と記されている。ならば養家や「植源」は何故その地名を明記しなかったのか。

これは自作コメントにも「余りに事実に即《つ》き過ぎて了つた」とあるごとく、無用なモデル問題の生起に配慮した現実的理由によるものであろう。（養家も植源も虚構であったとしてもである。）養家も「植源」も家庭内は乱脈であった。だが、養家や「植源」に比してお島の生家に関しての記述は詳しい。

昔は庄屋であつたお島の家は、その頃も界隈の人達から尊敬されてゐた。祖父は将軍家の出遊のをりの休憩所として広々した庭を献納したことなどが、家の由緒に立派な光を添へてゐた。その地面は今でも市民の遊園地として遺つてゐる。

（『あらくれ』二）

これは、安政年間に王子村名主（関西や北陸では庄屋という）の畑野孫八が屋敷内に開いた庭園で、庶民にも開放され、将軍が鷹狩りの折りにも立ち寄る著名な名所であり、明治中頃には貿易商垣内徳三郎の所有となり、大幅に手が加えられた。昭和初年代には精養軒の所有になったが、現在は区立の「名主の滝公園」として残されている（ちなみに、お島は、父の兄で「滝庄」という顔利きの親分がいたと吹聴している）。「江戸切絵図」にも王子稲荷前の道に「コノスヘ一丁ホド行バ名主ノタキアリ」と記されている。このようにお島の生家（作中では水島家）は王子一帯では由緒ある名家だが、むしろそうした家からはじき出され、養家からも飛び出し、結婚による新しい家庭の形成にも失敗したあげく、洋服屋という新しい商売に取り付くが、浮沈を繰り返しながら流転する女性を描き出そうとしたのが『あらくれ』の眼目である。このように王子周辺を起点とする北郊のトポスとクロノロジイは描き出されているが、お島が東京北郊から市内に移動すると、亀井秀雄の指摘するごとくクロノトポスは曖昧化される。神田、下谷、芝、月島、築地、愛宕、根岸、本郷と、お島は東京市内を転々と移動するのだが、それぞれの地域性や住民性の相違などが描かれることはない。そしてお島の転居や移動が彼女の人生を分節化しつつ時間の経過を物語る。舞台が東京を離れて地方に及ぶと、「山のS—町」や「N—市」など、ある程度地域特性も描かれはするが、逆に地名は明示されず曖昧化される。「場《トポス》」と「年代学《クロノロジイ》」が一体化したクロノトポスは消去されることによって、かえって主人公の不定形な流転の様相が浮かび上がるのである。

秋聲は『あらくれ』連載と同年の十月に、東京というトポスの居住生活について以下のような感想を披瀝している。すなわち、東京では地方に比べて「家《うち》」というものへの観念が乏しい。中流以下の階級はほとんど借家生活で持ち家の人も土地は持たない。「私などは尺寸の土地も、畳一枚も、自分のものとしての住居を持つてゐない。私などは地上に生活してゐると云ふよりか、寧ろ空中に生活してゐると云つた方が適当である。」現在十年住み続けている土地でも住人の変遷は驚くほどで、ほとんどの家は居住者が二度も三度もかわっている。また職業や生活状態の相違から、隣人との交流も疎遠となり、かつての「町内」というような言葉の意味も失われてしまった（「女の姿」〈隣人〉大正4・10『女学世界』）と。秋聲は『あらくれ』でも「町内」や「近隣」などの言葉を使用せず「居周《ゐまはり》」を多用しているが、こうした東京生活の実感が、『あらくれ』に見られるような、地名はあってもゲニウス・ロキやコミュニティーの感じられないのっぺらぼうな東京空間として描かれたように思われる。

四、『心と心』のクロノトポスと〈新しい東京〉

大杉重男は『あらくれ』を「お島という一人の女性の半生を淡々と語っているように見えるこの小説は、しかし決して一人の女性の「歴史」ではなく、むしろ「歴史」への抵抗の荒々しいドキュメントとしてある。」(「「旧《もと》」と「資本《もと》」の間で」講談社文芸文庫『あらくれ』「解説」平成16・7)と捉え、お島の洋服屋への転身の契機となった日露戦争に関しても「外国との戦争」とのみ表象することによってその歴史性を拒絶している、と指摘する。因みに、日露戦争に関しては、『黴』においても、子供の歌う軍歌の声で目が覚めたとか、「或雑誌から頼まれた戦争小説などに筆を染めてゐた。」とか、観戦記者として軍艦に乗る話を友人から止められたこと(四十一、四十二)などが軽く触れられているが、「日露戦争」という言葉は何処にもない。『黴』における歴史性の問題は改めて検討の必要があるが、こうした観点から大杉は『あらくれ』に流れる時間は「歴史の時間」というより「反復の時間」と呼ぶべきものだとして、お島の流転の様相を終わりなき「反復」と読む。確かに秋聲は「その年の秋の末」とか「その夏も、もう盆過ぎであつた」「其冬の初めであつた」など登場人物の行動の節目を季節で示し、それに自然描写を加えながら人物の行動を描出することが多い。秋聲の小説に流れるのは季節の循環に即した「反復の時間」とみなされるが、それを『あらくれ』においては「歴史の時間」ではなく、むしろ「歴史への抵抗」として捉えた大杉の論はきわめて興味深い。だが、本稿ではいちおう「年代学《クロノロジィ》」的観点から『あらくれ』の小説内「時間」を概観しておきたい。

『あらくれ』の年代学《クロノロジイ》を検討すれば、お島の十八歳の時点から物語が始まり、二十七、八歳までの凡そ十年間が小説内時間と考えられる。『あらくれ』がお島の半生を描いた作品と言われるのは、生母に疎まれ七つの時養女にやられた幼時の体験が、お島の回想として挿入されているからである。この幼時から少女時代の回想部分こそが、ヒロインお島の実存の核を形成し、『あらくれ』という物語展開の基層として重要であることは言うまでもない。この幼時から少女時代の回想部分を合算すれば、およそ二十年の半生を描いたことになる。だが、小説内時間は凡そ十年とみることができる。これに年代学的歴史性を当てはめれば、「外国との戦争」は明治三十七、八年の日露戦争を指し、「博覧会」は明治四十年の「東京勧業博覧会」と特定できる。漱石『虞美人草』(明治40)に描かれた博覧会である。漱石は「文明を刺激の袋の底に篩《ふる》ひ寄せると博覧会になる。博覧会を鈍き夜の砂に漉せば燦たるイルミネーシヨンになる。苟《いや》しくも生きてあらば、生きたる証拠を求めんが為にイルミネーシヨンを見て、あつと驚かざるべからず。文明に麻痺したる文明の民は、あつと驚く時、始めて生きて居るなと気が付く。」(十一)と凝り抜いた大仰な文体で表現し、会場に主要人物を総登場させる。この東京勧業博覧会の会期は三月二十日から七月三十一日までであり、漱石は連載中の『虞美人草』にリアルタイムで描き出したのである。だが『あらくれ』は『虞美人草』とは異なり、博覧会の具体的内容は描かれていない。描かれるのは、会場のイルミネーションも悉皆消えて、池之端の売店も一斉に店を仕舞いかけている場面であり、肺病になった浜屋の主人たちを広小路に見送ったお島の心の「暗い影」とを重ね合わせて描いた箇所のみである。或いは、当時の読者は連載前年（大正3年）の東京大正博覧会と誤認して読んだかも知れない。しかし、お島たちが本郷通りに店舗を構え、ようやく人にも知られるようになったのは、博覧会から「二三年もたつて」（九十九）からだとあるように、仮にこの博覧会が前年の東京大正博覧会だとすれば、小説内時間は連載中の現在（大正4）を超えてしまう。したがってこの博覧会は明治四十年の東京勧業博覧会と確定できる。即ち『あらくれ』はお島の過去の流転の様相を描きつつ、連載時点（大正4）に到達することなく小説が閉じられたことになる。秋聲も自作解説「「爛」と「あらくれ」のモデル」（前出）で「あらくれ」は「実際はあれからが面白い」のだが「長くなつたので止した」と述べている。つまり『あらくれ』の小説内時間は明治四十二、三年までと見ることが出来る。

こうした『あらくれ』のクロノロジイに比して、『心と心』のそれは現代小説として執筆時に直結している。第一章で静野と春木の結婚に至る経緯と敏夫出生の頃が回想されるが、ヒロインお君を中心とした時間の流れに関与しない。小説内時間はお君十八歳の暮から二年程である。『あらくれ』程の時間の錯綜も無く、所謂後説法も簡略であり、物語も秋聲の『誘惑』以降多く書かれる通俗小説の要素を導入しつつ展開する。宗像和重が指摘する、愛し合う二人の間に障害としての第三者が介在し、やがて一つの死がもたらす慰藉と和解を到達点とする結構（「新聞小説と「劇的経済」」『徳田秋聲全集』第32巻「解説」平成15・9）である。『心と心』もこの結構の型を早くも試みた物語と言えよう。既に梗概で示したごとく、障害としての第三者は「沢崎」であるが、彼は云わばお花にとっての障害であり、かえって迷惑な存在に過ぎず、その役割はそれほど大きくはない。また、お君にとっては、お花の立場への同情を増幅させ、自らの恋を躊躇させる存在である。むしろ「お花」のいじらしい存在が「お君」と「敏夫」との恋を阻む最大の要因である。標題の『心と心』とは、この二人の心と心が織りなす美しくいじらしい葛藤である。そしてお花の死がもたらす哀惜や慰藉の中にお君・敏夫の愛の成就（多分に他律的な）という到達点が示される。このように『心と心』は『誘惑』以降量産されることになる秋聲の通俗小説の結構における一つのバリエーションを確立していることが注目される。

さらに『心と心』のクロノトポスには『あらくれ』には無い注目すべき徴表がみられる。第三章に至り、伊豆方面への長期旅行から帰京した敏夫は、友人の山田と東京駅を出て日比谷、帝国劇場、宮城前から銀座へと散策し、銀座裏のレストランで食事を共にする。まず二人は東京駅を出て、帝劇の白い建物の方へ歩き、帝劇前の華やかな雑踏を目にするのだが、敏夫はまだ帝劇には二度しか入っていないと語り、母を連れ出そうとしても「生きた化石」のような母は華やかな場所には決して出て来ないと不満を漏らす。山田は「君はお母さんの所有物だから仕方がないよ」と応じるが、東京北郊の西ヶ原で母と二人暮らしの敏夫は、この時に目にした東京停車場前の光景を「如何にも新しい東京」だと表現している（西ヶ原が東京市に編入され、滝野川区西ヶ原町となるのは、十七年後の昭和七年になってからである）。この時、敏夫が「新しい東京だ」と感じた背景には見逃せない事実がある。先ず何よりも東京駅が『心と心』連載の前年（大正３・12）に辰野金吾設計で新築されたことが背景にある。この新東京駅まで鉄道が延長され、それまで東京の玄関であった旧新橋駅は廃止されて汐留貨物駅となった。すなわち新東京駅が文字通り東京の玄関になったのである。敏夫は新築なったばかりの東京駅に降り立った訳である。そればかりでなく、同年十月一日に三越新館がデパートメントストアとして開業したこと、帝劇のパンフレットに浜田四郎の著名な広告コピー「今日は帝劇、明日は三越」が掲載されたことなどがあげられる。『心と心』第四章には、お君が妾にされる金満家老人の宿に、小田原の別荘にいる女たちへの土産として、三越からどっさり品物が届けられる場面がある。新しい三越には「御買上品の御届」として備付けの自動車三台、馬車六台、箱車四十台、英国式メッセンジャーボーイの自転車隊が百名あり、東京市内なら即刻届けたという。『心と心』には、こうした新しい東京風俗がさりげなく描き込まれているのだ。さらに敏夫たちはこの後、銀座の「洋食屋」で食事をするのだが、この店で「女給」として働いているお君を目撃する。こうした偶然はいかにも通俗小説らしい仕組みだが、ここでは「女給」という新しい風俗が描き出される。「女給」は「カフェー」という明治末より流行した新形態の飲食店と共に評判を呼んだ若い女性の新職業で、銀座の「カフェー・プランタン」、「カフェー・パウリスタ」、「ライオン」などが有名であった。「パウリスタ」には女給の代わりに男性給仕ギャルソンがおかれたが、「ライオン」は美人女給を揃えて有名であった。これ以後女給目当ての営業形態のカフェーが乱立するようになる。お君の勤める洋食屋も女給としての雇用形態はカフェーと同様で、給金は僅かだが、客からのチップが主要な収入だと書かれている。さらにお君目当ての客たちが多数訪れ、お君を「お嬢様」とか「お姫様」とか「クレオパトラ」などと呼ぶ不良グループもいるが、こうした新しい職場には馴染めないお君の様子が書き込まれている。ちなみに、なぜ「クレオパトラ」なのかと言えば、シェイクスピア原作のイタリア映画「アントニーとクレオパトラ」（監督エンリコ・ガッツオーニ、クレオパトラ役ジョバンナ・テリビリ、浅草六区電気館封切り）が前年に日本で公開され、大評判を呼んだことが背景にあるものと思われる。秋聲も通俗小説と芸術的小説の合一を説いた前述の「屋上屋語」において、この映画に触れている。

このように『心と心』には「新しい東京」の姿が巧妙に描き出され、『あらくれ』とは対照的な流転の様相が展開する。そして通俗小説的な偶然性を採り入れつつ、お花の死という悲歎とともにお君の運命に光明が訪れるという結末である。

お君は『あらくれ』のお島に比して自ら世間と積極的に対峙し、自分の運命を切り開いて行く女性としては描かれていない。同じ東京の北郊に生まれ、幼い時養女に出されたという過去を持つお島とお君は相反する運命を辿ることになる。お島の流転はなおも続くであろうことを予測させるが、『心と心』のお君は、通俗小説らしいハッピーエンドを迎えたと言えよう。

『心と心』は、既述した如く、連載の翌年早々（大正5・1・5）東京神田の朝野書店から単行本として刊行されている。国会図書館所蔵本には巻末に当時の読者による書き込みがなされ、「よく人情をうつしてゐる　然し結末が矢張小説になつてゐる　少し物足りない」とある他、別筆跡で「僕も同感だよ　同感〜〜」との感想が見られる。確かに物語の終局に至り、女性に対して清廉とは言えない春木の突然の改悛、お花の死に伴う総右衛門の改心と、お君や総吉への財産分与など、やゝあわただしく収束を迎え、いかにも通俗小説らしい結末となっている。

＊　＊　＊

『心と心』は秋聲が通俗小説への意欲を披瀝し始めた時期の作品であることは先に見たとおりである。新しい都会風俗を背景に、女性の貞操や自立の問題を複雑な人間関係の中に描き出してゆくという後年の通俗小説に比してやや物足りないが、明らかにこれまでの家庭小説とは異なる試みを提示したものと言えよう。「養女」の運命という問題系から言えば、三人の母（生みの母、育ての母、義理の母）の間を転々とし、三人の母や父親を含む周辺の人物との複雑な人間模様を描き出して大評判となった『誘惑』（後論参照）を俟たなければならない。〈新しい東京〉という問題系に関しても、後年の『闇の花』（後論参照）などの通俗小説で本格的に採り入れられることになる。だが『心と心』は、これまで見て来たように、秋聲的通俗小説構成上の一つの型を確立すると共に、秋聲におけるモダニズムの萌芽とも言うべき要素を含んだ一つのエポックをなす作品であったと言えよう。

【参考文献】（本文中の引用文献以外に次の文献を参考とした。）

『王子町誌』王子町編（昭和3・12）／『北区史』北区役所編（昭和26・11）／『東京名所図会』北郊乃部（昭和34・7、睦書房）／田山花袋『東京の近郊』（大正5・4、実業之日本社）／同『花袋紀行集』第二輯（大正2・1、博文館）／川田壽『江戸名所図会を読む』（平成2・9、東京堂出版）／松崎天民『銀座』（昭和2・5、銀ぶらガイド社、後中公文庫）／今和次郎『新版大東京案内』（昭和4・12、中央公論社、後ちくま学芸文庫）／安藤更生『銀座細見』（昭和6・2、春陽堂、後中公文庫）／パンフレット「三越呉服店御案内」（大正3）／神野由紀『趣味の誕生―百貨店がつくったテイスト』（平成6・4、勁草書房）／和田博文『三越誕生！』（令和2・1、筑摩書房）／山口昌男『「敗者」の精神史』（平成7・7、岩波書店）／川添登『東京の原風景―都市と田園との交流』（昭和54・2、日本放送出版協会）／内田芳明『風景とは何か―構想力としての都市』（平成4・3、朝日新聞社）／吉見俊哉『博覧会の政治学』（平成4・9、中央公論社）／橋爪紳也『モダン都市の誕生』（平成15・6、吉川弘文館）

『誘惑』の試み

――通俗小説に聊《いささ》か新紀元を――

一、通俗小説への意欲

秋聲のいわゆる通俗小説を展望して、徳田一穂は「私の考へでは、秋聲が意識して純文学とは別に通俗小説を書き始めた最初の作品が「誘惑」だつたと思ふ」（臨川書店版全集第十八巻解説）と、大正六年の『誘惑』にひとつの出発点を見ている。その契機となったのが新聞の商業主義化や相継ぐ婦人雑誌の創刊という外的要因と共に、前年の長女及び母の死による生活上の転機や心境的変化だという。この後秋聲は昭和十三年の『心の勝利』まで実に三十数編の通俗小説を書き続けていくことになるのだが、中には、確実に秋聲が執筆していたことが明らかでありながら、題名すら確認出来ないものもある。こうした厖大な通俗小説群を前にして、従来往々にして語られてきたのは〈生活のために無駄な仕事が多くて〉という秋聲の歎きと綯い合わされた無意識の軽視ないしは敬遠である。ところがこうした歎息とは裏腹に、秋聲の通俗小説に対する意欲には並々ならぬものがある。その一つの証左として、大正四年には既に次のような発言が見られる。

僕の考へに依ると通俗小説と純正な芸術上の作品との区別は早晩合一される時があると思ふ。そして、其の時が即ち普遍性のある大きな芸術の現はれる時であると思ふ。（略）それから、一方では読者の頭が段々進んで来るに従つて、在来の単なる通俗小説では一般の読者が最う満足しなくなつて居る。外国の大きな作品が、一般とまでは行かずとも殆ど一般的に読まれようとして居るのは、在来の俗受け小説に不満があるからだ。（略）さう云ふ風にいろいろ外国のものを取入れた結果、更に今迄の作品に於て鍛錬した素描を基礎として、最う少し規模の大きいものが其の中に生れて来るのではないかと思ふ。

（「屋上屋語」大正４・３『新潮』）

秋聲の作品展開に即して言えば『あらくれ』執筆中の発言ということになるが、後年の横光利一による「純粋小説論」を先取りしたかのようなこの発言はなかなかに興味深い。これは単なる思いつきやその場限りの揚言ではなかった。こうした見解を自らの小説において実践して見せた第一歩が『誘惑』であったと思われる。秋聲は『誘惑』について、従来の家庭小説の不健全な涙の挑発や不自然な人間の扱い方への不満から、「もつと自然な形に帰して、もつと芸術味を持たせることが出来ないかと思つて行つたのである。これまでの通俗小説に新しい何物かを附加したいと思つたのである。」(「創作せんとする人々へ」大正6・8『文章世界』)と述べている。徳田一穂によれば、秋聲にこんな小説が書けるのかとの噂も起こり、確かめに来た者すらあったというが、後述するように『誘惑』は好評を以て迎えられ、秋聲の新しい試みは充分に報いられたと言えよう。

こうした通俗小説への意欲的姿勢と認識は、その後書かれた通俗小説に至っても変わらない。「自分の経験を基礎にして——謂ゆる通俗小説と芸術小説の問題——」(大正8・2『新潮』)においても、「私は通俗小説の場合でも、成るたけ人間を描きたいと思つてゐる。作意のために仮構されたやうな人物は、可成《なるべく》採りたくないと思つてゐる。そしてプロットと、一般読者の興味を惹くための人情味とを忘れまいとすると同時に、出来る丈け多様な人間性と、私の見た人間の交錯とを書きたいと希つてゐる。この種類の欲求は、芸術的作品を作る場合と、心持は少しも変はらないばかりか、時とすると、もつと自由に奔放に、空想的にさへ書けるものだと云ふ興味をも感ずる。」と述べており、相変わらず通俗小説に積極的意義を見出している。大正六年以降の秋聲は新聞と婦人雑誌にそれぞれ併行して通俗小説を途切れることなく連載して行くというペースを堅持して行くことになるが、この間、秋聲のいわゆる芸術小説はもっぱら短篇小説において維持されていくこととなり、秋聲における新たな通俗小説の時代とも言うべき豊穣な時代を迎える。それは、一面においては時として〈生活のための無駄な仕事〉と歎息させることがあったとしても、秋聲の通俗小説にかける意欲は、以上の発言から見てもやはり否定することは出来ないだろう。

確かに大正六年の『誘惑』は一つのエポックを成す作品であった。これは三年後の菊池寛『真珠夫人』の先蹤を成すかのように奇妙な共通項をもっている。まず掲載紙が共に『大阪毎日新聞』及び『東京日日新聞』であること、好評に押されて、完結前に既に単行本として前編が刊行されていること、出版社は共に新潮社である。さらには、やはり完結前に芝居でも上演されており、その評判の大きさを裏付けている。『真珠夫人』は河合武雄一座が名古屋・大阪で公演、伊井蓉峰・喜多村緑郎らが東京歌舞伎座で公演し、共に爆発的な人気を博しているが、秋聲の『誘惑』も亭々生（真山青果）により全六幕に脚色され、花柳章太郎・河合武雄・伊井蓉峰・喜多村緑郎・村田式部等により東京歌舞伎座で上演された。芝居番付によれば、開演初日は大正六年六月一日午後四時とあるので、新聞連載はまだ完結を迎えてはいない。そればかりでなく同時に『誘惑』は日活向島で映画化までされ、六月十日には早くも封切り（浅草オペラ館）を迎えている。脚本は桝本清、監督は小口忠、出演は横山運平・五月操・東猛夫・立花貞二郎・秋月邦武などである。『真珠夫人』の映画化が関東大震災を挟んだ昭和二年になってからであることを考慮すれば、まさに『誘惑』は『真珠夫人』に先駆けて、新聞・出版・演劇・映画によるメディア・ミックス現象を現出させて世に迎えられたことになる。

宗像和重は、所謂通俗小説の成立に関わる見取り図として、従来そのように見なされている久米正雄の『螢草』（大正7）と菊池寛『真珠夫人』（大正9）の成功という要因の中に、二作の媒介項として秋聲の『路傍の花』（大正7）を加えるべきではないかという傾聴すべき指摘をしている。（全集第32巻「解説」）とりわけ『真珠夫人』的通俗小説の定型は、『螢草』よりもむしろ秋聲の『路傍の花』に求められるとの指摘には興味深いものがある。だが大正期通俗小説成立の要因として、それらの作品の前に、さらにこの『誘惑』を起点として置いてみることも出来るのではなかろうか。

ちなみに秋聲の大正六年七月六日付の中村武羅夫宛ハガキ（日本近代文学館蔵）は、ほかならぬ『誘惑』に関して意外な興味深い事実を伝えている。

昨日はおそくまで失礼しました。「誘惑」の切られた原因が、今朝目がさめると忽然として判りました。小生の予告がそも〻同業者の癪にさはつてゐたものでせう。それが受けたので愈よ憎まれたものです。禍は執筆の最初にあつたのです。これが所謂韓非子の説難でせう。

秋聲の云う『誘惑』が〈切られた〉とはいったい何を意味するのか。このハガキの日付に注目すれば、『誘惑』はこの前日に新聞連載を終了しているという事実に思い至る。そしてその一四五回の（完）の文字の後に以下のような文章が見られるのだが、これを見るとやはり『誘惑』

は充分に書き切らぬうちに不本意ながら新聞連載の終了を余儀なくされたようである。

拙作「誘惑」はこれで一段落を告げた訳でありますが、尚ほ沢子の新生涯並に美奈子其他の人たちの運命の発展についてはまだ描くべき箇所が多いのですから、其等は近いうち「誘惑」下篇として新潮社より発行する単行本に於て十分読者の希望を充す積りです　（作者記）

この追記通り『誘惑』下巻には「新生涯」「暴風雨」の二章が書き加えられているが、『誘惑』は挑発的な「予告」と好評から他の作家の嫉妬を買い、連載中途にして打ち切りを余儀なくされたようである。なお、『誘惑』の前日まで連載されていたのは菊池幽芳の『毒草』で、これは二〇九回を以て完結している。具体的な実態は不明ながら、やはり一四五回の終了は不自然で、何らかの圧力が働いたことを窺わせる。前記徳田一穂の、秋聲にあんな小説が書けるのかと噂がたち、確かめに来た者もあったという証言も思い合わせると、この小説の評判は想像以上に大きかったことが窺われる。弟分とも言うべき近松秋江は「もつぱら成金といふ噂です。竹葉でがまんするから奢つて下さい。」（6・3日付ハガキ、『近松秋江全集』第13巻所収）などという冷やかしのハガキを出している程である。それにしても、同業者の癪にさわったのだと秋聲がいう「予告」とは一体どのようなものだったのか。二月六日の紙面には〈新小説予告〉として秋聲による次のような発言が見られる。

この小説は三人の母の手を転々する子供の運命を中心として起れる世態と人情の波瀾を描くのですが、色々の意味に於て新聞掲載の通俗小説に聊か一新紀元を画したい希望を以て筆を起さうと思ひます。在来の新聞小説の多くはその名は家庭小説でありながら、徒に低級な読者の感情を唆ることにのみ力を用ふるために不健全な感情の誇張や厭味な感傷を強ふるやうな挑発的のものが多いやうに思はれます。通俗小説には無論筋の面白味が主にならない訳に行きませんが、家庭小説と云ふ以上は一般読者の興味を惹くと同時に今少し程度の高い時代に適応したものでなければならぬと思ひます。『誘惑』が果して其目的を達するや否やは疑問ですが、少くとも私の新しい試みだと言ふに憚らない。

（大正6・2・6『東京日日新聞』4面）

なるほど従来の通俗小説への不満は、その書き手への挑発とも受け取られ兼ねない危うい傾斜を孕んだ「予告」だが、秋聲がそのような顧慮や斟酌をするはずもなく、通俗小説と芸術作品の合一という、あの大正四年以来の自らのテーゼを実践して見せようという意気込みに溢れている。〈通俗小説に聊か一新紀元を画したい〉という抱負は『誘惑』の成功を経て、この後も持続していくこととなる。

二、『誘惑』のメディア・ミックス

先に見たように、徳田一穂も『誘惑』は秋聲が始めから意識して通俗的に構成と描写を考えて書いていった点で秋聲の通俗小説の出発点と見なしている。ただし秋聲の通俗小説に対する考えは徳田一穂の所謂純文学偏重の捉え方とは異なり、きわめて意欲的である。連載に先立つ小説予告において、秋聲は「新聞掲載の通俗小説に聊か一新紀元を画したい」との抱負を披瀝している。これは、従来の通俗小説一般への飽き足らなさと共に、通俗小説と芸術的小説の合一という兼ねての持論を実践してみたいとの意欲の反映であった。そしてこの「私の新しい試みだと言ふに憚らない」(予告)と断言した『誘惑』は予想以上の好評を以て迎えられ秋聲における通俗小説の新たな出発点となると共に、久米正雄『螢草』・菊池寛『真珠夫人』などに代表される大正期通俗小説の先蹤をなした。とりわけ同じ『大阪毎日新聞』及び『東京日日新聞』を掲載紙とする『真珠夫人』とは、その迎えられ方において幾つかの共通点を持っている。すなわち小説連載中に前編が出版された他、幾つかの舞台に上演され、さらには映画化もなされるという新聞・出版・演劇・映画によるメディア・ミックスとでも言うべき現象を呈したことである(『真珠夫人』の映画化は連載後数年を経た昭和二年)。これは秋聲にとって初めての経験であった。そしてこの成功が以降三十数編に及ぶ長篇通俗小説を書く機縁ともなった。

「誘惑」なぞは芸術品としては程度の低いものであるが、芸術を民衆の前に持出すには勢ひあんな試みも必要である。以前から家庭小説と云ふものはあるが何うも嫌なところが多い。不健全な涙を挑発するのが主となつて、人間の扱方が極めて不自然である。劣情に淫すると云ふ嫌ひがある。それをもつと自然な形に帰して、もつと芸術味を持たせることができないかと思つて行つたのである。これまでの通俗小説に新しい何物かを附加したいと思つたのである。

（「創作せんとする人々へ」前出）

『誘惑』を書き終えた直後の発言であるが、「通俗小説に聊か一新紀元を画したい」との小説予告に呼応したもので、演劇・映画をも巻き込んで広く一般に受容されたという手応えを充分に意識した発言である。本稿では、秋聲にとって「新しい試み」であるこの意欲的な通俗小説の迎えられ方の実態や様相を概観しておきたい。

先ず演劇は、新派の大同団結とも言うべき伊井蓉峰・河合武雄・喜多村緑郎一座が亭々生（真山青果）脚色により大正六年六月一日より二十日まで歌舞伎座で上演、続いて大阪浪花座では小島孤舟脚色で旧派の片岡我童・市川松蔦・右団次・多見之助等により十一日から上演されたのを始め、各地で多数の「誘惑」劇が上演されている。一方、出版は五月二十一日の連載一〇〇回までを前編として新潮社から刊行。奥付によれば六月五日発行だが、『東京日日新聞』六月二日一面には〈徳田秋聲氏作小説誘惑前編出来〉の広告が掲載され、次のようなコピーが見られる。

六月の歌舞伎座上演

目下『東京日日新聞』に連載して大喝采を受けてゐる傑作小説、今回前編を公にしました。面白い事は全く無類であるが、其の面白い中に泌々人情を味はせ、人生と云ふものを考へさせるのは従来の新聞小説には殆ど見られなかつた所だと云ふ評判であります。六月の歌舞伎座で上演されますが、芝居を見る前に一部を求めて通読されたなら妙味一層でありませうし、芝居を見ない人は、尚のこと、是非々々お読みなさい。

かつての角川映画と角川文庫による〈観てから読むか読んでから観るか〉というコピーは未だ記憶に新しいが、それほどのインパクトはないものの、ここには明らかに新聞・演劇と連動しての受容を狙った宣伝が見られる。他方、新聞の方も掲載紙『東京日日新聞』は歌舞伎座上演の記事を様々な形で掲載し後援しているが、まず、連載一〇二回目に当たる五月二十三日には「演芸」欄に「歌舞伎座の六月に上演すべき「誘惑」は目下原作者徳田秋聲氏と脚色者亭々生氏とが筋立に就て研究中なるが今回は他の関渉を許さず脚本通りに演ぜしむると」と報じている。秋聲もこの脚色にある程度関わったことを窺わせるが、そうとすれば、まだ小説としての完結を迎えていない時点での上場は、好評に押されてのこととは言え、連載小説としてこの後も読者の興味を繋ぎ続けねばならぬ一方で劇としての完結をどのように着けるのか、脚色の興味と苦心は先ずこの点にあったと言えよう。続いて五月二十六日には「歌舞伎座の『誘惑』伊井一座で上演初日は来月一日」の見出しで、原作者秋聲と亭々生が協議のうえ六幕八場に脚色し此の日から稽古に着手したことや、主な役割を報じた。また翌二十七日には、「＝『誘惑』劇＝我社から花暖簾歌舞伎座前を飾る美々しい装飾」の見出しで、新意匠の花暖簾と装飾用大提灯を寄贈したことを報じると共に、大詰に関する興味深い脚色を伝えている。

来月一日より歌舞伎座にて上演さるゝ『誘惑』は昨日より稽古に着手せり。全八場のうちカフヱー銀座の場は最も華やかなるべく大詰は泰造が常次を手先に使ひ貞之助の名を騙つて独逸へ軍器の売込みを為したる為め貞之助が縲紲の辱を受け居るのを沢子が気の毒に思ひ事実を其筋に密告して貞之助を救ひ其の出獄の報を聞くと同時に泰造に対する義理合ひより自殺する事になしたりと（以下略）

ここに伝えられた大詰は、小説に書かれることになる結末とは勿論異なるが、実際に演じられた筋書きとも異なるようである。沢子は発狂し、お粂が沢子を救おうとして誤って常次の手に掛かって不慮の死を遂げることになる。瀕死のお粂の諫言に常次は改悛し自首して貞之助を救う決意を告げる、というのが最終的な筋書きである。ドイツへの軍器売り込みというのも小説には無い。同時代の欧州戦争という時代背景を敢えて採り入れたもので、新派風の筋書きと共に時事的な味付けを施したと見られるが、これも後述するように途中で変更を余儀なくされたようである。続いて五月二十八日から六月一日まで「誘惑劇の梗概」が五回に亙り掲載されている。参考までに本稿末尾に掲載した。ここには場割のみを掲げておく。勿論序幕から小説とは相違はあるが、概ね五幕目以降が小説連載中の先の出来事という事になる。

序幕	歌舞伎座食堂
同返し	下谷竹町お粂の住居
二幕目	鎌倉久江家別荘
三幕目	カフエー銀座
四幕目	番町病院の一室
同返し	病院外
五幕目	池上有明楼（前幕より約一年後）
同上	奥庭
大詰	品川お粂の住居

三、『誘惑』の舞台化

「誘惑」劇初日に当たる六月一日の『東京日日新聞』には、この日まで五回に亙って「誘惑」劇梗概が掲載されると共に、歌舞伎座の〈本日開場〉の広告と並び、「いよ〳〵今日歌舞伎座の初日一座の大奮闘」の見出しのもとに次のような記事が見られる。

歌舞伎座はいよ〳〵今日から開場する伊井も河合も喜多村も殆ど不眠不休で座員を指揮して稽古を励み予定の通り一日も違はずに初日を出す事となつたのである、今度の「誘惑」はすべて作者本位で俳優は原作者と協定の上に出来上つた脚本を忠実に演出する筈で十分緊張した芝居を見せるといつてゐる、初日は午後四時開場、各等五十銭均一、三階二十銭で大詰まで全部出揃はせる筈である

また、初日のこの日には『都新聞』など他の新聞にも全三段の大広告が掲載され、伊井蓉峰による口上と粗筋が掲載されている（『東京日日新聞』は同じものを前日掲載）。

さらに初日の様子は翌二日に「◆評判！大評判‼『誘惑劇』の盛況」の見出しの下に詳しく報じられている。それによれば、開演に先立ち伊井・河合・喜多村ら幹部一同は、『東京日日新聞』社を訪問、記念撮影をした後に車を連ねて歌舞伎座入りをしたが、既に超満員となった観客はこれを歓呼して迎えたという。

◎「誘惑」劇は開場前から非常に人気が立つてゐたので、昨日の初日は午後四時開場といふにも拘らず午後一時頃から歌舞伎座前に押しかけて来て午後二時頃には電車の通行さへも出来ぬ程の混雑を極め二時半から観客を入れる予定であつたのを二時から入れ始めるとこれ等の観客は雪崩の如く場内に流れ込む、そこを俳優連が車を連ねて乗り込むといふので観客はまだ芝居の開かぬうちに歓呼して俳優を迎へるといふ賑やかさ、斯くて開場前一時間午後三時には早くも立錐の地なき満員の盛況を見せ、それから以後に来た見物数百人はいづれも空しく引返した

◎斯くて正四時には序幕がアキ、大詰だけを残して打出したのは午後十一時、伊井の貞之助と常次、河合のお粂、喜多村の沢子、花柳の美都子、村田の智慧子と英子、福島の甚太郎、後藤の庄二等いづれも得意の腕を揮ひ十分に役々の性格を発揮してゐたので見物はいづれも大満足であつた、今日からは総幕出揃ふ筈である

この後も舞台写真付きの紹介や劇評、「誘惑劇◆満員続きの盛況」などの記事が連日続いている。他方、新聞で『誘惑』を愛読していた長谷川時雨が観劇記「歌舞伎座より」で原作との違いに触れて「日日の紙上で「誘惑」を愛読してゐる私は、不用意に筋書きに目を通しておかなかつたので最初の幕が歌舞伎座の運動場の食堂だつたので、これは原作とはだいぶ違つてゐるのだなと心附きました」と述べ、各役者の演技に触れた後次のように書いている。

私はふと考へました。この「誘惑」をするほどならば、こんなに場当りを沢山こしらへずに、もつと忠実に原作へなぜつかなかつたかといふ事でした。とはいへ、さう欲はいふもの、この一座が此頃出したもの、なかでは、やつぱり一番よいものであらうとも思ひました。

（『新演芸』大正6年7月）

こうした東京での好評を受けて、大阪でも十日ほど遅れて上場されることになるのだが、こちらは主として『大阪毎日新聞』が連日その動向を伝えている。先ず、六月四日に片岡我童が帰阪、盛大な乗込式を挙げたこと、五日には小島孤舟による脚本が完成、直ちに稽古に入ったこと、六日には熱気溢れる浪花座の総稽古の様子が写真入りで報じられ、七日には「『誘惑』の初日九日と定まる」との見出しで登場俳優の名が報じられるといった具合で前景気を煽っている。八日には「『誘惑』劇の大道具」の見出しで次のような興味深い記事が見られる。

東京歌舞伎座伊井、河合、喜多村一派の「誘惑」劇は五幕目「池上有明楼」の場に飾るだけに幕間一時間を要するといふ未曾有の大道具をしつらひ、那《あ》の広い同座の舞台一杯に座敷もあれば庭もあり岩もあるといふ素晴しい大仕掛を見せて観客の荒肝を挫ぎ居れるが浪花座の「誘惑」劇も各幕とも夫に劣らぬ大道具にて目下何れも工事を急ぎ居れり。猶同劇役割は我童の沢子、松蔦の智慧子、扇雀の庄二、右団次の貞之助、寿三郎の久江男爵、徳三郎のお粂、多見之助の岩崎は既報の如くなるが何れも歌舞伎座の夫《それ》に劣らざる舞台効果を見すべしとて研究を重ね居れり

東西の両座とも大道具も大仕掛けで呼び物の一つであったようだが、この後浪花座は結局その大掛かりな大道具準備のため初日は十一日正午に繰り延べされた。小島孤舟による浪花座の脚本は四幕五場に脚色され、『大阪毎日新聞』に九日から三回に亙り「浪花座六月興行『誘惑』劇筋書」が掲載された。これも東京歌舞伎座と比較を考慮し、本稿末尾に紹介しておく。こちらは大詰でお粂が常次を救おうとして息絶えるが、沢子は発狂することなく泰造の逮捕を泣きながら見送り、智慧子を本当の母親と思うようにと美都子に告げて南洋行きの決心を語る、というものである。次に場割のみ紹介しておく。

序幕　　蒲田翠香園
二幕目　鎌倉久江家別邸
同返し　銀座カフエーテイエス
三幕目　浜町北尾病院病室
大詰　　久江智慧子隠家

『大阪毎日新聞』（十二日）は初日の様子を「手に入つた役々大成功の舞台面」の見出しで写真入りで伝え、場割りごとの寸評を載せているが大詰を〈智慧子母子の隠家で雷鳴轟く物凄い光景の中にお粂は死の為に、沢子は慚愧の為に共に美都子に対する愛惜を絶ち苦労を重ねた智慧子に希望の曙光がさす、この場も悲しい場で観客席は一面に手巾が動く〉。「誘惑」劇四幕六場は近来にない面白い劇になつてゐる〉と評している。同紙十四日は二日目三日目とも満員大入りを伝え、十六日から三回にわたり「『誘惑劇』を観る」（無憂樹）を掲載、舞台スケッチや写真入りの劇評で、これも大詰の智恵子の台詞に触れて「「誘惑」劇一篇、理解ある愛情の勝利の声として、近頃珍しい劇である」と結んでいる。

四、『誘惑』の映画化

他方、映画は日活向島撮影所により映画化（白黒・無声）され、大正六年六月十日より浅草オペラ館で封切られた。やはり新聞連載中であると共に、歌舞伎座上演中のことである。監督小口忠、脚本桝本清。オペラ館は『東京日日新聞』に本日封切の広告を出したが、それによれば「本紙連載中にして多大の好評を博せる徳田秋聲先生作日活会社大撮影悲編『誘惑』劇　立花貞二郎一派出演関西幹部人気役者吾妻猛夫今回より新に出演　全十巻一万呎《フィート》　説明は土屋松濤」とある。立花は美都子を、吾妻は沢子を演じたほか、五月操のお粂、土方勝三郎の智慧子、横山運平の常次などである。これも盛況のため月末まで上映延長されたほか、各地の直営館（同年五月の調査によれば日活の直営館は全国二〇二館）などで巡回、その他朝鮮の京城・釜山・仁川などでも上映された。

ちなみに、未だ草創期とも言うべき当時の日本映画界の実情を知るには、同じ大正六年の『活動之世界』（九月号）に掲載された「日本活動写真界の現状」が参考になる。これは、当業者・資力・営業振り・収支・輸入並びに製造額・常設館数・各方面の従業人員・所属俳優等を統計的に紹介したものである。それによれば、当時製造業は九（内訳は製造のみ二、製造兼輸入業者七）で全て東京である。撮影所は七で東京五、京都・大阪が各一となる。三大頭目として日本活動写真株式会社（大正元年創立）・天然色活動写真株式会社（大正三年創立）・小林商会（大正五年、天活より独立）で、この三者が制作、輸入、興行の殆どを占めているという。日活による『誘惑』は『東京日日新聞』（十三日）によれば、〈全十巻一万二百呎といふ日本物としては殆ど例のないほどの長尺〉とあるが、この「日本活動写真界の現状」によれば、当時において通常四巻物約四千尺が新派もしくは旧派の映画の平均であったと言うことから考えれば、日活による本作はかなりの大作と言うことが出来よう。また、撮影費用（四千尺の映画）は計一、二七〇円とあり、内訳として脚本代一〇〇円・撮影承認料一五〇円とあり、「右の内、撮影承認料と云ふのは、大家の作品を撮影する時、お礼金として差出すもの」と注記されている。歌舞伎座など芝居の上演承認料がどの程度の額か不明だが、映画・演劇だけで少なくとも六カ所からこのような承認料が秋聲を潤したと見られ、先に紹介したごとく近松秋江から「もつぱら成金といふ噂が高いやうです。竹葉でがまんするから奢つて下さい」（六月三日）というような冷やかしのハガキを受け取ることになる。

このように映画化は日活の大作に続き、天活でも映画化され、こちらは実演も採り入れる連鎖劇として上演され好評を博した。実演も天活所属の村田正雄一派（大阪新派）と思われる。井上正夫（大正六年当時小林商会所属）は連鎖劇について次のような回想を残している。

「連鎖劇」といつても、今の若い方々の中には知らない人も多いこと、と思ひますが、大正の初期から中期にかけて、大変な人気を湧き立てたものです。要するに、舞台劇の間々に映画を挟んで見せるので、舞台では充分に効果の出し得ない乱闘の場面だとか、追つ駈けの場面だとかを、初日前にロケーションに行つて撮影してくるのです。前の場面が終ると、舞台の前面に白いカーテンが降りて来る。場内の電気がパッと消えて活動写真が映るといふわけです。役者はカーテンの裏か舞台の袖にかくれてゐて、映画に合せて台詞だけ喋るのです。

（『化け損ねた狸』昭和22・9、右文社刊）

例えば、大阪楽天地では全編十五場のうち実演五場を食満《けま》南北の脚色で採り入れた連鎖劇となっている。場割は次のような構成であった。

第一場「養女」上野公園根岸坂………（活動写真）
第二場「裏水」阪本町おくめの内……（活動写真）
第三場「無心」高輪久江の邸…………（実演）
第四場「第二の母」再びおくめの内……（活動写真）
第五場「第三の母」久江家の洋室………（活動写真）
第六場「保護」上野公園…………（活動写真）
第七場「廃人」久江工業事務所………（活動写真）
第八場「産みの母」カフエーギンザ……（実演）
第九場「病院」耳鼻科室…………（活動写真）
第十場「行違ひ」久江邸の門前…………（活動写真）
第十一場「養生」鎌倉海岸の邸…………（実演）
第十二場「新生涯」渋谷の沢子内…………（活動写真）
第十三場「成敗」渋谷道…………………（実演）
第十四場「別れてから」おくめの内…………（活動写真）
第十五場「解決」久江邸の裏………………（実演）

『大阪毎日新聞』（6・24）の演芸欄「朝日座と楽天地競争の『誘惑』劇」（無憂樹）によれば、

朝日座は日活の活動写真上映、楽天地は連鎖劇で、両劇場とも二十一日から上演、両方とも徳田秋聲から大詰めまでの筋を聞き質し、さらに東京歌舞伎座の真山青果の脚色を参照して、小説の本文通りに筋を運んでいるのが特色であると言う。場割の題名から推測するに、十二場以降は、新聞連載終了後単行本後篇に書き加えられる内容の変形と見られ、具体的内容は不明ながら歌舞伎座・浪花座のヴァリアントと思われるが、小説に書かれることになる結末とはまた異なるものであろう。

なお、同紙二十二日の演芸欄には「誘惑」劇の見出しの下に「浪花座の同劇は相変らず大入を続け居れるが二十一日正午より開演の千日前楽天地の連鎖「誘惑」劇、道頓堀朝日座の活動写真「誘惑」劇いづれも開場早々満員を告げたるが流石《さすが》に天活、日活両会館が苦心の制作だけありて各場面とも上々の出来なり」とその盛況を伝え、続いて二十四日にも「浪花座、朝日座、楽天地、九条歌舞伎座とも相変らず満員大入りの盛況続きなり」と報じられている。因みに九条歌舞伎座は木村猛夫一座による食満南北脚色十三場であり、その他角座でも小織桂一郎・松竹女優等の成美団による「誘惑」劇が上演されており、打上後七月からは和歌山で開演の予定との記事もある。とすれば、大阪では、同時に五種類の『誘惑』が上演されていたことになる。さらに京都では久保田清一派による連鎖劇四幕七場が明治座で、静間小次郎一派による「誘惑」八場が国技館で、富士館の日活映画「誘惑」と共に上演されている。また神戸でも二種の『誘惑』が上演されており、東西とも『誘惑』は大盛況であったことを窺わせる。

五、小説『誘惑』と演劇・映画

演劇・映画という異なるメディアによって大盛況のうちに広く受け容れられた『誘惑』だが、〈観てから読む〉読者もいたであろうから小説の受容にも相乗効果をもたらせたことは容易に想像できる。その一人である灰野庄平は劇評「六月の三座」（『演芸画報』大正6・7）で「私は舞台の『誘惑』を観てから、新潮社発行の『誘惑』を読んだ。そして舞台と原作と夥《おびただ》しく違つて居るのに驚いた。そして両方とも或纏まつたものだと云ふことに感心した。一方は家庭小説として、一方は新派の芝居として」と述べている。ただし、これまで見て来たように脚色の相違は秋聲の新しい通俗小説の試みを逆照射して考える上で重要な問題を提起していると思われる。ところで秋聲は後に真山青果に関してこんなことを述べている。

氏の脚本（主に新派の作家として）については、私も言ひたいことがないでもない。殊に最近俳優の稟質や特徴や、一般俗衆の好尚など、総て第二義的条件事情が呑込めてくるにつれて、そして然ういふ処に相当の妥協点を見出さねばならぬ舞台上のことが手に入るにつれて、作の内容よりも重にさういふものに惹着けられて脚本を作るといふことに慣れて来てゐるやうに思ふが、之れも座付作者─殊にも新派といふ厄介な立場にある、鵺的な一つの怪奇な劇団を相手の仕事としては、止むを得ないことでもあろうし、興行主の懐ろをも思慮に入れなければならぬ氏としては、寧ろ氏独特の境地を拓いてゐると思はれる点もある。

（「どん底にゐた新派劇から」大正9・3『新演芸』）

新派の衰運を盛り返した功績を認めながら、親しい友人ゆえの忌憚のない指摘である。ところが、この〈第二義的条件事情〉との妥協という問題は秋聲が意欲を見せている新しい通俗小説の方法とも重なり合う問題であることを秋聲も自覚していたはずである。それは「謂ゆる通俗小説と芸術小説の問題」との副題をもつ次の一文を見ても明らかだろう。

無論通俗小説を単なる通俗小説の興味にのみ止めておきたいとは思つていない。片々たる短篇では発表することの困難な大きな構図を、いつか通俗小説で書いてみたいとは思つてゐるが、それも今のところ新聞の読みものと云ふ意味から、質や形にも色々の制限があるので、これも然う自由な訳には行かない。

私自身の経験から言ふと、芸術的作品を新聞で書くことは一番都合の好い仕事なのだが、読者受のする通俗小説となると、可成苦しい努力となつてくる。言ふまでもなく、此場合の努力は全人格的のものではなくて、読者の興味をいかに繋ぐかと云うことが問題になつてゐるので、自己を没却してプロットや何かを作ることは然う楽なことではない。

（「自分の経験を基礎にして」大正8・2『新潮』）

秋聲は〈一般俗衆を対象として書かれたものが通俗小説〉だと述べているが、通俗小説にかなり大きな意欲を抱きながら、新聞や雑誌という発表媒体の制約つまり〈読者の興味〉への顧慮など、真山青果への指摘に言う〈一般俗衆の好尚など、総て第二義的条件事情〉との妥協の問題を避けることが出来ないという〈苦しい努力〉を吐露している。こうした問題を『誘惑』の戯曲化に即して少しく触れておきたい。これまで見てきたように、『誘惑』は小説連載中に上場されたので、その結末は自ずと小説とは異なっている。この脚色に秋聲もある程度関わっていたことも既に見た如くである。歌舞伎座（真山青果）と浪花座（小島孤舟）の脚色自体も異なったものであるが、小説との相違は三人の母の内お粂（育ての母）が死に、加えて沢子（生みの母）も発狂（青果）という悲劇的結末や貞之助の入獄および泰造の逮捕といった《劇的》脚色をもつ脚本と異なり、小説の方は三人の母は一人も死ぬことはなく、発狂する者もいない。また貞之助の入獄や泰造・常次の逮捕といった刑事事件の趣向もみられない。乙鳥の劇評「六月の浪花座」（大正6・7『新演芸』）によれば、「久江男爵が請負師の常次を手先に使ひ貞之助を犠牲として独逸へ兵器弾薬を売込まうといふ作者の彩りがつけてあつたが其筋からお差止めとあつて荒川の改修に不正工事をやるといふことに訂正され」たという。いずれにしても小説の方はこうした趣向はなく、病弱な貞之助は最後に病死するのだが、それに泰造の事業の破綻から来る差し押さえが貞之助の身にも及ぶといった形である。所謂〈立ち回り〉という見せ場の必要から脚本では泰造や常次の逮捕劇が仕組まれたと思われるが、ある劇評（玖琉盤「六月の浪花座」、大正6年7月『演芸画報』）に〝悪男爵泰造〟・〝悪請負師常次〟という言葉が見られるように、類型的な悪役に仕立てられている。その結果お粂の死を代償とする常次の改悛（歌舞伎座）や泰造逮捕を見送る沢子の台詞「あなたほど憎いと思つた人はありません。またあなたほど懐かしいと思つた人もありません」（浪花座）という俗衆の人情の好尚に訴えるような場面として、もう一つの見せ場を形成する。秋聲のいう〈第二義的条件事情〉との妥協である。

これに比して小説では、常次は左程重要な登場人物ではなく、久江泰造も必ずしも悪役として造型されているわけではない。例えば、英子を追って田端の郊外に住む沢子の家へ行き、英子から峻拒され、庄二からも卑劣さを批判されて夜道を戻る時の、うってかわった泰造の内面を描き出す次の描写などは極めて印象的である。

泰造は怒りと屈辱とに暴風の如く渦巻く頭を抱へて、夢中になつて外に出た。外は静かな秋の夜であつた。冷たい空には星が瞬き、夜更けの月が出かゝつた東の空には、薄い、ミルク色の光が流れて、人通りの少い道傍には、細い虫の声が其処にも此処にも聞えてゐる。彼は心覚えの山の手電車のステーシヨンの方へ向つて、槇や満点星の生垣添ひに歩いてゐた。冷たい外の夜気は彼の頭を冷やした。昂奮と、緊張と、憤怒とから彼の心は次第に冷静になつて了つた。失敗続きの事業の方の絶望や、生活の荒廃などに荒びてゐた彼の気分が、不意に物悲しさを感じて来た。道が森のやうな暗い木下に入つた時、彼はことり〱と、静かに反響する我と我が足音に気が着いた。

何ともいふ事の出来ない寂寥が彼の心を浸した。彼は腕組みをして思はず歩みを止めて、暫し其処に突立つてゐた。

（『誘惑』後篇「新生涯」十七）

こうした内面の陰影を見せる泰造が、類型的な悪人（悪男爵）であるはずはなく、小説では徳義上非難される人物であっても、貞之助に罪を着せようとか財産を横領しようとするような悪人にはもとより描かれていない。このように寂寥感と共に自からの蹉跌を噛みしめる泰造が、次の場面ですぐに沢子と縒りを戻そうと働きかける。沢子も又これまでの生活を悔い、美都子と暮らす新生涯に入った筈なのに耐えきれずに泰造と縒りを戻してしまう。こうした人間的弱さを秋聲は丹念に書き込んでいる。脚本との本質的違いはこういうところであり、同時にこれまでの通俗小説との違いの一端もここにあると言えよう。先の「自分の経験を基礎にして」で、秋聲は次のように述べている。

私は通俗小説の場合でも、成るたけ人間を描きたいと思つてゐる。作意のために仮構されたやうな人物は、可成《なるべく》取りたくないと思つてゐる。そしてプロツトと、一般読者の興味を惹くための人情味とを忘れまいとすると同時に、出来る丈多様な人間性と、私の見た人間の交錯とを書きたいと希つてゐる。

（「自分の経験を基礎にして」前出）

類型的ではなく現実に立脚した人間を描くことと「一般読者の興味を惹くための人情味」に留意すると述べているが、俗情と結託した安価な人情味に堕すことなく、「第二義的条件事情」たる「俗衆の好尚」との妥協点をどのあたりに見出すか、秋聲の腐心はこの点にあったと見られる。先の青果脚本への不満に『誘惑』の脚色も含まれているとしたら、これまで見てきたような小説との相違、作意を離れた「第二義的条件事情」を青果は顧慮しすぎたとの思いが残ったのかも知れない。こうした小説『誘惑』の劇化という難しさを見抜いていた評者もいなかった訳ではない。例えば三琴楼は従来の新派における新聞小説の上場は、人情小説や家庭悲劇といった目に訴える事件の多い脚色しやすいものであり、脚色者にとっても好都合である上に、新聞社にとっても新派にとっても営業上の便宜があったが、秋聲のものはそれとは異なるとして、次のごとく述べている。

『誘惑』は原作者徳田秋聲氏が、従来の新聞小説とは異なつて、三人の母が彼等の間を転々して育つた一人の子供に対する愛を、それぞれの立場から心理的に描かんと欲したものである。従つて在来の続物、人情小説などとは違つた心理描写に重きを置いて、それに可成な通俗味のある卑近な筋立てを施したものである。そして第三の母の愛が最も真実に子供の幸福をもたらすものである事を暗示したものであると謂ふ。作者の意見ではこれが一の可成重大な社会問題であり一方親としての愛を根本的に考えせしめる為めに書いたものであるらしく見える。

（「『誘惑』劇と新派の前途」大正6・7『演芸画報』）

このように三琴楼は『誘惑』劇は興行的には成功したとしても脚色と演技において小説の投げかける問題に届き得ず、新派の前途に疑問を呈している。別の評者の伝える〈小説の方が面白い〉という声を裏付けるものでもある。しかし秋聲のいう芸術を民衆の前に持ち出すには「巷の芸術」たる演劇や映画の有効性は否定できず、『誘惑』はそれらを巻き込む形で、ひとまず成功を収めたと言えよう。

【参考資料】誘惑劇梗概二種

（A）誘惑劇の梗概（東京日日新聞）

真山青果（亭々生）脚色

△序幕　歌舞伎座食堂

請負師岩崎常次の催しの観桜会が雨の為めに歌舞伎座へ流れ込んで、其連中が幕間に食堂へ集まつてガヤ〳〵と騒いで居る、世話役の田中は元締の岩崎が姿を見せぬので心配をして居るが、子分の甚太は独り酒に酔つて無闇に、ハシヤイで居る、コ、へ事務員に連れられて山村沢子が来る。沢子は女事務員募集の広告を見て帳元を訪ねて来たのである。岩崎の元の妻お粂が貰ひ娘のみつ子を連れて食堂へ入つて来る。甚太はお粂を捉へて岩崎が常々お粂の事を思ひ出して元通りになりたいといつて居るなど、管を捲く、帳元の高松が来て沢子に女事務員は既に満員になつた事を告げる。沢子は悄乎と立去らうとする時工学博士男爵久江泰造が現はれて沢子を引止め、その落魄に同情し銀座にカフヱーの店でも出させやうと親切らしくいひ、自分の家庭の不満を頻りに訴へて沢子の同情を惹かうとする。沢子はその厚情を謝して悄然として立去る。行違ひに久江の貞之助が入り来り。チラリと沢子の姿を認める、泰造は事業の設計書などを出して貞之助に共に事業を営まうと貞之助を説く。一方お粂とみつ子は食卓に対座睦じく洋食を喰べて居るのを認た貞之助は、みつ子がもしや沢子との中に出来た子ではないかとつか〳〵と立寄つて岩崎常次の事を訪ねる。お条の返答は要領を得なかつた。此時貞之助の娘田鶴子が走り来て縋りつく、泰造は五月蝿貞之助を説く、貞之助は素気なく拒絶する、泰造は憤然として足音荒く立去つて了ふ、貞之助は卓に凭れて過し昔を偲んで独り胸を痛めて居る、処へ夫人千枝子が来て良人から沢子と子供の事に就て話を聞き、みつ子を引取り改めて久江家の人として教養したいと言ふ

△同返し　下谷竹町お条の住居

歌舞伎座から帰つた晩、みつ子は今日見た芝居に就て面白さうに話して居る内、フト母を慕ふ重の井の子三吉の身上を考へ、吾身に引較べて、急に実の母に逢ひたい思ひに萎れる、お条は亭主岩崎常次に別れてから爰に五年、女の細腕でみつ子を教養して来た。お条にとつては目の中へ入つても痛くない程可愛い、常にない実の母を慕ふいぢらしさ、一層自分と此可愛い子を捨てた常次の仕打が恨めしくなる。みつ子を寝かして門の戸を鎖やうとする時、思ひがけなき常次が来た。常次は散々自分の薄情な仕打を謝まり、元通り夫婦になつてみつ子を一人前にしやうといふ、お条はみつ子の事を心配さうに云つてくれる常次の詞に、つい引込まれて、元通り常次と一緒にならうかとも思つた。

（以上5月28日）

△二幕目　鎌倉久江家別荘

常次はお条を欺き美都子を其手から奪つて久江貞之助の方へ千三百円の養育金引換に渡した。美都子は久江家へ来て一月にもなる。夫人智恵子が親切に振舞ふけれど美都子はお条を慕うて泣き暮して来た。常次は酔て訪ねて来て、久江男爵の廃銃売込みに就き貞之助が保証せぬ為め損害を蒙つたから千円の損害金を呉れと夫人に無心をする。お条は美都子を慕ひ遙々此鎌倉へ来て久江家を訪ね美都子に逢ひ、夫人から事情を聞き常次に欺かれしを知り美都子を返してくれと頼む。コ、へ常次が暴れて来るのを出入の職人が袋叩きにする。お条は憎い常次ではあるが夫婦の縁に引かれて之を遮り、常次に恨みを述べるが常次は取合はぬ。智恵子はお条に同情して常次と縁を切り美都子の保姆として久江家へ住込むやうに教へ今日は一日だけ美都子をお条に貸してやる。

△三幕目　カフヱー銀座

沢子が泰造の妾と堕落しその出資で営んで居る珈琲店、弟庄二が留守して居るところへ常次の妾お花の妹英子が両替を頼みに来て互に仲睦じく語り合ふ。其処へ久江泰造が泥酔して来り、英子の愛らしき姿に目をつける。庄二はそれと見て急ぎ両替をして英子を帰す。泰造は庄二が工業事務所の事務員でありながら寄宿舎に居らぬ事を咎めると庄二は今日辞職したといひ庄二は不具者の悲痛な人生観を説き姉の境遇と態度とに憤慨する。泰造は相手にならず二階に去る。其あとで庄二は英子を呼び来り懐かし気に物語り英子また庄二を慰む。微酔の沢子急ぎ足に戻り来る。英子は帰り行く。庄二は姉の堕落を戒め正しきに復るべく説く。泰造は二階から降りて来て立聞き庄二と言争ふ。庄二は尚ほ沢子に美津子の生みの母たる責任を説くので沢子は煩悶の末ウヰスキーを煽り泰造に介抱されて二階に去る。智恵子から許されて今日半日を命と楽しむだお粂、美津子は俄雨に遭い、駆け込み来て洋食の来る間にお粂に愚痴をならべ美津子も別れを惜しむ。庄二は二人に声を懸け話し合ふ。泥酔の沢子長襦袢に羽織懸けのしどけない姿で二階から降りて来る。お粂驚き美津子をかくす。庄二は娘の美津子なるを悟り姉に囁く。お粂は沢子の有様を見て勘定そこ〳〵に強て美津子を連れ去る。庄二は姉の浅ましい姿を嘆く。沢子酔眼に窓際に佇み美津子の後姿を見送り茫乎として椅子に突伏し泣崩れる。

（以上5月29日）

△四幕目　番町病院の一室

美都子は鼻茸治療の為め入院してゐる。美都子可愛さの為めに乳母奉公をして側を離れぬお粂は病院にまで附添つてゐる。智慧子が来て今日は美都子の手術をするといふが旧思想のお粂はそれを危険のやうに思つて反対する。智慧子は困じ果て女中を伴ひ院長の許へ行く其処へ常次の手先なる甚太郎が来て有難い行者が居るからそれに祈禱を頼むとい丶と勧め美都子親子を誘惑しようとする。お粂の心動く、この時智慧子再び来つてお粂を諭し手術に同意させんとする。お粂は結局一日の日延べを乞ひ祈禱者に伺ひを立てると云ふに、智慧子は持て余し私は母だと威嚇する。お粂は他にも一人母と名乗る方があると諷する。智慧子は怺へ兼ね今日限り宿へ下つて貰ふといふ。お粂は美都子を引連れ去らんとするに智慧子は慌て引留める。貞之助来り二人のまごころは感謝するが中に挟まつた小児の心になつて見よと制し、お粂が行者の許へ行くを許し其の留守に美都子の手術をする。庄二が泰造からの手紙を持つて来る。それには貞之助が廃銃売込みに同意せぬ復讐に姉の蘭子を離別するといふ事が記されてある。貞之助は憤然として姉は何時でも引取るといふ。庄二はオド〳〵して去る。男爵夫人蘭子は何も知らず美都子の見舞に来る。貞之助は離別の旨を告げ蘭子が怒り狂ふ折看護婦が美都子の出血夥しきを知らせる。貞之助はそれを聞きながら蘭子をなだめる。お粂帰り来る。美都子の容体を聞いて「お嬢様を殺して仕舞つた」と狂乱する。貞之助はいろ〳〵の出来事に煩悶懊悩し蘭子には銃器売込み主となる事を承知したとの返事を土産に男爵邸へ帰す。お粂はこの間に電話で沢子を呼ぶ。美都子は看護婦等に伴はれて病室に戻り寝台に横臥す。智慧子悄然と附添ふ。窓外に雨繁く雷鳴さへ聞こえ稲妻の閃き物凄い、美都子は譫言に母を呼ぶ。智慧子、お粂、沢子と三人の母はめい〳〵自分の事かと静かに寝台の傍に進む。美都子は三人の顔を順々に見て途方に暮れワツと泣き出す。

△同返し　病院外

病院を出た沢子は後髪ひかれ勝に悄々と歩んで行く。後から貞之助が来て呼止め、生みの児を見て自分の身の耻かしさに気がついたら今後の母として美都子を訪ふ事はお断りをする。お粂一人交つてさへあの混雑、この上三人の母を持たせて、美都子を苦しめ度うは無い。又貴女に対する僕の思ひ出も穢がされた。貴女のその後の身持の為にと悔む、沢子は身の幸薄きを悲しむで別れ去らうとした、お粂は跡を追うて来懸つた。沢子は思ひ浮めて貞之助に縋り、美都子を妾の手に返して下さい。今日始めて母といふ美しい心に甦つたから、責めて美都子だけでも立派に育て上げ度いと訴へる。お粂も立現はれて共に頼む、二人に縋りつかれて貞之助決心して、沢子に確信があるかと念を押し誓はせて、美都子を引渡す事を承諾する。

（以上5月30日）

△五幕目　池上有明楼（前幕より約一年後）

沢子は美都子を引取つてからカフヱー銀座を閉ぢ新たに池上に有明楼といふ料理店を出した。美都子は沢子が医者に行つた留守を幸ひ中の間に出て来て女中の手伝ひなどする。離座敷を借りて勉強に来てゐて美都子の幼馴染木村美樹雄は隣室の客常次が泰造の来るのを待つ間の馬鹿騒ぎを憤慨し出て来たが美都子が居るのを見て昔語に睦み合ふ。沢子が帰り来れるより美樹雄は去る。沢子は美都子に男の言葉に欺されるなと諭して入浴に行く。其あとへお粂が来り。小田原在にゐる亡弟の嫁を使つて行くので、今日は別れに来たと語る。美都子は別れを悲しみ今夜この家を出ようと約束する。其処へ常次が出て来り敵国へ売込む銃器を積んだ船が今夜横浜を出帆すれば大金儲けが出来るのだといふ。お粂は恩義ある貞之助夫婦に難義をかけるのみか美都子を罪人の子にする気かと詰れば常次はお粂を突飛ばして去る。美都子はお粂を介抱しながら今夜家出する事を誓ふ、お粂これを聞いて帰る。英子が来て美都子に会ひ姉の家を出した庄二を救ふ為め沢子を通じて泰造より金を借りる事を頼む。美都子は沢子の帰るまでと英子を別室に案内す。美樹雄は再び出て来り。美都子と嬉しさうに語り合ふ、沢子戻り来り二人の話を聞き不安に堪へず美都子を呼ぶより美樹雄は驚き去る。沢子は美都子を厳しく諭す。泰造微酔にて来り。俺れの事業も今夜の船で大当りだから前祝ひに呑もうと沢子の手を執る。沢子これを振払ふ、美都子は英子が来り待ち居るを告ぐれば、泰造は英子を呼ぶ。沢子は英子を自分の代りに泰造の妾に推薦し三百円を借りてやる。英子は妾になると聞きその金を返す。庄二が出で来り泰造を罵り又沢子に対し自分の一生を約した人言はゞ義理の妹を堕落せしむるかと責め尚ほ貞之助が軍器供給の罪で拘引されたと告げる。この時女中は美都子が家出した事を知らせる。やがて常次を逮捕せん為めに刑事来る。泰造は驚き逃げ去る。

△同上　奥庭

月下に常次刑事等と激しく立廻り遂に逃げ去る。ションボリ佇める発狂せる沢子は、美都子はあのお月様の中にと絶叫する。

（以上5月31日）

△大詰　品川お粂の住居

初夏の祭りの日、物狂はしくなつた沢子が子供等の群に交つて出て来る。貞之助の娘田鶴子が学校の帰りに通り蒐つて子供等を追払はうとする。子供等は却て田鶴子を「独探の子だ」と苛める、美都子家の中から出て来り子供等を叱り去らしむ。美都子は田鶴子が何うしてこんなところにゐるかと問へば田鶴子は貞之助が収監中の為め母の智慧子と一人淋しくこの品川に住んでゐる旨を答ふ。お粂も出て来て沢子の狂乱せる姿に驚く、美都子は田鶴子の話を聞きお粂に向ひ「自分は罪人の子になりたい、田鶴子と共に智慧子を慰めたい」といふ、沢子は斯うした悲しい話が三人の間に交されてゐるのも知らずに他愛もない事を言ひ続ける、姉を捜して此処まで来た庄二はお粂と美都子に「姉はこの姿になつて初めてあらゆる誘惑から救はれた」といひ、沢子をお粂に預け田鶴子を送り遣らんとて美都子と共に去る。刑事に追はれた常次が来てお粂に隠匿つて呉れと頼む。お粂はこれを却け自首を勧める。常次は泰造の行方を尋ね共に抱いて行かねば承知が出来ぬとて沢子に泰造の行方を聞けど沢子の答へは要領を得ぬ、沢子は狂気してゐるとは知らぬ短気の常次は沢子がトボけてゐると思ひ有合ふ刃物で斬り付け却つて支へんとしたお粂に重傷を負はす。お粂は常次に縋り付き苦しき息の下から美都子の為めか常次の将来の為めに潔く自首をすゝめる、常次は翻然悔悟して自首を誓ひ貞之助を救ふといふ。美都子に導かれて駈付けた智慧子は常次の悔悟を見て心から嬉し涙に咽び夫貞之助の出獄近きを美都子と共に悦ぶ。（終わり）

（以上6月1日）

＊　＊　＊

（B）浪花座六月興行『誘惑』劇筋書（『大阪毎日新聞』）

小島孤舟脚色

序幕　蒲田翠香園

初夏の一日、蒲田（東京市郊外）の庭園に菖蒲見に来たお粂（岩崎常次の前妻）は、貰ひ娘美都子の手を取つて、口を極めて自慢する。折柄そこへ出て来た常次の使用人甚太郎はお粂を見て岩崎が今では芸妓あがりのお花と言ふ女と一緒になつた事を告げる。夫を立聴した件の女お花は、腹立紛れに甚太郎を責めて、お粂にまで毒口を浴びせかけて去る。この時山村沢子（美都子の実母）出て来る。お粂は美都子を見知られまいと沢子には近所の娘だと偽つて逃ぐるやうに去る。沢子が一人立つてゐると弟の庄二が松葉杖に縋つて出て来る。姉弟が互に身の不運を嘆いて慰め合つてゐると、そこへ久江貞之助（以前沢子と関係して美都子を生せた男）が夫人智恵子と娘田鶴子とを連れて睦じさうに語り合ひながら出て来る。沢子と貞之助とは、互に顔見合はす途端はつと驚く容子があつた。それを見て取つた智恵子は予て聞いて居る自分の夫と以前関係があつた女だと言ふ事を気付いて、貞之助に暗にその事を尋ねた。貞之助ははつきり言はなかつたが、暗に沢子を諷して罵つたので、それと頷いた。沢子はいきり立つ弟の庄二を引いて、泣く泣く此場を立去つた。智恵子は貞之助に沢子との間に出来たといふ子供を家に引取りたいと申し出た。恰ど其処へ岩崎常次が出て来たので、貞之助は早速常次にその事を談じる。貞之助は美都子がまだ常次方に預けられて居る事と信じてゐるのだ。常次は五百円と言ふ引取金の欲しさに、前後の考へもなくそれを承知してしまつた。折柄久江泰造（男爵工学博士、貞之助の義兄）が現れて、貞之助に自分が今目論んで居る銃器売込の事業に名義を貸して欲しいといふ事を頼む。貞之助が入ると、すれ違ひに沢子がまた現れる。貞之助と沢子の仲を離したのは泰造だつたが、泰造は今の沢子の境涯に同情して、之から自分が資本を出して、銀座にカフヱ店を出し、弟の庄二の面倒を見やうと言つて、沢子を承知させてしまつた。そこへ庄二が来たので、沢子は庄二に泰造との相談を打明けると、自らの運命を悟つた庄二は、別に反対もしなかつた。その一刹那以前の貞之助夫婦が入つて来て皆顔を見合せ、各人各様の思ひ入がある。沢子は庄二の手を引き、泰造は貞之助等と一緒に去らうとすると、お粂は美都子を連れて入つて来て、皆の後姿を無量の思ひで眺める。木なしに道具が一転すると、翠香園内の料亭浜の屋の座敷で、常次が独り酒を飲んで居ると、次の座敷では、お粂と美都子とが楽し気に食事を取つてゐる。常次はこれを見て、涙まじりにお粂に向つて自分の罪を悔み、又縁を戻さうと言葉を尽してお粂を説いた。お粂は初めの程は少しも受けつけなかつたが、美都子の愛に絆されて、到頭常次の言葉に従つた。美都子が五百円の金に代へられて、久江家に渡されやうとは神ならぬ身の知る由もなかつた。新内の唄で幕。（以上6月9日）

第二幕　鎌倉久江家の別邸内

前幕より十日過ぎ。邸内建増工事で騒々しいなかに、智恵子は色々美都子の機嫌を取るが美都子はお粂を慕ふて何処かに打解けぬ容子がある。貞之助が帰つて、近々興津へ避暑に往かうといひ出す。蘭子（貞之助の姉、泰造の妻）振乱した姿で出で来り良人が沢子を妾としてゐる上に、銃器売込等に貞之助が名義を貸してくれぬので、その報復に泰造が蘭子を苛める事を語る。貞之助は事業の性質を確かめた上で承諾しようと返事する。岩崎常次入り来り重ねて名義人の件を強請する。貞之助は一旦怒つたが智慧子の取做で結句承諾する。常次蘭子よろこぶ。お粂入り来り常次に美都子を返せと食つて蒐る。貞之助お粂をなだめて、美都子が今は実の父の自分の許に帰つてゐる事をいふ。智慧子お粂に美都子に引合せて名残を惜しませる。お粂泣く。道具一転。

二幕目返し　銀座カフエ店

人通りの絶えた、銀座通りの珈琲店で、絵本を眺めてゐた庄二は入つて来る泰造の姿を見ると、平生の慊らぬ思ひが一時に爆発して泰造と激しい論争をする。あとで庄二が一人卓子に凭れて泣いてゐると、鎌倉から帰り途のお粂と美都子が、俄雨に濡れて店先へ駆け込んで来る。二女の話で姉沢子の生みの娘だと勘づいた庄二は、こつそり沢子を呼ぶ。沢子美都子に抱きつかうとすると、お粂隔てゝ他様の子だといふ。沢子泣く。

第三幕　浜町北尾病院病室

病気で病院に入つてゐる美都子は、沢子から貞之助に来た手紙を拾ひ読んで、生みの母の事を訊く。貞之助は智慧子を実の母と思へといふ。美都子の病気は手術を要する事になつた。お粂はひとり不動様に祈願するといふ。そこへ泰造の事業が失敗して、名義人の貞之助は罪人となるかも知れないといふ報知が来る。貞之助夫となく皆に告別して去る。美都子手術室に入る。智恵子が別室に残つてゐると、蘭子があたふたと飛んで来て、泰造の事業の失敗から、貞之助が刑事上の罪人たらんとしてゐる事をいふ。智慧子驚く。折柄美都子の容態が変つて来たといふので智慧子は手術室に赴く。そこへ沢子もお粂も入来る。美都子囈言のうちに「阿母さん〳〵」と呼ぶ。女思はず寄添ひ無量の思ひ。幕。

（以上6月10日）

大詰　大崎村久江智慧子の隠家

久江泰造の事業の破綻のため、名義人たる貞之助は、小暗い牢獄に投じられたので、世間の人達は貞之助を不正事件の張本人とのみ思つてゐる。妻の智慧子はまた大崎村の実家で、田鶴子と美都子を抱へて、世間の乱暴な迫害に苦しんで居る。智慧子は傾ける納屋に、二人の娘を両脇に抱へて、折柄の雷鳴を避けてゐると、門側に一人の乞食が寝て居る。智慧子が家の不運を訴へると、乞食は心から感動する。そこへ満州地方へ姿を晦まして居た泰造が帰つて来る。智慧子は一家の蒙つて居る苦痛を訴へて、貞之助を救へと逼る。泰造は肯かない、のみならず男爵家の家什を奪はんとして智慧子と争ふ。乞食は起き上つて来た。乞食は刑事の変装したものであつた。泰造は刑事と格闘して逃げる。刑事は追ふ。常次来つて納屋の中にゐる美都子を奪はんとする。智慧子内より戸を押へて開けず、さうかうする間に二人の娘は居なくなつた。美都子を捜して出て来た沢子が訳を聞いて去ると、お粂がつと現れてまた其の後を追ふ。常次は智慧子と争ひ智慧子悶絶する。常次が什器を奪つて去らうとすると、泰造が刑事に追はれて入り来り、とゞ捕縛せらる。二人の娘を追うて来る沢子はこれを見て吃驚する。泰造が曳かれて入ると、沢子は泣いて見送る。側に立つてゐるお粂は独言のやうに「憎い奴だが忘られない」と常次の事を呟いてゐる。そこへ村の衆が来て納屋を取壊しに蒐る。なかに隠れてゐた常次は悶絶する。常次を救はうとして飛込んだお粂は酷い傷を受けて、美都子の手にもたれて息が絶える。沢子は美都子に「私の事は忘れて下さい、そして今の阿母さんを真実の阿母さんと思つて下さい」と言つて、南洋行の決心を語る。夕立がさつと下して来てまた晴れた。月が出る。智慧子は二人の娘を抱いて、「あの月のやうに、阿父様のお名が清められる時を待ちませう」と独語する。幕。

（以上6月11日）

【資料紹介】「「二つの道」の劇化」原稿（石川近代文学館所蔵）

以下に紹介するのは、石川近代文学館の所蔵になる「「二つの道」の劇化」と題された秋聲原稿である。「徳田用紙」（四百字詰）七枚にペン書きされたもので、初出未詳で、*その後の単行本や全集類にも未収録である。『二つの道』は大正十一年（一九二二）八月二十四日から翌年二月十五日まで『大阪毎日新聞』と『東京日日新聞』に百七十四回連載されたものである。まだ完結前の大正十二年一月一日から大阪浪花座で東京新派大合同により上演。脚色真山青果、出演は河合武雄、伊井蓉峰、花柳章太郎、喜多村緑郎等。二十三日から京都南座でも上演、連日満員の盛況であった。これに併行して大阪楽天地では服部秀脚色の新派劇、九条八千代座では小島孤舟脚色の連鎖劇も上演されている。東京では二月五日から本郷座で同じ新派大合同で上演、こちらも大盛況であった。その他、松竹キネマで池田義臣監督、伊藤大輔脚本により映画化、二月十一日に浅草松竹座で封切り上映された。単行本はこの年九月の関東大震災を挟み、大正十四年七月新潮社刊と遅延したが、『二つの道』も『誘惑』『路傍の花』などと同じく、メディアミックスにより好評をもって広く迎えられた作品である。

原稿「「二つの道」の劇化」は、自作の劇化というこうした現象を秋聲自身がどのように考えていたかを表明したきわめて興味深い一文である。『誘惑』論でも触れたように自作小説と劇との違いを、自らの作風と劇化との非親和性や大衆演劇としての興行上の問題にまで踏み込んで論じており注目される。

＊　＊　＊

「二つの道」の劇化

徳田秋聲

拙作「二つの道」は所謂《いはゆ》る新聞の連載《れんさい》ものとしての通俗小説でありますか、少数の読者に取《と》つては甘《あま》いところもあるので、不満《ふまん》を抱《いだ》かるる向《むき》もあらうかと思ふけれど、元来か一般の読者を目安《めやす》にしたものですから、仕組といふやうな事《こと》にいささか心《こゝろ》を用ひた上《うへ》に、わたしが近頃《ちかごろ》考《かんが》へてゐる人間と社会と、若《も》しくはもつと広汎《くわうはん》な意味《いみ》に於ての人生に対する考察なり感想なりを、不自然にわたらない範囲に於て、芸術的感興を殺《そ》がない程度に於て、多少とも言表はそうと志したのですが、何しろ毎日々々の執筆であるうへに、一般読者に訴へると云ふ用意を怠つてはならないところから、間々説明的になつたり何かして、十分の成功を収めることか困難なのであります。たゞ私の芸術的人生観的立場が、現実主義であるところから、かうした半ば興味を主とする作品に対しても、私の地肌であり、呼吸であり、生命であるところの現実主義的な見方から、多く脱線してゐないといふことは言へるので、出てる人物の一つ〳〵の性格と言葉と行動と運命とは、皆さうした私の頭脳《あたま》から繰出されて来た多くの私であることも事実であります。

それら作品の内容は数十万の愛読者の日々読まれる通りで、批評は世間に任せるより外ありませんが、拙作の劇化といふことについて、少し言はしていたゞきたいと思ひます。

小説を脚本に仕組《しく》んで、舞台に上《のぼ》せるといふことは、厳密な意味では余り感服したことではありますまい。それも同じ作家か、自作の小説をそれだけでは満足しないで、それを劇化するといふなら、それは作家としての一つの芸術的欲求を充《みた》すもので、論議の必要もないことですが、思想や気分のちがつた芸術家が一つのものによつて、更に一つのものを生出《うみだ》すといふことは、可也無理な仕事であるに違ひないのであります。けれどもそれは全然許すべからざることとも思はれないのみか、若しその小説に劇的要素に《ママ》多分に含まれてゐて、それをよく理解するところの劇作家の手によつて、脚本化されるならば、少しも不都合はない筈です。評判のいゝ小説が、活動になつたり、芝居になつたりすることは、西洋にも沢山《たくさん》例のあることで、それらの作品がポピユラアであると同時に、劇としても多くの観客を悦《よろこ》ばせてゐるのです。ユーゴの哀史、トルストイの「復活」などは、劇によつて一層民衆化《みんしゆくわ》されてゐるもの、適例であらうと思ひます。劇といふものか、その形式の便宜上小説より民衆的《みんしゆてき》であることは言ふまでもありません。カルメンなど天才ビゼイの作曲によつて初めて世に持囃《もてはや》されたといふやうな例もあります。

私は友人関係の因縁《いんえん》で、今まで拙作の脚色を三度真山君にやつてもらひましたが、元来私の散文的作品には劇的要素が乏しいので、脚色者の苦心は一ト通りではなかつたらうと思ひます。私の作品は多く人間生活のデテールに亘る方で、たとひ劇的要素を含んだものでも、書いてゐるうちにクライマックス即ち山《やま》と云つたやうなものが、極めてなだらかに均《なら》されてしまふと云ふ風なので、作中人物の取扱方から言つても、善悪のけじめを鮮明に色づけるといふことが、私の主観から言つて、出来にくいことなのです。夫々《それぞれ》の人に夫々の複雑な箇性と箇性の現はれ方があつて、一概に善とか悪とかいつてしまふのは、余りに思遣《おもひやり》のないことのやうに思はれるのです。私は決して道徳を無視するものではありませんが、道徳は我々の生活の都合上相対的に生れて来た一つの生活基準に過ぎないので、一定不変のものでもありません。寧ろ時代々々の我々の生活に追随してゐるものに過ぎないのです。医療が病気の後から来る事と同じ道理です。とにかくさう言つた風に、私は私の人間を取扱つてゐますので、それらの作品を劇化するについては、土台からして築きあげなければならない場合のあることも勿論です。何故《なぜ》ならば劇には普通事件のクライマックスと問題の解決若しくは提供がなければならないからです。

今度の二つの道は、私のものとしては前の「誘惑」などに比較して、多少の問題と事件の進行とかありますので、真山君も今までのものよりは脚色がいくらか楽ではなかつたかとも思ひますが、しかしながら芸術家として立派な本領と立場をもつてゐられるところの真山君のことですから、自己の芸術的素質をまで曲げて原作に追随することは出来ません。そして私が自己の芸術境を重んずると同じやうに、真山君も亦《また》自己の箇性を没却することは、却つてその脚色を生命と特徴のない無意義なものとしてしまふと云ふ虞《おそれ》もあるので、私は自己の作品の脚色を、厳密な意味で自己の芸術に惹著《ひきつ》けて、悲惨な破綻を生ずるよりも、寧《むし》ろ仕事の便宜上、原作を貸すといふくらゐの意味で、脚色者の自由手腕を揮ふのに任しておくのを、寧ろ悦ぶものであります。

以上は単に私の脚色者に対する態度を言つたので、そんな理由で、幸いに私の作を読んで下すつた者は、又真山君の芝居をも見て、彼此《ひし》の相違と、各作の特色とを比較して批評されんことを切に希望する次第でありますが、尚脚色者の立場を考へていたゞかなければならないことは、脚本と俳優との関係と云ふやうなことです。その他にも色々の事がありますが、脚色者がこの種類の民衆劇に於て、尤《もつと》も手心を要することは、役と俳優との関係なのであります。かう云ふ拘束のあることは、厳正な意味では許すべからざることは違いないのでありますけれど、今それを言つたところで仕方がありますまい。小説の方はさう云ふことには一切《さい》頓着なく筆を進めて行くのですが、脚色の場合では、作中の人物が、それに扮する俳優の地位とか人気とかによつて、屢《しばしば》その軽重を顚倒《てんたう》し、場合によつては、主要ではないものが、俳優が一座の主要な俳優であるために、そして又その俳優を売りものに飾り立てられなければ、興行上都合のわるいやうな場合には、それに適応したやうな重い役に脚色されるといふことは有りがちのことなので、つまり役者本意で脚本本位でないと云ふ非難は免《まぬか》れないかも知れないし、その点については私なども聊《いささ》か意見もあるのですが、今の場合それは劇道に対する理想に過ぎないので、脚色者もつひその方へ惹著けられなければ、仕事かしにくいと言つたやうなことです。劇か綜合《そうがふ》芸術である以上、さう云ふ不文律が自然に長いあひだの因襲となつてゐるので、又それが一つの芸術的興味ともなる訳なので、或程度までは仕方かありません。この点も脚色が原作と時に別途の方向を取つて行かなければならない重《おも》なる原因で、それか或は期待以上の興味を観客に与へることともなるであらうと信じます。

拙作「二つの道」の劇化されるについて、豫《あらか》じめ大方《たいはう》の諒解を得ておくために、粗雑ながら一言を費《ついや》した次第であります。（終）

（「徳田用紙」（四百字詰）七枚　石川近代文学館蔵）

＊　本原稿は、初出未詳であったが、今回、徳田秋聲記念館の薮田由梨さんのご教示により、「サンデー毎日」（大正12年1月14日）と判明した。翻字は筆者が二十年前に石川近代文学館で原本を原稿用紙に筆写したものを底本としたが、この度、石川近代文学館の松山千津さんの厚意により原本写真を入手することが出来た。したがって翻字は三者を校合し、誤りなきを期した。（「サンデー毎日」は末尾に省略部分がある。）あらためて薮田さん・松山さんに謝意を表したい。

『闇の花』という問題作
――芸術を民衆の前に――

一、〈妊娠小説〉としての『闇の花』

『闇の花』は、大正九（一九二〇）年一月から翌大正十年五月まで『婦人之友』に連載されたものである。この大正九年から翌年にかけては秋聲にとって多事多端な年であった。十一月二十三日に文壇を挙げて花袋秋聲生誕五十年の祝賀会が開催されたこともその一つだが、それよりも衝撃的な出来事は『何処まで』に関わる事件である。『何処まで』は『闇の花』の連載と併行して十月四日から『時事新報』に掲載された長篇である。この小説で描かれた女性との再会と取材目的の交渉が始まり、翌年一月には妊娠を知らされる。『闇の花』も『何処まで』も依然として連載中である。この衝撃が〈妊娠小説〉（斎藤美奈子）たる『闇の花』や当の『何処まで』自体にどのような影響を及ぼしたかを測定することは難しい。私娼や妾として男遍歴を重ねながら流転せざるを得ない底辺の女性の半生を客観的に描出した『何処まで』には秋聲らしき人物は登場しない。いっぽう『闇の花』に関して言えば、事情や対象は異なるとは言え、この時秋聲は皮肉にも作中人物の遠野博士と同様な立場に立たされたのである。

編集者による「予告」通り、毎号五十枚の分量を堅持して来た『闇の花』は、後述するように二月、三月号は俄かにペースを崩し、その衝撃と動揺を伝えている。その後、この女性に生まれた双子の姉妹をめぐっての秋聲の苦悩は、後に「花が咲く」（大正13・5『改造』）や「未解決のまゝに」（大正14・4『中央公論』）など関東大震災後の短篇小説に描かれることになる。この事件と『闇の花』との関連は以上の指摘にとどめ、ここでは小説自体の考察に進みたい。

＊　＊　＊

さて、この大正九年において『闇の花』に六ヶ月遅れ、『何処まで』に四ヶ月先行して連載され始めた菊池寛『真珠夫人』の好評は、ある期間この三作品同時進行の形となっただけに秋聲もこれを意識せざるを得なかったものと思われる。例えば、『何処まで』において、主人公の蔦代が知り合いの看護婦が読んでいる小説を目にして「私も小説好きよ。だけれど、何時読んでも華族さまのお嬢様だとか、金満家の息子さんとかばかりだから厭になつてしまふわ。小説家なんて、少しは私達のような女も書いたら可いぢやありませんかね。」と不満を洩らすところがある。それに対して看護婦は「それあ又そいのも有つてよ。」と答えるのだが、この部分など秋聲の巧まざるユーモアを帯びた『真珠夫人』に対する挨拶であったと思われる。『何処まで』は底辺に生きる女性の流転の半生を描いたもので、秋聲の所謂芸術的作品に属するが、やや通俗性を兼ね備えている点において、これも〈芸術的作品と通俗小説の合一〉というかつての発言を意識した通俗小説への歩み寄りを示しているものと見られる。他方『闇の花』は『真珠夫人』ほどではないが、著名な教育者遠野博士の家庭やブルジョワの令嬢漣子の柵《しがらみ》家など中上流階級の家庭が描かれる。それに対して篠崎咲子の実家の困窮ぶりや、裕福とは言い難い地方出の青年米山庸太郎などが主要な役割を果たしていることにおいて、一面的にならない配慮がされている。『真珠夫人』の瑠璃子の邸宅も『闇の花』の柵漣子の高い煉瓦塀で囲まれた屋敷も共に麹町にあるのは、互いに意識した結果かどうか。また湯河原・箱根・熱海などの温泉保養地やそこに至る沿線が物語の展開に少なからぬ役割を果たしていることも共通している。

秋聲の通俗小説は、主として東京という都会における若い女性の自立の問題を貞操問題や恋愛をからめて都会風俗を背景として多様な人間関係の中に描き出したものが多い。『闇の花』も大筋においてそうした要素を備えた小説である。ただし、秋聲の多くの通俗小説群の中でセンセーショナルな状況設定において特異な位置を主張している。

それは「妻の留守」という第一章のタイトルからも窺われるように〈妊娠小説〉として物語が動き始めることである。つまり、徳望ある教育者の遠野博士と遠野家に世話になっている咲子（遠野が恩誼を受けた漢学者の娘）との間に起こった一夜の過ちを発端としていることにおいて、秋聲の通俗小説群中でも異色である。そればかりでなく、さらに博士に学費の援助を受けている米山庸太郎が、咲子への愛情と博士への報恩の思いから咄嗟に博士の罪を被り、咲子の苦境を救おうとする「犠牲」と題する第二章が続く。言うならば、『新生』の岸本捨吉的苦悩を背負わざるを得ない遠野博士と、無実の罪を自ら背負おうとする米山庸太郎の運命という二重に劇的な状況設定において際立った特色を持っている。秋聲の小説は、総じて劇的構成によるプロットの変化よりも、ささやかな波瀾の連続による人生の諸相をいかにもそうだと思わせるように淡々と描いていくものが多い。その中で発端の状況設定そのものが劇的である上に、これが物語の基本的構造や展開を規定していく『闇の花』のような小説は秋聲的物語の中ではやはり異色であり、それは秋聲自身後に認めるところでもある。

『闇の花』は後に所謂円本の一つ、新潮社の『現代長篇小説全集　徳田秋聲篇』に収録された。新潮社はこの全集のキャンペーンに様々な工夫を凝らし『朝日新聞』の全面を使うなど、一連の派手な広告戦略を展開しているが、その中の一つとして「現代長篇小説全集には何が書いてあるか？」という半面広告（昭和3・2・13付三面）がある。これは秋聲や菊池寛など八名が顔写真付きで自らの収録作品を解説した小文を寄せたものだが、いずれもなかなか興味深い。秋聲の『闇の花』に関する自作解説は次のようなものである。

『闇の花』は私の所謂る通俗小説中で最もセンセイシヨナルなもので、一般的興味を喚ぶ点に於て、例へば世間の所謂る道徳と称するもの、裏に、如何に大いなる犠牲が払はれ、第二義的な社会的地位とか徳望とかいふもの、裏に、如何に人間的な霊の悩みと悶えがあるかを示さうとしたなどの点に於て、可なり感激の多い作品であらうと思ふ。勿論全篇が空想で、大きな結構の下に堅実なる描写法によつて築きあげられた社会劇風の長篇なので、私としては芸術離れのした動機によつて作られたものであるに拘らず、技巧としては随分熱情の籠つた力作の積りである（以下略）

広告的配慮をいくらか割引いて読んだとしても、この一文はなかなか示唆的である。大正四年以来のあの「通俗小説と純正な芸術上の作品との区別は早晩合一される時があると思ふ。そしてその時が即ち普遍性のある大きな芸術の現はれる時であると思ふ。」（「屋上屋語」大正4・3『新潮』）という課題を通俗小説の側からさらに一歩進めたものと見ることが出来る。『闇の花』前年の通俗小説論議「自分の経験を基礎にして――謂ゆる通俗小説と芸術小説の問題」（大正8・2『新潮』）の中で、通俗小説も芸術的作品を作る場合と心持ちにおいて少しも変わらないと述べ、寧ろもっと自由に奔放に空想的に書けるという興味を感じる、と表明していたが、『闇の花』におけるこのセンセーショナルな問題設定は、その試みの実践とも言えよう。「大きな結構の下に堅実なる描写法によつて築きあげられた社会劇風の長篇」という先の自注も示唆的である。確かに会話にも工夫が凝らされた上に描写を主体として全編をまとめ上げているが、〈大きな結構〉はどのように局を結ぶのか。前作『路傍の花』の「解説」(『徳田秋聲全集』第32巻、平成15・3、八木書店)において宗像和重が指摘しているように、愛し合う二人の間に障害としての第三者が介在し、やがて一つの死がもたらす慰藉と和解を到達点とするという結構において、『闇の花』もそれを大筋において踏襲したものとなっている。しかしこのセンセーショナルな発端を持つ〈大きな結構〉において、型として予定された到達点に帰着するまでの経路がいかにも秋聲的である。無実の罪を背負った庸太郎の受難劇は、一般のいわゆる通俗小説的な常道どおり劇的に真相が明らかになるのではなく、まず文代が周囲の状況からそれとなく気づき、続いて克巳が「妹の様子で、暗示を得」て、さらに咲子の母も「子供に強い執着をもつてゐる博士の屢々の訪問で略感づけたのであつた」といった具合に、なし崩し的に明らかになるのみで、それが庸太郎の運命に大きく影響を及ぼすわけではない。現実の社会はいかにもこのような構造をもって動いているのであろうと思わせるところが秋聲の小説の持ち味に他ならない。

ところで、秋聲はこの『闇の花』を起稿し始めるのと時を同じくして、藤村の『新生』評を執筆している。そこで秋聲は「芸術を離れての社会道徳や個人としての氏の人格などに触れることは私は遠慮したいと思ふ。」としながら、作品と作者との関係から見て幾つかの「飽足りない点」を指摘している。「あの事件の発生を突込んで書いてないことも其の一つだが、妊娠と知つてから、初めて騒ぎだしてゐるやうな、極めて一般的な考へ方をしてゐることも其の一例である。」あるいは「その貞操を汚瀆したことについて、一層深刻な苦悩や悲しみがなければならぬ筈だが、たゞ極《きまり》がわるいくらゐの程度にしか出ない」として、「芸術品にまで発表された節子の生涯は何うなつて行くであらうか。氏はあゝ云ふ事件の当事者として極をわるがるよりも、いかにしても彼女を救ふかと云ふことについて、考へもし努力もしなければならぬ筈ではないだらうか。」（「島崎藤村氏の懺悔として観た『新生』合評」大正9・1『婦人公論』）このような『新生』評を見る限り、自らの『闇の花』は遠野博士の苦悩や咲子の救済が一つの眼目となるであろう事が予想される。しかし、これも予想に反して咲子の救済は訪れず、庸太郎への愛を希求しながら、産まれた子への愛着と経済的事情から博士の囲い者的存在に落ちて行くことになる。だが『新生』に比して「事件の発生を突込んで書いて」あることは事実で、起こるべくして起こった事件としてその経路はきわめて自然に現実の密度をもって描かれている。遠野博士の苦悩も岸本捨吉とは違った意味で世俗的である。その苦悩や贖罪もやがて子への愛着と咲子自身への執着に転化し、咲子の救済も実業界への転身によって果たそうとして破滅的経路を辿ることとなる。徳望ある教育者の遠野博士も卑小な人間としての素顔を以て、あくまで等身大に描かれる。

これまで秋聲の通俗小説を論評したものはほとんど見られないが、かつて寺田透は「通俗小説でありながらなほ人間の真実の情感の肌ざはりを写し出した作品」が多い（『作家私論』昭和24・6、改造社）と評したことがあった。だが、それは「通俗小説たらしめる何ら特殊な制作上の企図はなかつた」（同）というわけではなく、通俗小説と芸術的作品の合一という課題を通俗小説の側から試みた成果であったと言うべきであろう。

二、今日は帝劇、明日は三越

今和次郎は関東大震災後の復興なったモダン都市東京をルポした名著『新版大東京案内』（昭和4・12、中央公論社）において、〔劇場〕の項目の冒頭で次のごとく述べている。

「今日は帝劇、明日は三越」といふ標語は既に事古りたはれど、都会享楽のヱッセンスを盛り込んだ寸句として（広告価値を除外しても）作者たる現三越取締役浜田氏の名よりも遙かに長命する価値を持つてゐる。（上巻）

このあまりにも有名な三越の広告コピーは、大正初めに浜田四郎によって作られ、以後人口に膾炙したが、まさしく都会生活の新しいライフ・スタイルとして、文化装置としての百貨店を上層階級から庶民層にまで憧憬として強烈にイメージ化させた。それは今和次郎の述べる如く、広告的価値を除外しても、広告が商品から離れて自立した文化記号としての機能を持ち始めた嚆矢でもあった。関東大震災後における東京の大変貌を経ても、なお想起されるような名コピーだった所以である。因みに同じ震災復興本ともいうべき『大東京繁昌記　下町篇』（昭和3・9、春秋社）において、田山花袋は三越の新館を見に出掛けエレベーターで七階へ登り、さらに屋上庭園に行き都心を見下ろすのだが、「私はこの時ふと三越の常務をしてゐる浜田四郎君のことを思ひ出した。私と浜田君とは本町で一緒に机をならべてゐた。」と述べている。この時花袋もまた浜田一代の傑作であるこのコピーを想起していたことは疑いない。浜田は若き日に本町の博文館で花袋の同僚であり、共に週刊『太平洋』を編集した人物であった。花袋によれば、浜田は当時から広告に造詣が深かったという。『博文館五十年史』（昭和12・6、博文館）によれば、明治三十五年に博文館に入社しているが、同年一月には既に『実用広告法』を、七月には『補習教育商業入門』を同館より出版している。付け加えれば『明治事物起源』の石井研堂は浜田の実兄である。因みに『明治事物起原』中にも大正年間のことながら〈今日は帝劇、明日は三越〉の項目が補訂されている。この稿に〝（浜田記）〟と記されている所以である。

さて、以上の些か迂遠な叙述には理由がある。言う迄もなく『闇の花』は震災前の大正九年から十年にかけて連載されたのだが、当時においてこそ〈東三越、西帝劇〉と称された三越と帝劇は都心のモダン華麗な二大名所として屹立し、浜田による名コピーも新鮮な時代であった。そして『闇の花』の冒頭「妻の留守」はまさしく帝劇の場面から始まるのである。すなわち遠野博士と咲子は帝劇の観劇会に行き、風雨の中タクシーで帰宅、運命の一夜を迎えてしまう。さらに第十章「買ひもの」は庸太郎と漣子が銀座を通り三越に買い物に行く場面、文字通り〈お買い物は三越〉の場面である。このように秋聲は〈今日は帝劇、明日は三越〉といった新しい都会生活のエッセンスを実にさりげなく自らの小説の中に風俗描写として象嵌したのである。

帝国劇場は明治四十四年三月、丸の内三丁目にパリのコメディ・フランセーズを手本に建設された我が国最初の鉄筋コンクリート造りの完全な洋風劇場であった。かつて磯田光一は『鹿鳴館の系譜』（昭和58・10、文藝春秋）において、近代文学における日比谷界隈の意味を鮮やかに解読して見せたが、その中で、大正八年の「東京節」（添田さつき作詞、ジョージア・マーチ曲）の一節〈いきな構えの帝劇にいかめし館は警視庁〉を紹介し、帝劇を描いた文学作品は多いが、同じ頃移転してきた大正時代の警視庁（さらに昭和六年には桜田門に移転）は意外に描かれていないと指摘したことがあった。そして「おそらくここには、見たくないものはえがきたくないという、想像力における淘汰の法則が支配している。」と述べているのだが、まことに興味深いことに、秋聲の『闇の花』には帝劇のバルコニーからこの警視庁を眺める場面が書き込まれている。この夜の帰宅後、咲子は遠野博士に貞操を奪われるのだが、歓楽の殿堂である白亜の帝劇から赤煉瓦の警視庁を二人の視覚に映じさせている事実は、やがて罪を犯すこととなる隠喩的心象としても絶妙なものがある。

二人はそんな話をしながら、階上へ上つて、露台《バルコニー》へ出て行つたが、それと同時に今まで浸つてゐた夢の世界へ、プロゼイクな生活の影が、隙間をくゞつて飛びこんでくるやうな、傷ましい醜い外の世界が目に映つた。威嚇的な警視庁の建物や、埃に塗れたその窓硝子や、罪人が押込められてゐさうな地下室や、そして鳶色の往来には、いつものとほり自動車や自転車

が走つてゐた。　（「妻の留守」三）

この時代の秋聲は『読売新聞』などに帝劇・歌舞伎座などの劇評を書いており、帝劇内部や日比谷界隈も見慣れた風景であろうが、一旦小説の筆を執ると「想像力における淘汰の法則」（磯田）など軽々と跳び越えて、小説が必要とする風景であれば、実に自然に筆が及んで行く。こうした手際こそ秋聲のいう「鍛錬した素描」の力というものであろう。

また他方、三越は大正三年にそれまでの木造三階建の仮営業所からルネッサンス式鉄筋五階建の本店新館を落成十月一日オープンし、欧米型百貨店への転換を本格化している。因みに設計は帝劇と同じ横河民輔によるものであった。明治時代の尾崎紅葉や大正期の巌谷小波・石橋思案など硯友社系の人物および多くの知識人が深く関与した所謂〈学俗協同〉による〈文化装置として の百貨店三越〉の意味については、神野由紀『趣味の誕生――百貨店がつくったテイスト――』（平成6・4、勁草書房）や山口昌男『「敗者」の精神史』（平成7・7、岩波書店）などに詳しいが、そうして作られる〈流行〉には元来秋聲は冷ややかであった。「三越が流行の中心になつて、其処が流行界の大勢を支配して居る。」として「たゞ三越でさへあれば好いと思つて居る」ような日本の婦人の自己というものを持たない選択力の無さにいささか不満を洩らしている。（「森川町より」明治45・3『新潮』）あるいは、三越ばかりでなく「一体の趣味が雑駁で、落着がなくなつてゐるのは事実である。」と指摘し、統一のない進歩を良くも悪しくも「三越と帝国劇場とが、丁度時代の代表的好尚だといつてもよからうと思ふ。」（「ノオトから」明治45・8『新潮』）とも述べている。共に明治四十五年の発言である。こうした秋聲の見方は『闇の花』に至っても変わってはいないようである。婦人読者を意識した『闇の花』は、帝劇から始まり中盤に三越を導入するという「時代の代表的好尚」をさりげなく象嵌したのである。ブルジョアの令嬢漣子の買い物はどうしても三越でなければならなかったし、庸太郎は「この宏大な建物のなかに漲つてゐる色彩の悪濃い空気に対して、いくらか圧迫を感じたが、でも隅々まで透り流れる音楽の階調には胸がすやされた。」とあるように、いささか迷惑と感じつつも漣子の好意を素直に受け容れており、内心こころ愉しい場面でもあった。二人は尾張町（まだ銀座は四丁目までの時代）から銀座通りを散歩し日本橋の三越まで歩いてしまうのだが、それゆえに秋聲は病弱の漣子をまず休憩室に休ませる。この休憩室こそ仮営業所時代のルイ十五世式休憩室以来、三越の呼び物の一つで制服にエプロンをした少女により茶菓の接待があり、何よりもその豪華さにおいて、入る者を躊躇わせるほどであったという。また買い物の後に描かれるステンドグラスに彩られた食堂も三越の呼び物の一つだが、ここでは新妻を伴って関西に赴任する同級生の幸福そうな様子を対置する事によって、退学した庸太郎の前途に暗い影を投げかける。このように三越を描いても決して一面的になることなく、地方の婦人読者にも三越の雰囲気を味あわせるという通俗小説の要諦を忘れていない。

その他にも、帝劇の帰途のタクシーの意味や「劇場にて」の有楽座（これも横河民輔設計）、さらには熱海・湯河原・箱根など温泉保養地や交通の問題など触れておきたいことがあるが、割愛する。

三、『闇の花』の原稿について

最後に『闇の花』の原稿について記しておきたい。秋聲の数多くの通俗小説の中、原稿が残っているものは稀有と言ってもよい。しかし『闇の花』は石川近代文学館に未整理のまま保存されており、閲覧する機会を与えられた。概要は全集「解題」に譲るが、第一回「妻の留守」の末尾一枚および第六回「幼児」の全部が欠けている他は全て保存されている。「幼児」を五十枚と換算すれば、四百字原稿用紙凡そ八百十二枚の長篇小説ということになる。原稿用紙は三種類、松屋製および伊東屋製が二百字詰、文房堂製が四百字詰である。小説予告に毎号五十枚の長篇とあるが、第十四回「劇場にて」が二十二枚、第十五回「暴露」が三十三枚と短い他はすべて五十枚前後を堅持している。この二回分が短いのは時期的に見て前述した『何処まで』の女性出現による動揺と推測される。特に「劇場にて」は僅か八枚で一綴りとし、欄外に編集者による赤字で〈続編明早朝〉とか、その後も〈アト五六枚明早朝〉などと印刷所への伝言とみられる文字が書き込まれ、秋聲の難渋の痕を生々しく伝えている。その他、第四回「別れ」の一枚目欄外には、〈今度は非常の遅延で何とも汗顔の至りです〉との秋聲による書き込みが見られる。

さて、塗りの剥げた文函に無雑作に納められた『闇の花』原稿の浩瀚な束を通覧した印象は、生活のために書きとばした通俗小説などという俗説を吹き飛ばすに充分な感銘を受けた。推敲の跡の著しい、読み返して推敲するよりも書きながら文章を整えていくような推敲、それは『仮装人物』中に用いられたあの〈敲き出〉すという表現がふさわしいような、本文へ向かう未生以前の言葉たちのせめぎ合いの膨大な集積であり、秋聲の小説空間が立ち上がってくる生々しい現場に立ち会っているような深い感銘であった。既に述べたごとく、それは通俗小説へ並々ならぬ意欲をもって取り組んだこの時期の秋聲の姿勢をあらためて裏付けるものでもあった。

原稿はほぼ総ルビに近い程度に秋聲自身の文字でルビが振られており、これがまた興味深い。たとえば、第十一回の章題「新世帯」は〈あらじょたい〉でも〈あらせたい〉でもなく〈しんしよたい〉と振られている。さらに本文中に二ヶ所ある「新世帯」もいずれも〈しんしよたい〉である。あるいは「数奇《さつき》」は欄外に〈数《すう》ニアラズ数《さつ》ナリ〉と念押しの指示をしている。また、「目容」を〈めつき〉と読ませるのが秋聲独特の用字だが、「手容」にも〈てつき〉とルビを振り、欄外に〈突ニアラズ〉と用字に注意をうながすなど細かく気を配っている。

さらに、行アキや別行の指定も自ら書き入れて指示するなど、総じて通俗小説だからと手を抜いたり適当に書き流したような痕跡を微塵も感じさせぬ真摯な姿勢を窺わせるものであった。

その他、原稿に拠って初出以降の誤り・脱字・不明のルビなども校訂することができた。これらの箇所に関しては『徳田秋聲全集』第33巻「解題」に明記した。なお石川近代文学館所蔵『闇の花』原稿の形態および内訳は次のとおりである。

石川近代文学館所蔵『闇の花』自筆原稿調査概要

第1回「妻の留守」松屋製200字詰原稿用紙102枚細紐綴じ
＊最終103枚目欠
第2回「犠牲」松屋製200字詰原稿用紙100枚　紙縒綴じ　一括完
第3回「迷宮」松屋製200字詰原稿用紙102枚　紙縒綴じ　一括完
第4回「別れ」松屋製200字詰原稿用紙101枚　紙縒綴じ　一括完
第5回「家出」文房堂製400字詰原稿用紙49枚　紙縒綴じ　一括完
第6回「幼児」全て欠
第7回「共鳴」銀座伊東屋製200字詰原稿用紙　39枚
松屋製200字詰原稿用紙61枚　計100枚
＊52枚目までと残り、それぞれ紙縒綴じ　二括完
第8回「裂かれてから」文房堂製400字詰原稿用紙　51枚
＊18枚目までと残り、それぞれ紙縒綴じ　二括完
第9回「寂しき家」文房堂製400字詰原稿用紙　53枚
＊36枚目までと残り、それぞれ紙縒綴じ　二括完
第10回「買ひもの」文房堂製400字原稿用紙　49枚　紙縒綴じ　一括完
第11回「新世帯」文房堂製400字原稿用紙　50枚　紙縒綴じ　一括完
第12回「博士の申出」文房堂製400字原稿用紙　50枚　紙縒綴じ　一括完
第13回「興奮」文房堂製400字原稿用紙　50枚　紙縒綴じ　一括完
第14回「劇場にて」文房堂製400字原稿用紙　22枚　紙縒綴じ　一括完
第15回「暴露」文房堂製400字原稿用紙　35枚
＊3綴じ分をさらに紙縒綴じ　一括完
第16回「氷釈」文房堂製400字原稿用紙　50枚
＊20枚目までと残り、それぞれ紙縒で二括完
第17回「芽生」文房堂製400字原稿用紙　50枚　四括完

以上400字原稿用紙換算762枚
「幼児」を50枚と見積もると、通算812枚の長篇小説となる。
（小林　修）

V 全集・原稿・代作・出版

『徳田秋聲全集』完結

『徳田秋聲全集』（八木書店）全四十二巻・別巻一が完結した。『日本近代文学』編集委員会から、この全集の意義や編集過程で得られた知見などを自由に述べよという課題を与えられたので少しばかり所見を書かせていただく。『徳田秋聲全集』は一九九七年に紅野敏郎・松本徹・宗像和重・田澤基久・紅野謙介の五氏からなる編集委員により刊行が開始され、途中から十文字隆行氏と私が加わり、昨年（二〇〇六）七月に最後の「別巻」を刊行、足かけ九年を費やして漸く完結を迎えたものである。お陰を以て全集完結の意義を認められ第五十四回菊池寛賞を受賞することも出来、編集委員の末端に加わり完結に漕ぎ着けた一人として、何とか責任を果たせた思いでホッとしている。何しろ秋聲の全集は完結すること自体にも大きな意義があるとさえ言えるからである。生前に十五巻の『秋聲全集』（非凡閣）が完結したが、生前全集の常として、その後書かれた『仮装入物』も『光を追うて』も『縮図』も収録されない不完全なものであった。没後全集としては、秋聲の文学的嫡子を自認する武田麟太郎を中心に、戦後すぐに最初の全集が企てられたが、武田の肝硬変による急死で頓挫している。その後、文芸春秋新社、乾元社でそれぞれ選集が刊行されたが、前者は五冊、後者は三冊を出したのみで中絶。続いて昭和三十六年から室生犀星・広津和郎・川端康成・徳田一穂の編集委員による『秋聲全集』が雪華社から全十五巻の予定で刊行されたが、これも六冊のみで中絶している。徳田一穂を中心に丹念な本文校訂がなされた質の高い全集であっただけに残念な結果となった。またこれが、秋聲を直接知る世代による最後の全集となった。このように戦後企画された新全集（選集）は全て未完結に終わったことになる。その後、秋聲全集を出す出版社は潰れるというジンクスか囁かれたのもこうした経緯を背景にしたものと思われる。今回八木書店はこうしたジンクスを打ち破ったことになるのだが、出版をめぐる諸事情は従来に増していっそう厳しい中での完結だけに、編集委員の一人として先ずは完結自体に格別の感慨がある。

雪華社版の中絶の後、戦前の非凡閣版の復刻に加えて『仮装人物』『光を追うて』『縮図』などを雪華社版から補充した全十八巻の『秋聲全集』が臨川書店によって刊行された。変則的構成ながら、秋聲の主要作品を一応網羅した全集が提供された形となった。戦後における秋聲全集の挫折の繰り返しを見ると、これは妥協の産物とは言え、この時期望みうる最もまとまった全集であった。最終巻の刊行は昭和五十年十月だが、秋聲没後三十年以上経て、なお生前の旧全集に戦後版の三巻分を復刻する形で間に合わすしかなかったところに、秋聲全集あるいは徳田秋聲という作家を取り巻く問題が集約的に現れていると言えるだろう。一つは端的に量の問題である。実際のところ秋聲の〈全集〉を出すとしたら、総数にして一体何巻の全集が必要なのか。秋聲文学の作品総量を想像してみると、鬱然として計り知れないものがあり、本格的全集を編纂するには二の足を踏ませるものがあったと思われる。徳田一穂は秋聲の小説の総数は優に千篇を超えると記し、川端康成は無慮二千篇にのぼるとさえ記している。これがまことしやかに信じられていたほど、秋聲文学の全貌は窺い知れないものがあった。しかし今回の新全集の編集過程において、秋聲の小説の総数は長篇短篇合わせておよそ六百篇余（この内長篇は約九十篇にのぼる）であることが明らかになった。新全集は博捜と検討を重ね、この内およそ五百五十篇を収録することができたが、割愛したものも少なくないし未発見のものも残されている。したがって、補巻の必要性は充分に認めながら、現時点ではこれが許容範囲ギリギリのところと見切らざるを得なかった。それにしてもすさまじい作品量である

さらにもう一つ量の問題と密接に関連する質の問題がある。秋聲文学の特質をどのように捉えるのか。従来の純文学偏重の文学観は自然主義中心の秋聲像から一般受けしない暗くくすんだ作家というイメージも手伝って、おのずと質と量を規制し自然主義中心の全集構成を余儀なくさせて来たと言えよう。「新世帯」以前は自然主義への準備時代として顧みず、膨大な通俗小説は生活のため書き飛ばした無駄な仕事として切り捨てるといった秋聲像。だが、秋聲はこうした固定

的イメージに収まる作家では決してなかった。新全集では自然主義以前に六巻分を要し、大正期以降の長篇通俗小説のみで十二巻分（二十一編収録）を費やしている。とりわけ通俗小説は秋聲文学の夾雑物として研究者からまともに顧みられなかったが、意外にも秋聲は〈通俗小説と芸術的小説の合一〉を目指し、極めて意欲的にこうした小説に取り組んでいたことが判明した。さらに幾つかは連載と同時に舞台化され、併せて新しいメディアである映画化もなされ、新聞雑誌・単行本・演劇・映画といち早くメディアミックス現象を呈して広く大衆に受容されていったことも明らかになった。

また、さらに「別巻」についても紹介おく。「別巻」には日記、書簡、年譜、書誌、著作目録、資料などを収録した。日記原本が未発見に終わり、一部を除いて既発表分のみになったのは遺憾であるが、書簡は花袋・小剣・秋江・犀星・久米正雄など作家宛のものや山田順子事件を心配する実妹フデ宛の長文の書簡、『縮図』のモデル小林政子宛書簡など興味深いものの他、徳田家所蔵の秋聲宛書簡の中から、話題を集めた芥川書簡七通をはじめ漱石・藤村・青果・嶺雲・悠々などのものを収録した。またこれらを含めた徳田家所蔵の秋聲宛書簡を精選し二三七通をデジタルカラーの画像として収録したCDを特別付録として加えた。その他、無著庵日記・二日会記録・先祖由緒帳など初収録の資料や最新の調査に基づく家系図、編集過程で明らかになった新事実などを最大限採り入れた克明で詳細な年譜・著作目録・書誌などを収録した。秋聲の評論随筆の類は現在ほとんど読むことが出来ないが、明治の文学的出発期から明和十年代の晩年に至るまでの膨大な発言が六巻分を費やして網羅され索引付きで集大成された。

こうして初めて秋聲文学の全体像が見渡せるところまで辿り着いたことになる。こうした地点から秋聲文学を見渡してみると、秋聲は近代文学の成立期から明治・大正・昭和と日本近代文学の歩みを一身に体現しているかのような印象を受ける。秋聲を読むことは日本近代文学そのものを問い直すことでもある。そして近代日本の歩みと共にあった無数の市井の生活者たちの膨大な足跡を辿り直すことでもある。秋聲没後六十三年目にして初めて秋聲文学の全貌に迫る秋聲全集が完結したことは、こうした思いをあらためて強く意識させられた出来事であった。

＊　＊　＊

新全集の意義と内容を簡単に紹介すればば以上のようなことになるが、全集編集上で得られた知見についてもあれこれ触れておきたいことがある。ここではとりあえず所謂代作なるものについて若干の知見を述べさせていただく。

『徳田秋聲全集』においては、代作の疑いがあるものも少なからず収録されている。これは代作である証明が現実的には困難であること。第三者による代作との証言を事実として証明するためには、代作者の筆跡による原稿が残っているような僥倖を除いては、その裏付けは極めて難しい。内容・文体・語彙等の特徴から判断するにしても、実際には至難の作業である。疑わしきは収録せず、との編集方針も確かにひとつの見識だが、そうなると真作をも扼殺しかねないリスクを伴うことになる。それに秋聲作品が文庫本などでもほとんど読めない現状を考えれば、代作問題に関しても、存疑作を研究者が読むことはかなりな煩雑さを伴うことになる。因みに風俗壊乱で裁判にもなった「媒介者」を学生のころ私が読んだのは、古本で買った昭和二十三年年刊の小田切秀雄編『発禁作品集』（八雲書店）であった。それでも掲載誌が国会図書館にも無い以上、これで読むしか方法はなかった。こうした困難は現在でも変わっていない。当時「媒介者」は有馬潮来による代作との噂があったが、秋聲は法廷で当然代作だとは言わないし、「人間の嫉妬心を写したもので之れが社会に悪影響あるとは思われぬ」と述べている。一審有罪、二審無罪という経過を辿ったが、秋聲資料として興味深い作品である。とすれば、こうした存疑作も解題でそれと断った上で収録することは、研究者に資料を提供するという意味での全集の役割を果たすことにもなる。

代作も秋聲作として発表され、秋聲作品として読まれてきた以上、明確に代作と証明できるものを除き、読者の判断資料として収録するという立場もあってよいと思われゐ。それに小説が個性を持った個人による創作であり、そのオリジナリティを重視する近代的文学観が確立される以前から作家活動を開始した秋聲にとって、その代作観は微妙で複雑である。だが、そうした近代的小説観に囚われた我々にとって、代作は秋聲文学の夾雑物であり、個人全集という制度もそうした文学観に支えられてきた以上、代作を排除することは当然と考えられてきた。だが、代作の判定は実際には至難である上、代作なるものの実態も想像以上に複雑で、興味深い事が判明した。

したがって、『徳田秋聲全集』は秋聲という固有名のもとに統括される作品群を紅野謙介氏のいう秋聲ブランドとして、存疑作を含めて収録した。以下編集過程で得られた代作なるものをめぐる新しい知見と判定に伴う困難な実態を書き止めておきたい。

＊　＊　＊

泉鏡花の弟子神田謹三が次のような鏡花の回想を紹介している。

小栗（風葉）や柳川（春葉）はお互いに小遣銭に困ると、鳥渡貸して呉れ、金は無いから原稿を貸さうで、机の抽斗から有合わせの原稿を出して渡す、借りたものはそれに自分の名を書き入れて雑誌社に持込んで金を受取る、返す時も原稿で渡すといつた工合に融通が利くので至極便利ですが、私（先生）の原稿は絶対に融通が利かないので、さういふ時には甚だ困るのです。

（『鏡花全集月報』第9号　昭和16・5　岩波書店）

これは紅葉門下時代、明治二十年代後半から三十年代にかけての門下生たちの実態を語っていると見られるが、秋聲もこうした雰囲気の中にあったものと思われる。このような大らかな融通性や互換性の背後には作者としての作品に対するオリジナリティの意識が未だそれほど強く働いていなかったことが窺われる。鏡花自身も自らの文学世界の独自性を意識しつつ、それを誇るよりもむしろ融通性の無さを喞《かこ》っているようである。風葉や春葉が鏡花の原稿を融通してもらって自らの名前で発表することも出来ないし、逆に鏡花が風葉や春葉の原稿を融通してもらって自らの名前で発表することも出来ない訳である。それほど鏡花世界の独自性は際立っていたことを裏から物語るエピソードだが、風葉・春葉などは自らの小説のオリジナリティよりも商品としての互換性に利便性を見出していたようである。かくして幾つかの春葉作品が風葉名で発表され、幾つかの風葉作品が春葉名で発表されたことになるのだが、これも代作のバリエーションの一つである。そしてこの中に秋聲の名を加えても強ち不自然ではないだろう。秋聲の文学的出発期はこういう雰囲気の中にあったことは確かである。

ところで、通常代作と言えば、鏡花の回想にもあるように、他人が書いた原稿に自分の名前を書き入れて発表するように想像されるが、この時代はともかく少し後にはこうした大らかさは考えられないのではないか。作者の筆跡が編集者にも知られるようになれば、こうした大らかな行為は通用しないことは明白である。今回の編集過程で認識を新たにしたことの一つはこのことに関わる。代作を噂された秋聲作品は少なからずあるが、秋聲自身が代作と認めたものは一つだけである。それは明治四十一年九月『文芸倶楽部』に巻頭小説として掲載された「盲人」だが、後に秋聲は座談会の席上で、あれは大島蘭秀の翻訳によるもので、代作だから抹殺しなければいけない、と発言している。これはコロレンコ「盲音楽師」の翻案で舞台も日本に移し代えられている。ところが、石川近代文学館に所蔵されている原稿を確認したところ、四百字詰原稿用紙七十三枚に毛筆で書かれた原稿は全て紛れもなく秋聲の筆跡であった。しかも推敲の跡も認められるものである。とすれば、代作なるものも編集者の手に渡るまでに代作者の原稿に名義人による手が加えられていることが考えられる。編集者との間に代作であるとの了解がある場合（その場合は原稿料が安くなる）を除き、名義人が一通り自分の筆跡で書き直す。その場合に当然推敲しつつ書き直すことになる。これは添削から改作まで幅広く想定されるが、「盲人」の場合は改作に近く、単なる代作とは言えないことになる。秋聲の原稿は代表作と言われているもので、まとまって残っているものは一つもないし、全体としても極めて少ない。そんな中で「盲人」の原稿が残ったのは僥倖とも言えるが、このことは代作と言われる他の作品にも言えるかも知れない。

当時、代作に関する言及で有名なものは『無名通信』（明治43・4）の「小説代作調べ」がある。秋聲に関しては「鶏」（中村泣花）「伯父の家」（佐伯某）「桎梏」（同）「媒介者」（有馬潮来）「佐十爺」（同）「独り」（同）など短篇の他、『焔』『母の血』『血薔薇』が三島霜川だと指摘している。『無名通信』は徹底的に匿名性にこだわった雑誌で、立派な社屋の前で社員全員の記念写真を載せた号があったが、給仕の少年も含めて全員が後ろ向きで写っているほどである。だが、実はこれは小杉天外が経営した社会雑誌であることを私は木村毅の回想で知ったのだが、それだけに文学関係の記事はゴシップ的記事でもかなり信憑性があることを得心した。したがって「小説代作調べ」もかなり信憑性があると思われるが、そうした目で改めて「伯父の家」「桎梏」などを読み返してみると、〈目色〉〈手容〉など秋聲特有の語彙も使われており、これも佐伯某（有三？）による単なる代作というより、「盲人」と同じく秋聲の手がかなり加えられた作品と思われてくるのだ。

もう一つ例を挙げておく。今回の全集編集過程で新たに見つかった作品も少なくないが、長篇では『間諜』、短篇では、「貴婦人」「最後まで」「彼女の秘密」「前夜」などがある。その中の一つ「前夜」の掲載誌『蜘蛛』（大正10・9）を金沢の図書館で初めて読んだ時、小品だが秋聲らしい短篇との印象を受けた。当該号には馬場孤蝶や田中貢太郎も寄稿している。ところが、奥付の頁を見て引っかかるものがあった。伊藤廉・佐々木味津三・南幸夫等十二人の同人の中に平野止夫の名前を目にしたことに依る。平野が秋聲の代作（作品名はあげていないが）をしたことがあるという回想（「『文春』創刊の頃」昭和38・10『文芸広場』）を読んだ記憶があったからだ。金沢には当該号しかなかったが、帰京後、近代文学館に七冊『蜘蛛』が所蔵されていることを知り調査してみた。すると七冊全ての裏表紙の右下に［平野止夫］の角形朱印が押されており、これが平野の旧蔵書であることが確認できた。さらに平野止夫作の掲載誌の表紙右上には全て題名と年月日がペン書きされ、目次にも赤鉛筆でカギ型のチェックがなされていた。そして問題の「前夜」掲載号の表紙にも〈大正十年九月「前夜」〉と記し、目次にも「徳田秋聲」の横に「代　平野作」とペンで記入されている。もはや「前夜」が平野による代作であることは確実と思われる。これまで毎号編集後記に次号こそ秋聲氏の小説を掲載すると書きながら、漸く掲載された当該号の編集後記には何のコメントもないことも代作を裏付けているようだ。だが、平野による代作であることはほぼ確実であるとしても、この作も「盲人」のように秋聲の手が加えられていないかという思いは消えない。冒頭「男が用を済まして、女のところへ帰つて来たのは、それから間もなくであつた。」という一文も秋聲の作品によく見られる書き出しの型である。「嫣然した」「有繫に」などという語彙も秋聲特有とは言えないが気になる。実は当初「別巻」に幾つかの短篇を補遺として収録する予定で、これらの新しく見つかった作品も含めて絞り込み選定の作業を行ったのだが、最終的に「別巻」の収録容量が限界と判明して小説の補遺自体は全て割愛せざるを得ないこととなった。その時「前夜」も最終候補に入っていたが、私の判断では代作として除外する予定であった。だが、「盲人」「媒介者」「伯父の家」「桎梏」等は収録されており、これも収録すべきかとの思いも最後まで残った。代作問題はほんとうに悩ましいのである。

既に和田芳恵によって紹介された高橋山風宛秋聲書簡や全集第三十巻で紹介され別巻にも収録した代作者とみられる宛先不明の葉書（表が剥ぎ取られている）などからは、地方新聞の連載ものは代作者まかせのものが多かったことを窺わせるが、短篇は秋聲による添削改作が想定され、一概に代作として除外すべきではないことが「盲人」原稿の存在から認識を新たにさせられたのである。戦後最初の秋聲全集を中心となって推進しようとして肝硬変で斃れた武田麟太郎は、秋聲の文学的嫡子は俺だと自認し、昔の作者のように許されるなら二代目秋聲を襲名したいと語ったと伝えられるが、代作問題を考えると〈秋聲〉という名前は単なる固有名ではなく多くの代作者たちの声をも吸収して受け継がれていく複合的な小説家なるものの別名のような気もしてくる。

草稿・原稿研究——秋聲と〈代作問題〉

一、「徳田秋聲全集」と代作

徳田秋聲における代作・代筆問題と原稿・草稿研究の関わりについて考察すること。『近代文学草稿原稿研究事典』編集部から筆者に与えられた課題は、このようなものである。しかし、この性質上、代作の草稿や原稿が残っている事例は極めて少ない。したがって、代作の実態に触れながら僅かな事例にもとづいて草稿研究との関係を考えてみたい。かつて『徳田秋聲全集』（八木書店）の編集に従事した折、代作問題には悩まされた経験がある。同全集には代作の疑いがあるものも数篇収録されている。これは明らかに代作とわかる長篇などの駄作は別として、短篇では代作であることの証明が現実的には困難であること、また第三者に代作と指摘されたものを事実として証明するためには、代作者の原稿が残っているような僥倖を除いては、その裏付けは極めて難しい、などの理由による。内容・文体・語彙等の特徴から判断するにしても、後述するように実際には至難の作業である。疑わしきは収録せず、との編集方針もひとつの見識だが、そうすると真作をも扼殺しかねないリスクを負うことになる。また秋聲作品の短篇が文庫本などでは手軽に読めない現状を考えれば、代作問題に関しても、研究者が存疑作を読むにはかなりの煩雑さを伴う。たとえば、風俗壊乱罪に問われ裁判にもなった「媒介者」（明治42・4『東亜文芸』）を筆者が昭和四十年代に読んだのは、戦後間もない昭和二十二年に刊行された粗悪な紙質の小田切秀雄編『発禁作品集』（八雲書店）によってであった。なお、斎藤未明編『明治文芸側面鈔』第二輯（大正5・2、博文堂書店・小野五車堂）に収録されていることを知ったのは後年のことである。（これは米国カリフォルニアで発行、となっている。）このように、発禁となった初出誌を探して読むのは至難であった。こうした困難は現在でも変わっていない。当時から「媒介者」は有馬潮来による代作との指摘があったが、当然ながら秋聲は法廷では代作だと表明するわけもなく、「「媒介者」の主意は人間の嫉妬心を写したもので之れが社会に悪影響あるとは思はれぬ」（『読売新聞』明治42・6・30）と述べている。一審は有罪（作者および編集者は罰金三十円、発行人は罰金五十円、同誌は発売禁止）、控訴審では無罪という経過を辿った。無罪判決が下された日、〈秋聲氏は軽怪（ママ）なる背広姿にて出廷し、無罪と聞いてホッと一息したる模様なりしが、之は全く「文芸の自由」といふ事を感じての喜びと安心とよりなるべし〉と『読売新聞』（明治42・10・15）は報じている。因みに「媒介者」の稿料は五十円だったが、支払われぬまま裁判になったもので、秋聲資料として興味深い作品である。とすれば、こうした存疑作も「解題」などで、それと断った上で収録することは、研究者に資料を提供するという全集の役割の一つを果たすことにもなる。

代作も秋聲作として発表され、秋聲作品として読まれて来た以上、明確に代作と証明されたものを除き、存疑作も読者の判断資料として収録するという立場もあってよいと思われる。それに小説が個性を持った個人による創作であり、そのオリジナリティを重視する近代的文学観が確立される以前から作家活動を開始した秋聲の場合、その代作観にも微妙なものがある。だが、そうした近代的小説観に囚われた我々にとっては、代作は秋聲文学の夾雑物であり、個人全集という制度もそうした文学観に支えられて来た以上、代作を排除することは当然と考えられて来た。しかし、秋聲全集の編集過程において、代作の証明は実際には至難である上、代作なるものの実態も想像以上に複雑で、興味深いことが判明した。したがって、『徳田秋聲全集』は秋聲という作者名のもとに統括される作品群を、言わば秋聲ブランドとして、存疑作をも含めて数編を収録した。その全集編集過程で得られた「代作なるもの」を巡る二、三の知見を通して、原稿・草稿研究との関係を書きとめておきたい。

二、代作の実態

前稿でも引用したが、泉鏡花の弟子神田謹三は次のような鏡花による回想談話を紹介している。

小栗（風葉）や柳川（春葉）はお互いに小遣銭に困ると、鳥渡貸して呉れ、金は無いから原稿を貸さうで、机の抽斗から有合わせの原稿を出して渡す、借りたものはそれに自分の名を書き入れて雑誌社に持込んで金を受取る、返す時も原稿で渡すといつた工合に融通が利くので至極便利ですが、私（先生）の原稿は絶対に融通が利かないので、さういふ時には甚だ困るのです。

（『鏡花全集月報』第9号　昭和16・5　岩波書店）

これは紅葉門下時代、明治二十年代後半から三十年代にかけての門下生たちの実態を語っていると見られるが、秋聲もこうした雰囲気の中で文学的営為を開始したものと思われる。このような大らかな融通性や互換性の背後には、作者としての作品に対するオリジナリティの意識が未だそれほど強く働いていなかったことが窺われる。鏡花自身も自らの文学世界の独自性を意識しつつ、それを誇るよりもむしろ融通性の無さを託っているような口吻である。風葉や春葉が鏡花の原稿を融通してもらって、自らの名前で発表することも出来ないし、逆に鏡花が風葉や春葉の原稿を融通してもらって、自らの名前で発表することも出来ないわけである。それほど鏡花世界の独自性は際立っていたことを裏から物語るエピソードだが、風葉・春葉などは自らの小説のオリジナリティよりも、むしろ商品としての互換性に利便性を見出していたようである。かくして幾つかの春葉作品が風葉名で発表され、幾つかの風葉作品が春葉名で発表されたことになるのだが、これも代作のバリエーションの一つである。そしてこの中に秋聲の名を加えても強ち不自然ではないだろう。秋聲の文学的出発期はこういう雰囲気の中にあったことは確かである。

ところで、鏡花の回想にあるように、通常代作と云えば、他人が書いた原稿に自分の名前を書き入れて発表するように想像されるが、この時代はともかく、少し後になり、彼らの名も文芸市場に認知されるようになった頃には、こうした大らかさは通用しなかったのではなかろうか。まして作者の筆跡が編集者にも知られるようになれば、こうした無造作な行為が通用したとは思われない。全集編集過程で草稿との関連から認識を新たにしたことは、このことに関わる。代作と指摘された秋聲作品は少なからずあるが、秋聲自身が代作と認めた例は少ない。作品名を挙げたものは一つである。それはある座談会での発言で、舟橋聖一の「あの時分に、ゴリキイとプーシユキンの翻案がありますね。」との発言に続き、秋聲は次のように応えている。

それは神田の印刷屋で、大島と言ふ人が居た。外国語学校を出た人ですが、その人がよく露西亜の小説の翻案をやつて、私の名前で出したんです。それは抹殺しなければならんのですが……。カロリンコオの「盲人」なんと言ふのもあつた。

（「徳田秋聲氏に人生・芸術を訊く」昭和9・2『新潮』）

「盲人」（明治41・9『文藝倶楽部』）はコロレンコ「盲目音楽師」の翻案で、舞台も人物も日本に移し替えられている。コロレンコ原作との記載は無い。大島とは大島蘭秀と考えられるが、大島蘭秀は田岡嶺雲主宰の『天鼓』に秋聲や鏡花などと共に翻訳物を寄稿していた人物である。因みに嶺雲自身も秋聲宛の書簡（明治41年10月23日）で、ゴリキイの翻訳に従事しているが、完成したら秋聲の斧正を得た上で、名前を借りて合作として出版したいと依頼している。大島との交流もこうした関係から生まれたものと推察されるが、それでは「盲人」は、大島蘭秀の翻訳あるいは翻案に秋聲が名義貸ししたものと見てよいのであろうか？

三、「盲人」原稿の存在

代作関連の原稿としては稀有のことと言っても過言ではないが、この「盲人」の原稿が金沢の石川近代文学館に所蔵されている。薄手の松屋製四百字詰原稿用紙七十三枚に墨書されたものである（秋聲が本郷の松屋製原稿用紙を愛用していたことは、他の現存原稿からも窺われる）。原稿用紙は、二つ折にされて和紙の表紙が付され、「小説盲人　徳田秋聲原稿」と、本文とは異なる筆跡で書かれ、コヨリで袋綴じにされている。原稿一枚目に朱筆で「九月号巻頭小説」とあり、活字号数指定の他に「古洞画」との書き入れがある。こうしたことから見て、これは草稿ではなく『文藝倶楽部』掲載時の最終原稿と判断される。先の秋聲自身の証言にあるように、「盲人」は大島蘭秀によるコロレンコ「盲目音楽師」の翻案を秋聲作の小説として名義貸ししたものだと考えて、原稿を実見すると意外な事実に遭遇する。驚くべきことに、この原稿七十三枚は冒頭から最後まで、紛れもなく秋聲自身の筆跡なのである。これをどう考えたらよいのであろうか。他の秋聲原稿と比較すると、全体的に推敲の跡が少なく、清書原稿といった印象を受ける。つまり「盲人」は大島蘭秀による翻案原稿に秋聲が全面的に手を加えつつ清書したものが現在残っている最終原稿であると考えられる。とすれば、代作なるものも編集者の手に渡るまでに、代作者の原稿に名義人による手が加えられていることが想定される。編集者との間に代作であることの諒解がある場合（当然原稿料は安くなるだろう）を除いて、名義人が一通り自分の筆跡で書き直す。その場合に当然推敲しつつ書き直すことになる。これは添削から改作まで幅広いバリエーションが考えられる。「盲人」の場合、大島蘭秀の原稿が翻訳原稿だったなら、秋聲による改作としてかなりの手直しが考えられるが、大島による翻案原稿だったなら、秋聲の改稿は小さくなるが、その度合いは、大島の原稿が無い限り測定できない。いずれにしても、代作と言われる作品も通常考えられるように、名義人が名前だけ貸したのではなく、かなりな程度で手を加えていることを「盲人」原稿の存在は物語っているのだ。秋聲以上に代作が多く激しく非難された小栗風葉は、「余の過去と代作」（明治41・11『早稲田文学』）で、「近頃感ずる所があつて、以後は決して代作など云ふ嫌疑のかゝるやうな作品は公にせぬ覚悟をしましたから、これを機として私がこれ迄被つて来た汚名に対して聊か弁解もし懺悔もして置かうと思ふのです。」として、代作と言われるような「曖昧な作品」を公にするようになった理由の最大のものは「戯作者時代の遺風とでも云ふべき師匠対弟子」といった無自覚な交際の踏襲だと述べている。つまり、先の神田謹三による鏡花の回想にあるような紅葉門下時代の硯友社ギルドともいうべき悪しき遺風である。風葉はその他いろいろな理由を挙げて懺悔しているが、この中で留意すべきは、最後に述べた次の一言の弁解の部分である。それは「無論代作だとて世間の人の考へて居るやうに手のかゝらぬものでは決してなく、それを添削したり改作したりするに少なからぬ労力を費して居る。」と述べた箇所である。つまり代作も、昔のように他人の原稿に名前だけ貸して報酬を得ているわけではなく、添削・改作にかなりの労力を費やしているのだという弁解である。こうした事実を物語るものが、先の秋聲による「盲人」原稿の存在であると言えよう。

四、代作に於ける添削あるいは推敲の検討

「盲人」は大島蘭秀による翻案の代作だと秋聲自ら証言していながら、現存している「盲人」原稿七十三枚すべてが秋聲による筆跡であり、編集者による朱筆の指定もあることから判断すれば、これは最終原稿と断定できることは既述した。したがって、大島蘭秀による直筆の翻案原稿ないしは翻訳原稿が現存すれば、秋聲による添削・改作実態が具体的に明らかになるのであるが、遺憾ながら大島の原稿は発見されておらず、この検証は現在のところ不可能である。代作者による原稿の存在は、他の代作存疑作においても、ことの性質から見て、ほとんど期待できないのが実情である。ただし逆の例は無いわけではない。尾崎紅葉訳として出版された『鐘楼守』（ビクトル・ユーゴー作「ノートルダム・ド・パリ」、明治36・12、早稲田大学出版部）は、実際には伊藤重治郎（十字楼）による下訳に秋聲が文飾を加えて完成させたもので、紅葉の手はほとんど加わって

いないことを秋聲が明らかにしているが、この第一章にあたる原稿二十七枚が徳田家に保存されている。これは筆跡から見て秋聲によるものではなく、伊藤による下訳原稿と見られる。したがって、刊本本文とこの原稿を比較すれば、秋聲による文飾の跡を明らかにすること（第一章のみだが）が出来る訳である。これについては、既に大木志門「徳田秋聲旧蔵原稿『鐘楼守』（ユーゴー作・尾崎紅葉訳）の研究」（財団法人金沢文化振興財団『研究紀要』第4号、平成19、後『徳田秋聲と「文学」』令和3・11、鼎書房所収）がある。

「盲人」においては、大島による翻案（翻訳）草稿が発見されていないため、このような検討は出来ないが、秋聲の最終原稿による興味深い推敲の一端を検討してみたい。

「盲人」の冒頭は「今市在《いまいちざい》の豪家《ものもち》、風間と云ふ家の奥まつた一室で、或真夜中に嬰児の産声が聞えた。」とある。この「今市在」が原稿では三転している。最初の地名は黒く塗り潰され判読不能で不明だが、次に「栃木在」と直され、さらに「宇都宮在」と変わり、最後に「今市在」となったものである。翻案物とは言え小説の舞台だけに最後まで迷った痕跡が窺われるが、何故「栃木」や「宇都宮」ではなく、一般的に必ずしも著名な町とは言えない「今市」なのか。「今市」はこの後『足迹』（明治43年）にも僅かに触れられるが、『黴』（明治44）においては結末の舞台として採り入れられ、さらに『あらくれ』（大正4）では地名を曖昧化した上で物語の重要な構成要素として描かれる土地である。秋聲文学にとってかなり重要なトポスであったと言えよう。秋聲と今市との関わりは、『黴』には次のように描かれている。

夏の初に、何や彼やこだはりの多い家から逃れ、ある静な田舎の町の旅籠屋の一室に閉籠つた時の笹村の心持は以前友達から頼まれた仕事を持つて、そこへ来た時とは全然《まるで》変つてゐた。

その町は、日光へも近く、塩原へも少《わづ》か五時間弱《たらず》で行けるやうな場所であつたが、町それ自身には、旅客の足を留める何物もなかつた。（七十六）

秋聲の晩年の日記（昭和16）中の回想によれば、友達とは鶴田久作で、イソップの翻訳の文飾を頼まれ、「今市の岸といふ旅館」に滞在したという。これは明治四十年のことと推定されるが、『黴』に描かれたごとく再び今市に滞在したか否かは明らかではない。いずれにしても、秋聲にとって印象深い町であったことは間違いない。『黴』では「町それ自身には、旅客の足を留める何物もなかつた。」と書かれているが、その寂れた町の郊外を舞台に設定した「盲人」においては、涼一と名付けられた主人公が周囲の豊かな自然の中で、その聴覚を磨きながら感性豊かな少年に成長するとともに、自然と一体化したような音楽の才能を育んでゆく恰好の舞台として活かされている。また、ヒロイン茂子との心の交流にも周辺の自然は大きな意味を持っているが、二人の仲に波風を立てることになる大学生の登場にも興味深い地名が無造作に記される。涼一の教育を自らの後半生の生甲斐としている伯父が旧友高野を風間の家に招待するのだが、この大学生は高野の息子である。

或時彼は栗山《くりやま》の旧友を招待した。其旧友の許には、丁度東京から子息と其友人の青年が来てゐると云ふことであつたので、打揃うて、遊びにくるようにと言遣つた。で、彼等は日光へ遊んだ道すがら、些と風間へ立寄ることにした。（十）

このように記される「栗山」は「今市」以上にマイナーで、さらに山奥になるため一般的な知名度は低い。地図で調べて書くような作家ではないから、秋聲の今市滞在の見聞から認知した地名であろう。『足迹』ではお庄の叔父が「線路の枕木を切出す山林を見に、栗山の方へ、仲間と一緒に出向いて行つた。」と突然記される。この「栗山」も同一の地名であることは、すぐ後に「叔父は行つた限、何時までも今市の方に引懸つてゐた。」とあるところから確認できる。『足迹』においても「今市」「栗山」の地名が出て来るのはこの箇所のみである。

『黴』には、今市の宿の手伝いの少女が「栗山から来てゐると云ふ、行儀の好い小娘」と表現されている。実際に滞在した岸屋旅館のこうした少女から聞き覚えた地名であろうと思われる。

こうしたところにも秋聲の小説作法の機微を窺うことが出来るのだが、さらに興味深いのは、「盲人」における「栗山の旧友」の次のような人物像である。

今は村の古老で、山林や水車場なども持つてゐる。この界隈の事情に通じてゐる事は驚くべきほどで、栃木県下の事なら、地理と云はず歴史と云はず、悉く心得てゐる。足尾の事情などにも精通してゐる。

これも大島蘭秀の翻案には無い秋聲による創作であることは確実であるが、こうした人物像も今市滞在から念頭においた実在の人物がいたものと推察される。それは「その晩笹村は下の炉傍へ来て、酒をつけて貰つたりした。炉傍には、時々話し相手にする町の大きな精米場の持主も来て坐つてゐた。」と『黴』最終章に記された人物と推察される。同じ最終章には「もう十日の余もゐて、町の人の生活状態も解つてゐたし、宿の人達の事も按摩などの口から時々に聴取つて、略明らかになつてゐた。」と書きながら、町のこと宿の人たちのことが詳しく書かれることはない。小説内の笹村も一字も原稿を書けずに宿を出るところで終わっているのだ。これは笹村の滞在目的（「笹村は何かなし家と人から逃れて、そんなに東京からの旅客に慣らされてゐないやうな土地へ落着いて、静かに何かを考へ窮めて見たかつた」）から見れば、当然の結末と言えよう。しかし秋聲の今市での見聞は形を変えて『あらくれ』で大きく活かされることになる。『黴』には笹村の滞在している宿の客として「魚河岸から集金に来てゐる一人の親方は、そこの広間で毎日土地の芸妓や皷笛の師匠などを集めて騒いでゐた。」（七十九）とあるが、『あらくれ』にも浜屋の客に「町の旅籠や料理屋へ魚を仕送つてゐる魚河岸の旦那が、仕切を取りに、東京からやつて来て、二日も三日も、新建の奥座敷に飲みつゞけてゐた。」（四十九）と同様な記述がある。つまり異なる二つの小説で笹村とお島は同一の情景を目撃していたことになる。明らかに秋聲の今市における見聞を『あらくれ』にも導入しているのだ。『あらくれ』では、兄の口車に乗せられたお島が山の方にあるS―町に滞在し、土地の有力者である精米所の主人や旅館の人たちとも懇意になると共に、旅館（浜屋）の若主人と関係を持ってしまう経緯が詳しく描かれることになる。『あらくれ』の結末は小野田の留守を利用して浜屋の主人に会うために、再びS―町に出掛けたお島が、浜屋の突然の死を知らされるのだが、前は確かに日光に近い町だったはずが、高崎を経由する上州の町に変えられている。秋聲の今市滞在の見聞とそこで識った人物を下敷きとしながらも、実在の人びとをはみだす人物造型と物語展開が、秋聲をして今市を特定させないS―町とか上州方面の町といった曖昧化をさせたものと考えられる。こうしたところにも秋聲の小説作法の一端を窺うことができるのだ。今市滞在体験を様々な小説に活かす中で、もっとも早く「盲人」に採り入れたのも、他人による翻案作品で一種の代作とは言え、自ら全てを書き直す過程で、物語内容から見て今市周辺がふさわしいとの小説の地勢学的判断が働いたゆえであろう。前年に他人名義のイソップの翻訳への文飾の仕事に携わった今市を、今度は秋聲名で発表する代作翻案「盲人」の書き直しに際し、その舞台として選択したことになるが、これが単なる手近かな旅行体験からの安易な思い付きによる導入ではなかったことは、これまでの叙述で明らかであろう。

五、その他の代作存疑作品

それでは、翻訳・翻案以外の作品はどうであろうか。代作が問題視された明治四十年前後、代作への批判的言及として知られるものに『無名通信』（明治43・4）の「小説代作調べ」がある。秋聲に関しては、「鶏」（中村泣花）、「伯父の家」（佐伯某）、「桎梏」（同）、「媒介者」（有馬潮来）、「佐十老爺」（岡本霊華）、「独り」（同）などの短篇の他、『焔』『母の血』『血薔薇』が三嶋霜川の代作だと暴露している。この記事の信憑性をある程度認めた上で、改めて「伯父の家」「桎梏」などを読み返してみると、〈目色《めつき》〉〈手容《てつき》〉など秋聲特有の語彙も使用されており、これも佐伯某（有三？）による代作としても、秋聲による添削などの手が加えられている作品と思われてくるのだ。

また、前稿でも触れたごとく後年の短篇で、好評を得た「前夜」（大正10・9『蜘蛛』）も平野止夫による代作と判明したが、冒頭の「男が用を済まして、女のところへ帰つて来たのは、それから間もなくであつた。」という一文などは秋聲の作品によく見られる書き出しの型である。したがって「前夜」も秋聲の手がまったく加わっていないとは断言できないということになる。また、『赤い鳥』の編集に関わり、著名作家に代わり少なからぬ童話作品の代作をした小島政二郎は、「言い廻しの癖から仮名づかいの癖まで、誰が見てもその人らしく書かなければならなかつた。題材も、その人らしい好みのものを選びたかつた。」（『眼中の人』昭和17・11　三田文学出版部）と述べており、このように実行されたとすれば、代作者の原稿でも発見されない限り、その判別は困難である。現に秋聲「手づま使」(『赤い鳥』創刊号、大正7・7)は小島の代作だが、これを読んだ芥川龍之介と久米正雄は秋聲の手際を絶讃したという。(『眼中の人』)。「盲人」原稿の存在は、いわゆる代作作品も名義人による添削・改作という手が加えられたものであることの証左であるが、今後代作と見做されて来た作品の原稿・草稿の新たな発見があれば、こうした実態がさらに明らかになるものと思われる。

六、イソップ翻訳の文飾について

栃木県今市町(現・日光市)は、明治四十年に友人鶴田久作の依頼によるイソップの翻訳への文飾のため、鶴田の紹介で岸屋旅館に滞在した所である。『黴』に描かれたように明治四十四年に再訪したか否かは確証が得られない。野口冨士男はこれを虚構と見做しているが、再訪の可能性は否定できない。いずれにしても、秋聲は自らの筆名で代作をさせる一方で、表に名前の出ないこのような文飾の仕事もしていたのである。これは大正期にも高橋五郎訳『プルターク英雄伝』(国民文庫刊行会)の文飾に従事しており、これも鶴田の依頼によるものである。ところで、秋聲の回想にあるイソップの文飾について、従来その刊行の有無を含め詳細に関しては不明であったが、近年入手した上田万年『新訳伊蘇普物語』がそれと判明したので、ここに紹介しておきたい。

同書は函入かと思われるが架蔵のものに函は無い。扉には「文学博士　上田万年解説　画伯梶田半古挿画　新訳伊蘇普物語　東京・大阪　鐘美堂発行」とある他、奥付は以下のようなものである。

明治四十年十一月十八日印刷
明治四十年十一月二十二日発行

解説者　上田　万年
発行者　福岡元治郎
発行者　中村　由松
発行者　中村　寅吉
印刷者　天野　耕一
印刷所　秀英舎第一工場

発行所　東京市神田区駿河台鈴木町十二番地　玄黄社
発行所　東京市日本橋区本銀町三丁目二番地
　　　　大阪市南区塩町三丁目六十九番地　鐘美堂書店

扉には東京と大阪の鐘美堂発行とあり、奥付も発行者三名の名前はそれぞれ東京大阪の鐘美堂の代表者である。しかし発行所として鐘美堂に加えて玄黄社の名があることに注目したい。玄黄社は鶴田久作の創業になる出版社であるからだ。明治四十年創業と見られる玄黄社の創業時に手掛けたのもので、単独では刊行出来ず共同出版の形で加わったものであろう。ちなみに上田万年による「例言」には「本書の出版に就ては、菅野緑蔭・徳田秋聲両君の熱心懇篤なる補助を蒙れり。」とある。

国民文庫刊行会・玄黄社の鶴田久作と秋聲

一

徳田秋聲にとって鶴田久作は無名時代の若き日に博文館で出会い机を並べて以来、生涯交流を続けた友人の一人であった。秋聲が博文館にいたのは一年余りで、鶴田の方も秋聲に先立ってやめているから、博文館で同僚であったのはわずかな期間であったはずだが、それでも生涯に亘って親しく交友したのだから、よほどウマが合ったのだろう。晩年第一回菊池寛賞を贈られた秋聲は、その賞金の一部を親友鶴田君の令嬢結婚のお祝い品購入に使うつもり、と鶴田のことを「親友」と書いている。生前刊行された非凡閣版『秋聲全集』の題箋を書いた鶴田兼堂はこの鶴田久作のことである。しかし、秋聲も鶴田の人物像を詳しく語っている訳でもなく、出版人としての足跡も一般に知られているとは言いがたい。

ところが、小田光雄が近著『古本探究』（平成21・2、論創社）で「鶴田久作と国民文庫刊行会」に触れているのを読み、いろいろ啓発されるところがあった。とりわけ「昭和初期円本時代はいきなり始まったのではなく、先行する予約出版形式を踏襲し、それを出版社・取次・書店という近代出版流通システムに導入することによって実現したと思われる。その先行者の一人として国民文庫刊行会の創業者である鶴田久作を挙げることができる。」との指摘は興味深かった。円本の成功の要因としてとかく話題にされるのは「先ず一円を投じられよ」という改造社のあの宣伝コピーであり、予約出版形式の導入が第一にあげられることが多いが、予約出版形式自体は既に大正時代に行われており、鶴田はそれで財をなした成功者だったからである。また、新聞を中心とする派手な宣伝合戦も円本時代の特徴の一つだが、これも、それより前にいち早く予約募集に全面広告を打つなど、広告費を惜しまず新聞広告を最大限に利用して、多大な効果をあげていたのも鶴田久作であった。簡略に鶴田のプロフィールを述べれば以下のごとくである。

昭和十年版の『全国書籍商総覧』（新聞之新聞社編）や『現代出版業大観』（同刊行会）によれば、鶴田は、明治七年山梨県生まれ。国民英学会に学び、博文館編集部を経て日本鉄道に移ったが、同社が国有化されたのを機に退社。明治四十年頃玄黄社を興し出版に従事する。明治四十二年には国民文庫刊行会を設立し、処女出版は「国民文庫」正続五十四巻（菊版八百頁、価格各巻一円五十銭）予約制。これが予想外の成功をおさめ、以後国民文庫刊行会は予約出版による各種企画を継続し、全てに成功したという。両書共に国民文庫刊行会を〈本邦予約出版の魁〉と明記している。いっぽう玄黄社については、詳細は明らかではないが、国立国会図書館所蔵本を調査したところ、明治四十年から昭和十八年まで、七十八点の出版物が確認された（後掲一覧表参照）。遺漏は当然有ると思われるが、これ等の中で一番古いものは、ベンジャミン・フランクリンの『出世暦』の明治四十年六月である。したがって玄黄社は遅くとも明治四十年には設立され、国民文庫刊行会設立後も並行して昭和十八年頃まで出版活動は持続されたようである。鶴田の没年は昭和三十年である。

ところで、秋聲は晩年に博文館時代の回想も交えて、鶴田について次のように書いている。

私と同じ時代に編輯にゐた鶴田久作氏が、日本文学や西欧文学の翻訳もあつたが、主には大蔵経や漢籍の国訳で大当りを取り、数百万の資財を作つたことも、始終往来してゐるだけに、私にはさう際立つて見えもしないけれど、素敵な成功である。別にヂヤナリズムにも乗らず、世間からもさう注目されもしないで、出版でこんなに儲けた人は、教科書の本屋を除いては、類例が少ないであらう。鶴田氏は元来読書子で、単に出版屋として論じられないやうなところがあり、博文館では少年文集を編輯してゐたが、私が出る少し前に、鉄道の方へ移り私設鉄道が国有になつた時分に罷めて、出版事業に手を染めた訳だが、学者や政界の名士との交遊はあるが、自身は世のなかへ乗り出さうともしないで、本を読んだり、骨董を翫んだりしてゐる。

（『思ひ出るまゝ』昭和11・4、文学界社）

また、明治四十年頃から秋聲に親炙した水守亀之助の回想によれば、『新世帯』や『足迹』を書き自然主義の大家となった当時も徳田家の家計は苦しく、「先生は鶴田久作氏のやつてゐた「国民文庫刊行会」の出版原稿の訂正などを内職的にやつてゐられたこともあつた。何か火急の費途が生じたりすると私は質屋への使ひもちよいちよいしてあげた。」（『わが文壇紀行』昭和28・11、朝日新聞社）と述べている。この証言を裏付けるように、秋聲晩年の日記（昭和十六）には、「三十三四年前、一穂が四つか五つの時分、鶴田君の依頼でイソップの訳文に筆を入れるため、鶴田君の案内で今市の岸といふ旅館にしばらく滞在したことがあり」と回想されている。因みに、明治四十年五月と推定されるこの時の今市滞在体験が『黴』結末部に活かされているが、イソップの翻訳が鶴田の手によって出版されたことは、前稿「草稿・原稿研究――秋聲と〈代作問題〉」を参照されたい。また後年、島崎藤村、秋聲、中村武羅夫による座談会「徳田秋聲・島崎藤村　人生・文芸を語る」において、秋聲は「僕は、本で一番面白かつたのは、プルタークの「英雄伝」でしたね。」と発言し、藤村が「僕はそれは読んでみなかつたが、非常に若い時分でせう。」と訊いたのに対して、次のように応じている。

> 若い時分ぢやなく、五十位の時だつた。高橋さんの文章は詰屈聱牙で非常に読みにくいので、それをなだらかにして呉れと言われたので、是非共読まなくちやならぬことになつて読んだ

のです。さうでなければ読まない。あれは面白い本ですね。子供にも勧めるけれども、なかなか読まないですね。（昭和7・5『新潮』）

これは、鶴田の国民文庫刊行会から出された【泰西名著文庫】シリーズ中の高橋五郎訳『プルターク英雄伝』全4冊（第1巻・大正3・5、第2巻・同・12、第3巻・大正4・3、第4巻・同・6）を指している。秋聲五十歳位と言えば、大正九年にあたり、僚友田山花袋とともに文壇を挙げて生誕五十年を祝された頃にあたる。こうした時期にも秋聲は〈内職的〉に鶴田の翻訳物出版のリライトをしていたことが窺われる。

いっぽう鶴田久作の出版活動に目を向けると、鶴田は大正十四年から【世界名作大観】全五十冊の刊行を開始する。秋聲による手直しはこれに向けてのものであろう。因みに【世界名作大観】の「内容見本」（図版5）によれば、『プルターク英雄伝』は高橋五郎訳・幸田露伴補筆並評とあり、〈因に云ふ、高橋氏の文章は、この種の文字の翻訳としては、多く匹儔を見ざる一家の風格ある名文なるも、かかる世界的不朽の名著であるだけに、重版を機として、更に幸田露伴氏の綿密なる文章の補正と鼇頭評語を得て、完全なるプルタークの定訳として世に提供する次第である〉と書かれており、秋聲の名は現れていない。この改版『プルターク英雄伝』は、第一巻が昭和五年一月、第二巻は同年二月、第三巻は同三月、第四巻が同四月にそれぞれ刊行されているが、凡例等にも秋聲の名は挙げられていない。完全に〈内職的〉下請け仕事であったようである。

二

杉村武『近代日本大出版事業史』（昭和42・11、出版ニュース社）によれば、「『名著文庫』後の『名作大観』ともに、出来た原稿は鶴田自身精密に原文と照合し、改訳したものを小説作家に手を入れさせたもの、全部廃棄したものなど多数であった。「おくら」にした原稿だけでも十数万枚に上り稿料もかさんだ。『椿姫』のほんの一部分だけで七〇〇〇円使ったという。」と伝えている。生前の鶴田に直接取材したものと思われるが、定訳に向けた鶴田のあくなき執念とこだわりが窺われて興味深い。秋聲の〈内職的〉改稿も名前を出さない段階の改稿であり、中には「おくら」になったものもあったかも知れない。それにしても、こうした鶴田との関わりを見ると、『縮図』の三村均平が銀子に芸者置屋をやらせながら、「友人の刊行物を、少し手伝つていた」という設定にしているのは、鶴田久作を念頭に置いた設定であったのだと、あらためて気付かせられるのである。均平は漢学者の息子であり、鶴田の代表的刊行物には『国訳漢文大成』（全40巻）などもあるからである。さて、先の杉村武による鶴田の定訳に向けたこだわりを裏付けるような談話が秋聲にもある。『世界名作大観』の刊行に際して、秋聲は次のように推奨している。

鶴田君の主宰する国民文庫刊行会から当時評判のよかつた『泰西名著文庫』といふのが出たのも、顧みれば既に十年の昔となつた。今度の『世界名作大観』はその当時から既に翻訳に取掛つたもので、あの前の分より更に、推敲したものである。（略）今度のはそれ〔最近の多くの無責任な翻訳──小林〕と異なつて、一度訳されたものでも不完全と見れば更に他の翻訳者が訳し直すといふ念の入れ方である。これは商売気を離れた鶴田君の潔癖が、到底無責任な翻訳をゆるし得ないからである。同君の商売は既に道楽の域に入つてゐる。（談）

（「鶴田君の出版は既に道楽の域にある」大正14・4・27『読売新聞』）

このように、少しでも良い翻訳を読者に届けたいという鶴田のあくなきこだわりと出版者としての良心を、親しい友人ゆえに「もはや道楽の域にある」と揶揄しながら、秋聲も高く評価しているのだ。さらに付け加えれば、この『世界名作大観』全五十巻の企画は、円本時代の幕開けとなった改造社の『現代日本文学全集』の企画と時期的に重なるようだが、よく見るとそれに約一年先駆けている。しかも秋聲も述べているように、『世界名作大観』は十年前の『泰西名著文庫』（20巻＋24巻）直後から既に改訳にかかり、秋聲が高橋五郎訳の「プルターク英雄伝」の改稿を依頼されたのも大正九年頃と見られるところから判断すれば、これは充分な準備期間を経て満を持した企画であったといえよう。しかも完全予約制とし、予約申込金は最終配本に充てるという従来の方式である。ただし予約金は四六判総クロース製天金で一冊平均七百頁で三円六十銭と高価である。これは国民文庫刊行会の、永遠に価値ある名作を最高最善の翻訳（国訳）にして品格ある善本として広く各家庭に提供するという、発足当時からの方針に沿ったものである。これが相当数の読者数を獲得したとすれば、俄か企画で値段のみ安くした各種円本の呼び水となったことは明らかであろう。

三

鶴田久作の玄黄社及び国民文庫刊行会が手掛けた刊行物を概観してみると、私も数冊を所持していることに気付いた。まず、メレジュコーフスキイ著・戸川秋骨訳『先覚』（国民文庫刊行会、大正4・9・10初版）と高橋五郎訳『ベーコン論説集』（明治41・11・5初版、玄黄社）の第十版（明治45・3・5）。これは漱石『三四郎』の参考資料として購入したのだから、学生時代から所持していることになる。さらに田岡嶺雲『数奇伝』（明治45・5・15初版、玄黄社）もかなり昔から所持している。同じ田岡嶺雲の『病中放浪』（明治43・7・15、玄黄社）は二〇〇〇年に不二出版から復刻された時購入した。それからカールトン著・笛川漁郎訳『社交談話法』（明治40・10・10初版、玄黄社）の第七版（明治43・7・3）であるが、これもかなり以前に入手したものである。以上はいずれも鶴田の手掛けた出版物とは知らず、それぞれの関心に従って購入したものである。さらに『嶺雲文集』（大正2・6・25初版、玄黄社）及び下山京子『一葉草紙』（大正3・1・5初版、玄黄社）があるが、これは鶴田の出版物と知って購入したものである。これらの中でカールトンの『社交談話法』について触れておきたい。これは重版ゆえに諸新聞に採り上げられた書評とともに献本先からの礼状が巻末に収録されており興味深い。〈斯く渺たる小冊子に対して左の辱知の諸兄より懇篤なる批評を寄せられたれば茲に其全文を掲げて深く厚意を謝す。訳者〉とあり、徳田秋聲、金子筑水、菅野徳助、中島繁太郎の四名からの書簡が収録されている。私が購入した理由も秋聲の書簡が目当てであり、鶴田の玄黄社の刊行物とは知らなかったのである。その〈徳田秋聲君書翰〉は次のようなものである。

謹啓　貴著「社交談話法」御恵贈下され御礼申上候、取敢えず拝読致候ところ書中説くところ言々肯綮に当り、われら野人礼に嫺はざる徒をして大に啓発するところあらしめ候、顧ふに我邦の交際法若くは談話法なるもの—若し之ありとせば—は由来余りに四畳半的に傾き、之を大なる宴席、集会等に行るに当りて真に互に相融合し和楽することの困難なるは勿論、日常一私人間の交際なども頗る不自然窮屈なるもの有之候、それは妨なしとするも、夫の宴会とし言へば売色の徒を聘し、絃歌踏舞以て酒興を幇け、家庭内の交際とし云へば、飲食若くは飲食の通を矜るを以て能事とし、人をして幾ど其の無趣味に堪えざらしめんとす、是れ然しながら真の交際法若くは談話法の研究素養に乏しきの致すところ、また已むを得ざることと存じ候、本書の如きは、啻に是等の需要に応ずるのみならず、小は以て個人の処世術を習練し、大は以て社会の秩序を保ち公徳を進むるに於て其の裨益するところ決して尠少にあらずと信じ候、御礼旁愚見申述候匆々

十月三十日　　　　　　　　　　徳田秋聲

○○大兄座右

宛名の箇所は訳者笛川漁郎の本名が書かれていたものと思われる。金子筑水のみは〈笛川様〉となっており、他の二人の書簡も〈○○老兄〉である。かつて『徳田秋聲全集』（八木書店）編集中、別巻に「秋聲書簡」としてこれも収録するつもりでいたが、宛名が明確でないことが、気になっていた。結局、別巻の収録容量が限界となり、書簡は原本の所在が確認されたもののみにとどめたため、この書簡は収録されずに終わった。今回、鶴田久作の出版活動について調査していて、架蔵の高橋五郎訳『ベーコン論説集』（第十版）の巻末広告の中に、クニッグ著・笛川漁郎訳『処世交際法』（再版）があり、幾つかの新聞批評が併載されており、「報知新聞」評として、〈訳は鶴田笛川氏なるべく平易なれども急所急所を捉へ一の贅語なく読みて有趣味にして又有益也〉とあるのに気付いた。笛川漁郎とは鶴田久作だったのである。些細なことながら、ここに改めて鶴田久作宛秋聲書簡として紹介する所以である。

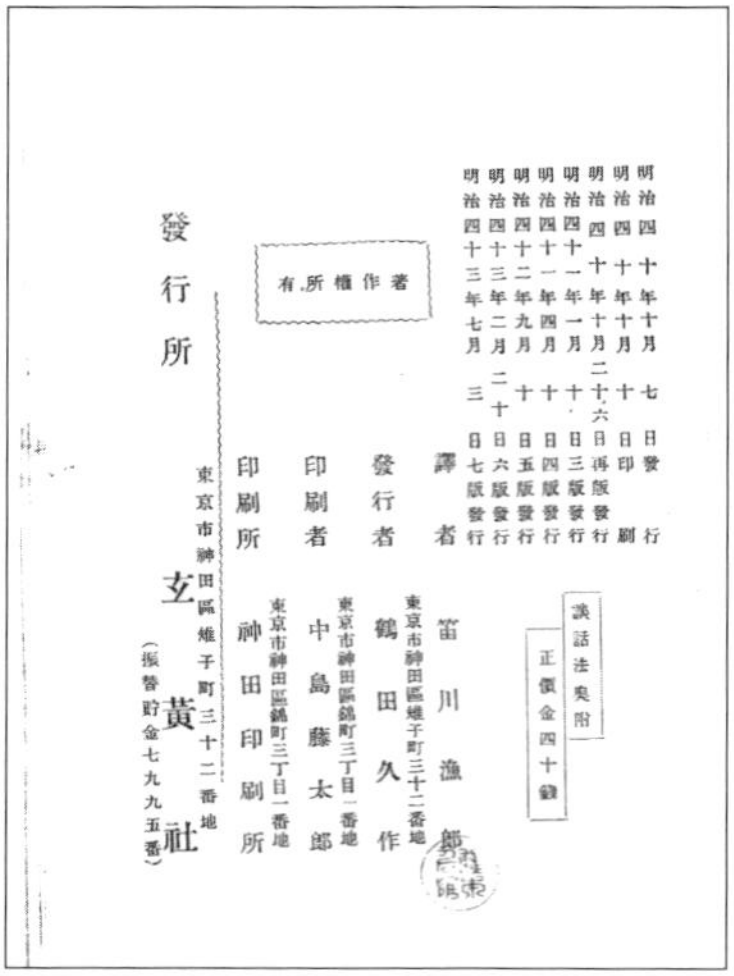
明治四十年十月七日發行
明治四十年十月十日印刷
明治四十年十月二十六日再版發行
明治四十一年一月十日三版發行
明治四十一年四月十日四版發行
明治四十二年九月十日五版發行
明治四十三年二月二十日六版發行
明治四十三年七月三日七版發行

著作權所有

談話法奥附

正價金四十錢

譯者 笛川漁郎
東京市神田區雉子町三十二番地
發行者 鶴田久作
東京市神田區鍋町三丁目一番地
印刷者 中島藤太郎
東京市神田區鍋町三丁目一番地
印刷所 神田印刷所

東京市神田區雉子町三十二番地
發行所 玄黃社
（振替貯金七九九五番）

笛川漁郎訳『社交談話法』奥付

〔玄黄社出版目録〕

1『出世暦』ベンジャミン・フランクリン、菅野徳助・奈倉次郎訳（明治 40・6）

2『社交談話法』W. Carlton（笛川漁郎訳）（明治 40・10）

3『新派短歌評釈』窪田空穂（明治 41・4）

4『「女」殿下』マックス・オーレル・藤井白雲子訳（明治 41・6）

5『ジョン・ブル』マクス・オーレル・正木照蔵訳（明治 41・9）

6『ベーコン論説集』高橋五郎訳（明治 41・11）

7『足利尊氏』【時代代表日本英雄伝】山路愛山（明治 42・1）

8『源頼朝』【時代代表日本英雄伝】山路愛山（明治 42・7）

9『悲劇オセロ』シェークスピア・菅野徳助訳註（明治 42・3）

10『西郷隆盛』上巻【時代代表日本英雄伝】山路愛山（明治 43・6）

11『処世論』エマーソン・高橋五郎訳（明治 43・2）

12『処世交際法』クニッゲ・笛川漁郎訳（明治 43・11）

13『エマーソン論文集』上・下　戸川秋骨訳（明治 44・2、45・1）

14『数奇伝』田岡嶺雲（明治 45・5）

15『和訳老子・和訳荘子』【和訳漢文叢書第 1 編】田岡嶺雲訳（明治 43・4）

16『和訳韓非子』【和訳漢文叢書第 2 編】田岡嶺雲訳（明治 43・5）

17『和訳戦国策』【和訳漢文叢書第 3 編】田岡嶺雲訳（明治 43・7）

18『和訳荀子』【和訳漢文叢書第 4 編】田岡嶺雲訳（明治 43・10）

19『和訳史記列伝』上・下【和訳漢文叢書第 5・6 編】田岡嶺雲訳（明治 44・2，7）

20『和訳七書・和訳鬼谷子』田岡嶺雲訳（明治 44・8）

21『和訳淮南子』【和訳漢文叢書第 8 編】田岡嶺雲訳（明治 44・9）

22『和訳墨子・和訳列子』【和訳漢文叢書第 9 編】田岡嶺雲訳（明治 44・12）

23『和訳春秋左伝』上・下【和訳漢文叢書第 10・11 編】田岡嶺

雲訳（明治 45・4）

24『和訳東莱博議』【和訳漢文叢書第 12 編】田岡嶺雲訳（明治 44・12）

25『和訳維摩経』田岡嶺雲訳註（明治 44・12）

26『碑碣法帖段』樋口銅牛（明治 45・3）

27『アウレリアス皇帝瞑想録』高橋五郎訳（大正 1・12）

28『エピクテタス遺訓』高橋五郎訳（大正 1・10）

29『支那絵画史』中村不折・小鹿青雲（大正 2・11）

30『ショーペンハウエル随想録』増富平蔵訳（大正 2・12）

31『寸鉄』ラ・ロシフコー　・高橋五郎訳（大正 2・12）

32『嶺雲文集』田岡嶺雲（大正 2・6）

33『セネカ論説集』ルシアス・セネカ・高橋五郎訳（大正 2・7）

34『列国海軍の均勢』川島清治郎（大正 2・7）

35『一葉草紙』下山京子（大正 3・1）

36『悲劇イフィゲニエ』ゲーテ・増富平蔵訳（大正 3・）

37『和訳詳註碧巌集』小鹿青雲（大正 3・10）

38『人及芸術家としてのトルストイ並びにドストイエフスキー』メレジュコフスキー・森田草平・安倍能成共訳（大正 3・2）

39『今日の印度』山上天川（大正 4・9）

40『心霊学講話』デゼルチス・高橋五郎訳（大正 4・11）

41『人生』トルストイ・三浦関造訳（大正 4・）

42『万有の神秘』マーテルリンク・栗原古城訳（大正 5・9）

43『死後は如何』マーテルリンク・栗原古城訳（大正 5・4）

44『衣服哲学』カアライル・高橋五郎訳（大正 6・9）

45『宇宙の謎』ヘツケル・栗原古城訳（大正 6・3）

46『死後の生存』オリバア・ロツヂ・高橋五郎訳（大正 6・5）

47『人は何時覚醒するか』ウヰルソン・高橋五郎訳（大正 6・12）

48『仏蘭西文学史』太宰施門（大正 6・2）

49『ラスキン叢書・第1巻　永久の歓び』ラスキン・栗原古城訳（大正6・12）
50『ラスキン叢書・第2巻　二ツの道』ラスキン・小林一郎訳（大正6・12）
51『ラスキン叢書・第3巻　塵の倫理』ラスキン・小林一郎訳（大正7・2）
52『ラスキン叢書・第4巻　胡麻と百合』ラスキン・栗原古城訳（大正7・4）
53『ラスキン叢書・第5巻　時と潮』ラスキン・栗原古城訳（大正7・7）
54『霊智と運命』マーテルリンク・栗原古城訳（大正8・5）
55『奈翁実伝』ド・ブーリエンヌ・栗原古城訳（大正9・3）
56『処世哲学』ショーペンハウエル・増富平蔵訳（大正9・8）
57『支那思想及人物講話』安岡正篤（大正10・10）
58『結婚生活の心理と生理』ジキール・ミツシレ・増富平蔵訳（大正10・8）
59『日本絵画史』上巻　笹川種郎（大正11・10）
60『王陽明研究』安岡正篤（大正11・3）
61『禅学思想史』上・下　忽滑谷快天（大正12・7, 14・7）
62『田園春秋』ギッシング・栗原古城訳（大正13・8）
63『人生達観』ショーペンハウエル・増富平蔵訳（大正13・3）
64『日本精神の研究』安岡正篤（大正13・3）
65『宇宙及人生』上・中・下　ショーペンハウエル・増富平蔵訳（大正14・）
66『此の後の者に』ジョン・ラスキン・栗原古城訳（大正14・8）
67『鶯の巣』ジョン・ラスキン・栗原古城訳（大正14・8）
68『因果論』ショーペンハウエル・増富平蔵訳（大正15・9）
69『恋愛の理学』レミ・ド・グールモン・桃井京次訳（大正15・10）

70『性相講話』石龍子（大正 15・11）
71『形貌学講義』石龍子（昭和 2・4）
72『孔子』赤池濃（昭和 3・11）
73『哲学概論』キルペ・増富平蔵訳（昭和 3・5）
74『万世の師孔子』赤池濃（昭和 3・11）
75『東洋倫理概論』安岡正篤（昭和 4・4）
76『東洋政治哲学』安岡正篤（昭和 7・12）
77『代表偉人論』エマソン・平田禿木訳（昭和 7・12）
78『為政三部書』張養浩（昭和 13・5）

＊以上が国会図書館所蔵のもの。雑誌は山路愛山主筆『独立評論』明治 39・1（1 号）〜明治 43・8（7 号）が所蔵されている。他に次の三冊を加えることができる。

79『病中放浪』田岡嶺雲（明治 43・7）＊不二出版より平成 12・6 月復刻。
80『ニイチェ語録』生田長江訳（＊明治 45・5 の『数奇伝』巻末に再版広告あり）
81『トルストイ語録』生田長江訳（＊同じく『数奇伝』巻末に新刊広告あり）

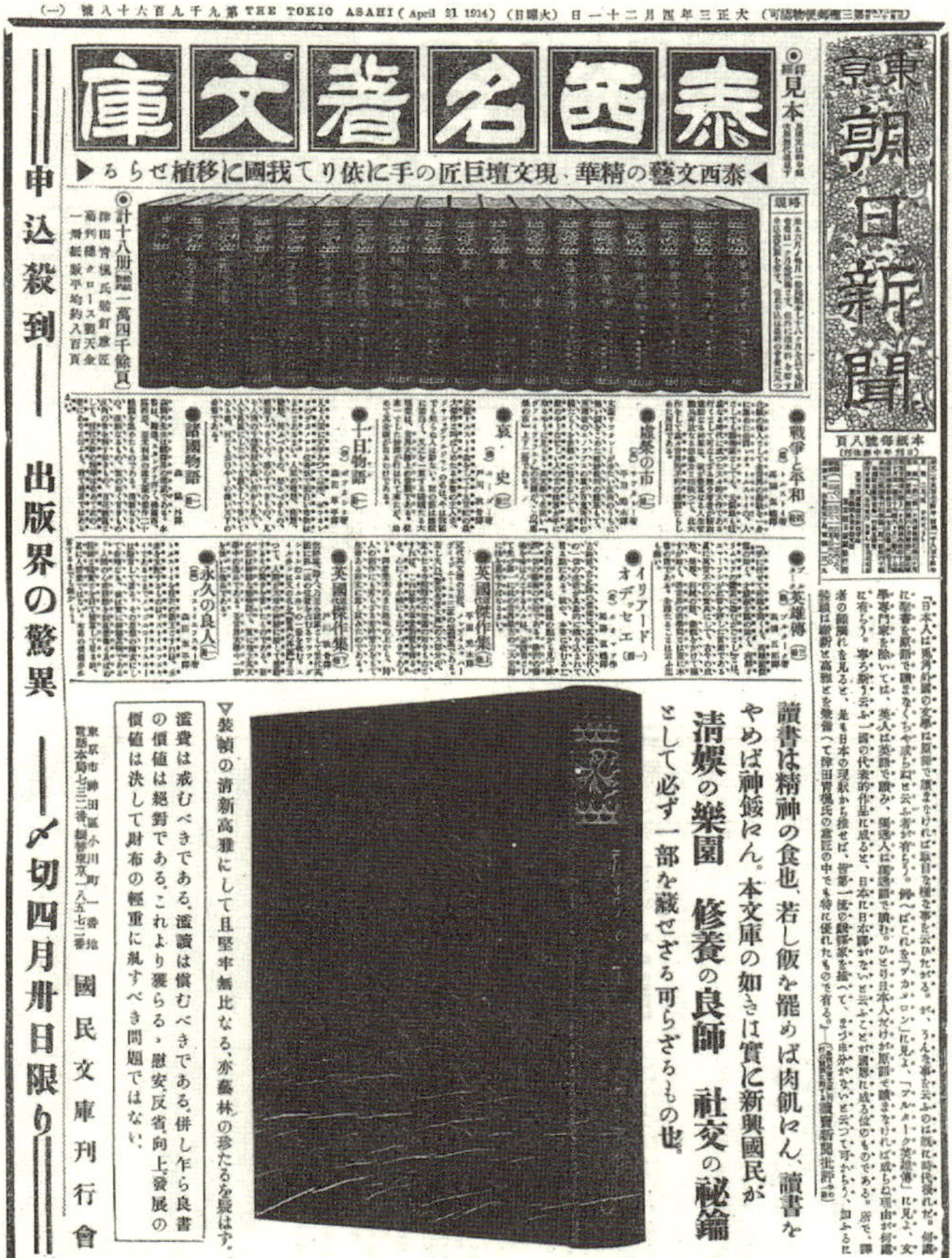

大正三年四月二十一日（火曜日）（April 21 1914）THE TOKIO ASAHI 第九千九百六十八號（一）

東京朝日新聞

泰西名著文庫

泰西文藝の精華、現文壇巨匠の手に依りて我國に移植せらる

計十八冊（總頁數一萬四千餘頁）

戦争と平和

虚榮の市

哀史

十日物語

諸國物語

英雄傳

イリアード オデッセー

英國傑作集

永久の良人

讀書は精神の食也、若し飯を罷めば肉飢ゑん、讀書をやめば神餒ゑん。本文庫の如きは實に新興國民が清娯の樂園 修養の良師 社交の秘鑰として必ず一部を藏せざる可らざるもの也。

▽裝幀の清新高雅にして且堅牢無比なる、亦藝林の珍たるを疑はず。

濫書は戒むべきである。濫讀は愼むべきである。併し乍ら良書の價値は絶對である。これより獲らる、慰安反省向上發展の價値は決して財布の輕重に執すべき問題ではない。

東京市神田區小川町一番地 電話本局七三二番 振替東京一八五七二番

國民文庫刊行會

申込殺到

出版界の驚異

〆切四月廿日限り

「泰西名著文庫」（国民文庫刊行会）の全面広告
『朝日新聞』大正 3 年 4 月 21 日

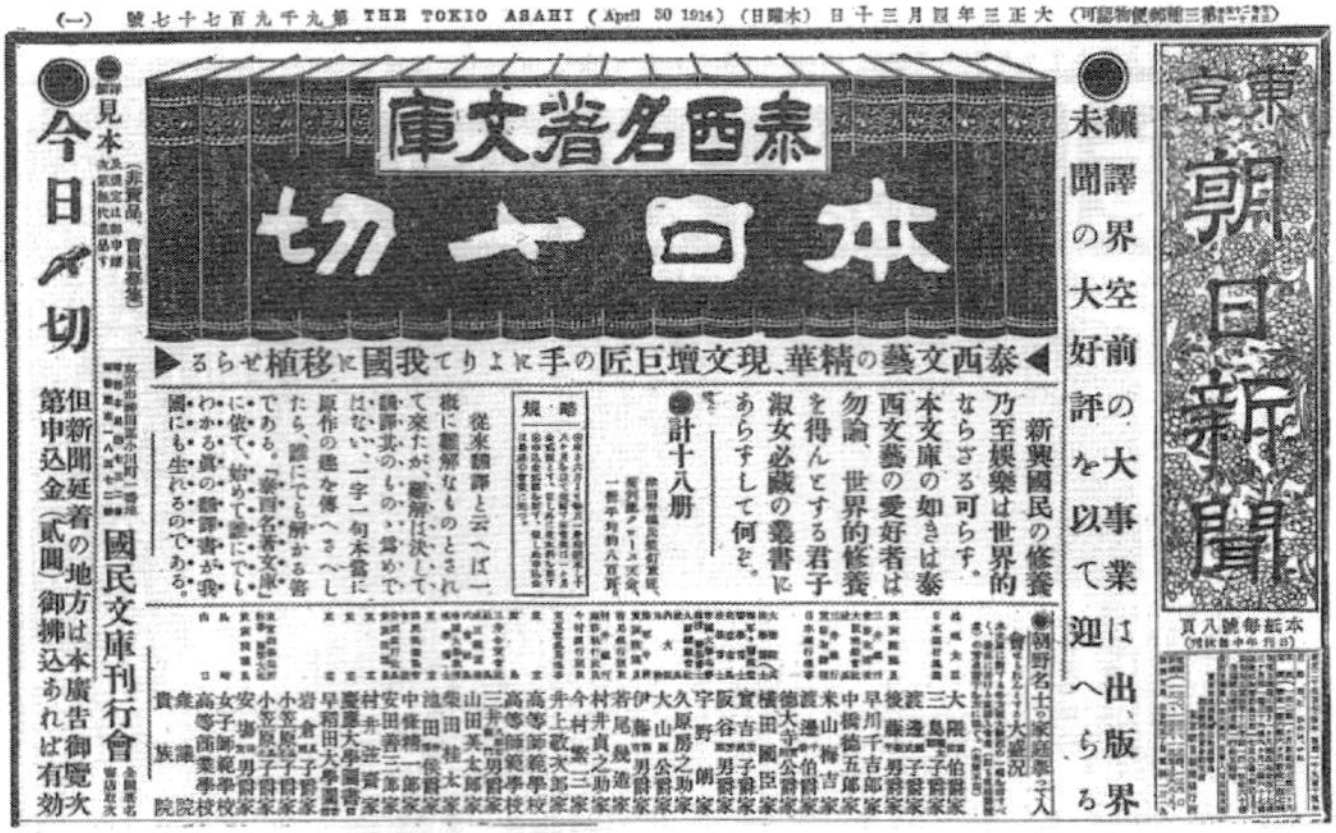

「泰西名著文庫」予約〆切の広告（大正3年4月30日）

〈朝野名士の家庭挙って入会〉として、総理大臣大隈重信伯爵家などの名前が列挙されている。

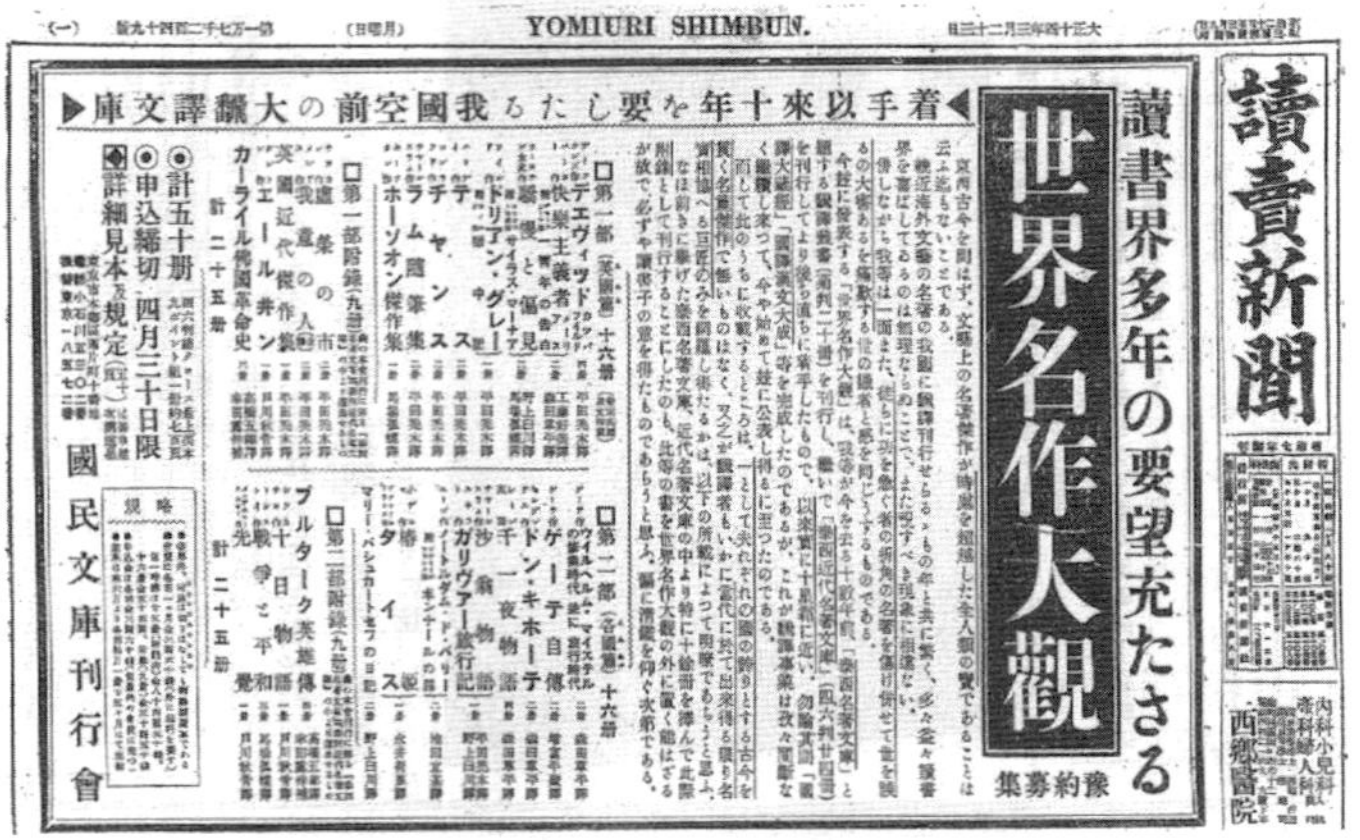

「世界名作大観」（国民文庫刊行会）の予約募集広告

『読売新聞』（大正14年3月23日）

各宗各派所依の經典を始め
大小二乘の有ゆる根本聖經
を全譯詳註せる振古の寳典

國譯大藏經

非賣品

(完成重版) 豫約募集

規定及見本

大正十五年十二月

東京市神田區小川町一番地
國民文庫刊行會
電話(神田五三五番 神田八三八番)
振替東京一八五七二番

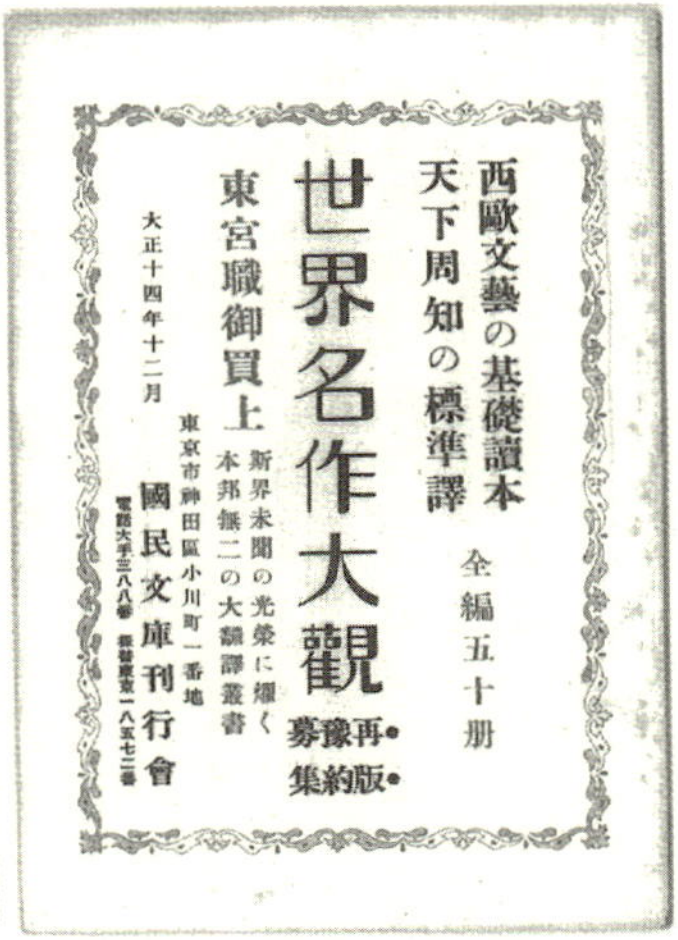

西歐文藝の基礎讀本
天下周知の標準譯

世界名作大觀

全編五十册

再版豫約募集

東宮職御買上

新界未聞の光榮に燿く
本邦無二の大飜譯叢書

東京市神田區小川町一番地
國民文庫刊行會
電話大手三八八番 振替東京一八五七二番

大正十四年十二月

「国訳大蔵経」内容見本
(大正5年12月)

経部14巻、論部14巻、附録「律の研究」2巻、全30巻。菊判総クロース製・天金。予約制、1冊平均5円。和装7円。

こちらも、直接購読者として、伊藤侯爵家・徳川伯爵家・九條侯爵家・九鬼男爵家などの名家や文部省・慶應義塾大学・東北大学・日本美術院など80の芳名を記したチラシを挿入している。

「世界名作大観」(全50冊)内容見本
(大正14年12月)

巻頭に「再度の光栄　東宮職御買上」と題し、「曩には国訳漢文大成全冊の御用命を拝し、今春また此叢書の発表に際して全冊御買上げの光栄に浴す。本会の面目何者か之に過ぎむ。」と記し、さらに両殿下用に二揃い(百冊)御買上いただいたことをアピールしている。

また、表紙見返しには、「破天荒の提約」として、予約者で、配本後半年以内に限り、「御不満にて解約を希望せらるる向きは、書冊御返送あれば、何時にても申込金、会費、郵税等は全部返金して解約す。」という「出版界空前の奉仕提約」を設けたことを謳い、内容の充実に自負と自信を見せている。

【付記1】

本稿発表後、秋聲の自伝的長編『光を追うて』に目配りを怠ったことに気付き、参照したところ、鶴田久作に関して本稿で引用した『思ひ出づるまゝ』と対応する記述があることに気付いた。博文館時代を描いた部分である。〈一緒に少年文学を編輯してゐた加井笛川《かいてきせん》も、その頃は既に日鉄へ転身してしまつた後で、さうした雰囲気のなかに留まつてゐるうちに、動《と》もすると自分を見はぐらしてしまひさうであつた。〉（四十六）とある。この「加井笛川」が鶴田久作であることはもはや明白であろう。「加井」は「甲斐」であり、山梨出身の鶴田を表し、「笛川」は甲斐国の笛吹川に因む雅号であった訳である。この機会に付記しておく。

【付記2】

近年、川島幸希氏によって『青年評論』第4号（明治41・9・1発行）が発見され、それに夏目漱石「文学志望者の為めに」というこれまで知られていなかった新資料が掲載されていたことで話題になった。これは影印も収録した川島氏の『直筆の漱石——発掘された文豪のお宝』（二〇一九〈令和1〉・11、新潮選書）中の「奇跡の発見」に詳しい。『青年評論』第1号・2号に関しては、夙に故紅野敏郎によって紹介され（『国文学』平成6・2月号「逍遥・文学誌」（32）「『青年評論』—北原白秋・正宗白鳥・田岡嶺雲ら」）、これが鶴田久作の玄黄社から発行されたこと、その第1号（明治41・5）には秋聲の「文章雑談」も掲載されていることも承知していた。鶴田は山路愛山主筆の『独立評論』の第Ⅱ期（明治39・1〜）も引き受けていたから、『青年評論』を入れて二つの雑誌を発行していたことになる。『青年評論』が何号まで続いたか不明だが、今回川島氏によって第4号（第3号は未発見）が発見され、それに漱石「文学志望者の為めに」が掲載されていたことに関連して、鶴田と漱石について、些細なことながら書き留めて置きたいことがある。鶴田は早くから翻訳書を出すほど英語には堪能であったから、英文学者としての漱石には関心を持っていたと思われ、この「文学志望者の為めに」（談話筆記）も鶴田が直接取材したものではないかと想像されるのだが、事はこの取材時期が漱石の『三四郎』執筆開始時期と重なることに関わる。よく知られているように『三四郎』は熊本の高等学校を卒業した小川三四郎が、大学へ入学するために上京する汽車の中から始まる。その第5回（明治41・9・5掲載）のところに、気を紛らわそうと鞄の中から引っ張り出した「読んでも解らないベーコンの論文集」を開いて見るところがある。しかも「ベーコンには気の毒な位薄ぺらな粗末な仮綴である」と書かれている。漱石山房蔵書中に原書五冊があるとされるが、『三四郎』にある「粗末な仮綴」の「ベーコンの論文集」が何であるのかは必ずしも明確ではない。熊本の高等学校を卒業したばかりの三四郎が、何故「仮綴」の「ベーコン論文集」などを持っていたのか、これもよく分からない。ところで、本稿でも既に記したように、鶴田の玄黄社から『ベーコン論説集』（高橋五郎訳）が刊行されたのは、この年（明治41）十一月のことである。『三四郎』はなお連載中とは言え、冒頭の第五回が執筆された時点では、『ベーコン論説集』は未刊行である。

しかし、川島氏により『青年評論』第四号が発見され、それに漱石の「文学志望者の為めに」

が掲載されたこと、つまり漱石と鶴田の接点が明らかになったことは注目される。しかもその時期が『三四郎』連載開始時期と重なるとなれば、あの定訳に向けて執拗にこだわる鶴田のことである。出版前の仮綴じの『ベーコン論説集』の一部分を訳文の相談も兼ねて漱石のところへも持参したのではないかと、そんな憶測も成り立つのではなかろうか。

フィロソフィーとボディ

──漱石の『あらくれ』評をめぐって

徳田秋聲は自作に後から手を加えたりすることは極めて少ない上に、読み返すことすらほとんど無かったようで、いったん自らの手を離れた作に対しては、実に淡泊な印象を受ける。しかし、自作に対する他者からの批評には敏感で、意外に後まで意識し続けることがある。例えば、『縮図』に先立つ所謂〈正子物〉と呼ばれる小林政子を素材とする一連の短篇の中に「一つの好み」（昭和9・4）がある。豊島与志雄は「文芸時評」（昭和9・5『新潮』）で、この作に好意的な批評をしながらも花柳情緒の欠如に不満を表明したことがある。秋聲は早速翌月の同誌に反論を寄せ、令嬢と芸者の区別さえ感ぜられない自分にとって、花柳情緒の描出など初めから企図したものではないと述べ、次のごとく続ける。

私はあのモデルでも私と全然交渉なしの三つの長篇客観小説を持つている。それを書く機会は恐らくないだらうと思ふが、幸ひにしてあれば、氏の註文されるやうな条件に筆を揮ひたいとは思つているけれど、あれはただ私の心境との接触面を、うはつ面だけ掬ひあげ、無駄を漉して、簡素簡素と要約的に彫り上げたものにすぎない。（「文芸雑感」昭和9・6『新潮』）

これをみると、この時点の秋聲は〈最後の仕事〉として『仮装人物』に渾身の力を注ごうとしており、後に『縮図』として実現される作品は念頭になかったと見られるが、これより七年後、（この間大患を挟み『仮装人物』を完成している）さらに生き延びた秋聲は、かつて念頭になかった政子の過去を描く『縮図』に着手することになる。その冒頭近く、銀座の資生堂の二階から時局的統制のもと、かえって隆盛を見せる新橋芸者の群れを見下ろした後、白山に戻った均平の目を通して、同じ統制の下、寂れた白山花柳界を、「艶めかしい花柳情緒などは薬にしたくもない。」と記している。豊島与志雄の批評がなお尾を引いて脳裏にあったものと思われる。

さて、秋聲文学への批判的言説として、最も有名なものは言うまでもなく夏目漱石の「文壇のこのごろ」（大正4・10・11、『朝日新聞』）で、「徳田氏の作物は現実其儘を書いて居るが、其裏にフイロソフイーがない。」等の評言は、これ以後秋聲文学全体への否定的ドグマとして漱石的教養派の中ばかりでなく暗黙のうちに普遍的欠点のごとく広く機能してきた。これに対して、戦後に限っても、青野季吉「秋聲について―『御蔭様で』―」（昭和24・3、『文芸往来』）以来、最近の『徳田秋聲全集』における小田切秀雄「『あらくれ』論議批判」(「月報4」平成10・5)に至るまで、この漱石の批判から秋聲文学を擁護する目的で書かれたものは少なくない。中でも、江藤淳「徳田秋聲と『充実した感じ』」(平成2・3『群像』)は、江藤自身の『あらくれ』への深い感銘を基に、この漱石の『あらくれ』評を「一ヵ月前に『道草』を書き上げたばかりの漱石は、こういう秋聲の前で、たじろぎ、おそらく幾分かは嫉妬していたに違いない。」という際立った捉え方をしていてとりわけ興味深い。

ところで、こうした漱石からの批判を秋聲はどのように受け止めたのか。

そもそもこの漱石の『あらくれ』評に先立ち、森田草平は『黴』を評して「こんなのが本当に人生其儘かも知れない」「此の小説の欠点といふものがどうもあげようがない。唯之れじや物足りないと云ふのが、最大の欠点である。」と述べ、「『黴』プラス、サムシングが大いなる文学である。」(明治45・2『新潮』)と論じていた。漱石の『あらくれ』評もこれに呼応していることは明瞭である。だが、秋聲はさらにこの前に、恰も二人の批判を予想し応えるかの如き発言を既に残している。すなわち、自分の創作は「人生表面の事実と云ふよりは、寧ろその奥に隠れた不可測のサムシングが、終局のねらひ所」だと述べ、人生を森に例えて次の如く云う。「つまり、森を写すに、個々の樹や草をばかり精密に写して、それで甘んずると云ふのは僕は好まない。それよりも寧ろ森と云ふものの奥深いサムシングを蔵したままを書きたいと云ふのが、僕の行き方です。」(「見えぬ所、わからぬ奥」明治41・3『早稲田文学』)木を見て森を見ないのではない。木々を精密に見ることによってしか森の本質は浮かび上がって来ない。そのサムシングを圧搾したフィロソフィーとして提示することは、かえって人生から遠離ることになる。かように秋聲は、奇しくも漱石や森田の批判をその論点をも含めて先取りした発言を既に残していたのである。

それではこの時点での漱石からの批判にはどのような反応を示したのか。

当時秋聲はほかならぬ当の漱石からの依頼により『奔流』を『東京朝日新聞』に連載中であり、その最中に漱石からこの否定的評言が表明されたのである。さすがに漱石はこれを『奔流』と同一紙面に載せることを避け『大阪朝日新聞』に載せているのだが、秋聲の目には触れたであろう。と言うのは、秋聲は『奔流』執筆に当たっての交渉（女郎の一代記のような内容だが差し支えないかといった打診）を自ら出向くことなく、遠縁の岡栄一郎（漱石門下であり芥川の友人）を漱石のもとへ赴かせてさせているのだが、岡は大阪出身であったからである。（井口《いのくち》哲郎氏によれば、岡はこの年七月大学を卒業、帰阪するとともに一旦『大阪朝日新聞』にも入社したという。「徳田秋聲全集月報26」八木書店）「文壇のこのごろ」という談話筆記は、他ならぬ岡栄一郎が取材したものではないかとも考えているが（岡は九月に下宿の始末などで再び上京している）おそらく岡を通して秋聲の目にも触れたであろう。何よりも秋聲自身の言説がそれを証明している。秋聲は翌月早速「回顧一年本年の創作」（大正4・11・16、17『時事新報』）の末尾でとりあえず一応短い挨拶を返している。「夏目氏などが私の新聞小説に物足りなく思ふ所は、『道草』の様に全体の締め括りのない点であらうが、私は今の所それよりも矢張り物を部分的に細かく観て行くことを大切に思つて居る。」というものである。『奔流』はなお連載中である。断片的コメントだが、翌年には、漱石が没したため、当時これ以上の反論は見られない。「書斎の人」は追悼談話である。とすれば、この漱石からの批判に対して核心に触れた秋聲の反論は遂に表明されずに終わったかにみえる。ところが、やはりこの漱石からの批判は気になるものだったとみえ、後年も次のような発言を残している。

> 芸術を高尚らしい茶気や、知識的遊戯の対象とすることには、私はもはや飽きたように思はれる。私は漱石先生の芸術が決して泡鳴君の芸術に優つたものだとは思ふことはできない。気稟とか読書とか修辞とかいふものに至つては、勿論漱石先生の方が一代の芸術家である。然しながら、私等の是からの生活に要するものは、さういつたお上品な芸術ばかりではないだらうと思はれる。（略）私は芸術に哲学が不必要だとは言わない。学問が無用だとも思はない。たださう云うもののために累ひされて、真の人間を見ることのできないものには、共鳴することができないと言ふに過ぎない。
>
> （「祝賀会の後」二　大正9・11・28『時事新報』、傍点小林）

文壇から田山花袋と共に生誕五十年を盛大に祝賀された後の所感の一節だが、周囲の祝賀ムードとは裏腹に、文学の社会的役割について思いを潜め、自らの文学の方向性をも確認しようとする秋聲の覚悟の表明である。傍点部分に明らかなごとく、フィロソフィーがないという漱石からの批判を意識した所感でもある。そして、この後も秋聲は漱石の評言を意識し続ける。

さらに後年に、もう一つ興味深い発言がある。

「夏目漱石氏のものは、やや哲学的遊戯に陥ちた感じで、自己のボデイをもつて文学にぶつかつて行くといふやうなところは、どつちかといふと少なかつたやうで、またさういふことは夏目氏の趣味にも合はないことだつたらうから、あれはあれとして十分結構な文学であるとしても、（略）」（「雑筆帳」昭和9・4『あらくれ』）身内の雑誌に書かれた軽いエッセイの一節だが、この前の部分で、理知に押し詰められた現代におけるローレンスの文学への理解を表明したり、『あらくれ』を書いたのも、西洋文化の堆積に苦しみ、統制がつかなくなった反動としてローレンスの肉体文学と似たような示唆があったことを述べている。とすればこれも『あらくれ』にフィロソフィーがないと評したあの漱石の批判が想起されていたことは明らかである。昭和九年のこの時、〈自然主義の荘厳〉を口にした秋聲は、正宗白鳥からの批判にも、商売の邪魔をしないでくれと述べ、自ら最後の仕事と意識しつつ『仮装人物』に取り掛かろうとしていた。それは「元の枝へ」をはじめとする順子物の集大成でもあるのだが、かつて「元の枝へ」を「私自身の臓腑を摑みだしたやうに打ちまけ」た作品だと述べたごとく、出来合いの哲学や思想に煩わされることなく、自己にとってのっぴきならぬ問題を、全身でぶつかる如く表現しようとする気迫が感じられる。こうした秋聲の眼には、漱石文学はフィロソフィーやアイディアにこだわり、自己のボデイで文学にぶつかって行くような姿勢に乏しいと映じた。養老孟司風に言うならば、漱石の『こころ』

が〈からだ〉ではなかったように、漱石文学はボディを捨象したところに成立している、と言うことになろうか。心の優越は身体の消失を意味する。心は脳の産物だが、脳は身体を統御し支配する器官である。脳は身体性を抑圧する。因みに、東京大学に保存されている漱石の脳を見た解剖学者斎藤磐根の印象は、端正だが艶がなく身体性を感じないというものであり、それは漱石文学から受ける印象と同様だとして、「則天去私」の天と私を、それぞれ脳と身体に置き換えれば自ずと通じるはずだと述べている。（「漱石の脳」平成7・3、弘文堂）これは秋聲の漱石観とも自ずと通ずるようである。因みに、筆者も漱石の脳を二度見る機会に恵まれたが、斎藤氏と同様な印象を受けた。秋聲は死後解剖されることもなく、身体も消え去ったが、死の間際に床の中から伸ばした右手で執筆に使用していた卓の脚をしっかりと摑んでいたという野口冨士男の証言がとりわけ印象深い。

徳田一穂の〝日和下駄〟

——秋聲の影と同行二人の東京歩き——

『秋聲と東京回顧　森川町界隈』と題された本書は徳田一穂が昭和五十三年十月から五十六年五月まで、『日本古書通信』に三十二回にわたって「森川町界隈」のタイトルで連載したものである。永井荷風が日和下駄に蝙蝠傘というスタイルで、〈裏町を行かう、横道を歩まう〉と一名東京市中散策記「日和下駄」を著わしたのは大正四年のことである。その意図するところは、次のような文章に明らかである。〈今日東京市中の散歩は私の身にとつては生れてから今日に至る過去の生涯に対する追憶の道を辿るに外ならない。之に加ふるに日々昔ながらの名所古蹟を破却して行く時勢の変遷は市中の散歩に無常悲哀の寂しい詩趣を帯びさせる。〉明治期の市区改正後加速度的に変貌する東京を横目で見ながら、失われて行く古き江戸・東京の面影を追い求め、目的の無いてくてく歩きの中に、寂れ果てた裏町の光景が自らの感情に調和して立ち去りがたいような心持にさせる。この〈無用な感慨〉に打たれる喜びが目的と言えば目的であろう。だが、荷風はこの後、大正十二年の関東大震災と先の大戦という二度に亘る東京の壊滅的な変貌を、この時はまだ知らない。しかし、言うまでもないことだが、徳田一穂はこれら二度にわたる壊滅的変貌を潜り抜けた昭和五十年代の本郷通りから歩き始める。徳田一穂は蝙蝠傘の代わりに愛用のライカを携えて本郷森川町界隈を散策し、自宅の資料などによって記憶を確かめ、時には資料の中に〈追憶の道を辿る〉こともある。やがて森川町界隈ばかりでなく、東京の各所に足を延ばして行く。その足音は荷風の日和下駄のカラカラと響く、乾いた寂しい足音と重なりながら、どこか微妙に異なる靴音である。

徳田一穂は明治三十六年（戸籍では三十七年）に徳田秋聲の長子として生まれ、同三十九年に本郷区森川町一番地（現・文京区本郷六丁目六番九号）に移り住んだ。この家が、父秋聲ばかりでなく一穂にとっても終生の住処となった。『新世帯』『足跡』『黴』『爛』『あらくれ』『仮装人物』そして未完の長編『縮図』に至るまで、秋聲文学を代表する作品が全てこの家で書かれたことになる。昭和十八年の秋聲没後、生涯この遺宅を守り続け、晩年に至って書き綴ったものが、この「森川町界隈」である。秋聲の遺宅が現在までほとんどそのままの姿で残されていることからもわかるように、この一帯は関東大震災の破壊や類焼からも免れ、第二次世界大戦の空襲からも罹災を免れた。したがって、古い東京の面影が残っている数少ない場所でもある。その「本郷通りももうだめだな」、という感慨が本書冒頭にある。大病後の徳田一穂の眼に映じた東大ハイツなる巨大なマンション建設工事の光景から受けた感慨である。ここから徳田一穂の東京回顧・散策が始まるのだが、それは荷風の「日和下駄」に見られるような散策とは、おのずから違った靴音を響かせる。荷風のそれは人生半ばの散策自体を楽しむ余裕のある東京歩きである。徳田一穂は残された時間を惜しむように本郷界隈を散策し追憶の道を辿り、目的をもって東京の各所に足を運ぶ。それは主に父秋聲と共にあった記憶に繫がる場所である。言わば、秋聲の影と同行二人の東京歩きでもあった。したがって、秋聲文学を知る上でも興味深いし、様々な文学者の名が現れ、文学的回想記としても興味深いものとなっている。ざっと数えても、石川啄木から始まり、芥川龍之介、広津和郎、宇野浩二、久米正雄、小宮豊隆、岩野泡鳴、小山内薫、島崎藤村、室生犀星、藤澤清造、川端康成、久保田万太郎、勝本清一郎、里見弴、岡栄一郎、菊池寛、田辺茂一、谷崎潤一郎それに永井荷風などである。また、連載のちょうど中程に当たる昭和五十五年の正月には、秋聲宛ての年賀状の紹介がなされているが、これも秋聲と交流のあった人物を浮かび上がらせており、興味深い。これらの人物の中で、芥川龍之介などは秋聲文学に通じた人でなければ、二人の間に交流があったことを意外に思われるのではないだろうか。小宮豊隆・里見弴・菊池寛なども同様であろう。

徳田一穂の足跡は連載九回目から森川町界隈を離れ、芥川旧居跡の田端や日暮里、浅草や隅田川へと移り、築地、銀座、丸の内へと延びて行く。そして、「あらくれ」と尾久の渡し、犀星と藤澤清造のこと、浅草と川端康成、島崎藤村と隅田川（これより先に触れられた藤村とドビッシィーとの関わりについての回想も興味深い)、大川端と文学者、パンの会、小山内薫と築地小劇場など、散策と追憶と考証が一体となって広がり始める。また、荷風ゆかりの浄閑寺訪問と過去帳閲覧のことも記されているが、これが関東大震災の体験、花園池に林立する八百人ほどの遊女の足の目撃という凄まじい記憶に導かれての行動であることは明らかであろう。連載の終り近く、銀座に足を運ぶ徳田一穂は銀座にまつわる記憶や思い出はたくさんあるだろうが、関東大震災に遭遇したのが銀座を走るバスの中であったことを書かずにはいられない。〈震災と戦災〉という項目をたてているように、やはり徳田一穂にとって、この二つが東京の追憶に大きな節目であったことをあらためて強く感じざるを得ない。連載最後に大政翼賛会本部となった東京会館講堂で開催された「文学者愛国大会」における秋聲のスピーチのことに触れているが、これは日米開戦による太平洋戦争勃発の直後、昭和十六年十二月二十四日のことである。川端康成が感銘を受けたというスピーチである。このあと銀座と戦災のことなどが、あるいは戦災と東京のことなどが、さらに書き留められて行っただろうと推察されるが、この回が徳田一穂の絶筆となったことが惜しまれる。

本書の元となった「森川町界隈」の連載の最後三十二回の掲載は昭和五十六年五月であるが、二か月後の七月二日、徳田一穂は七十九歳で逝去している。

＊

本稿は徳田一穂『秋聲と東京回顧 森川町界隈』（平成20・11、日本古書通信社）の解説として執筆したものである。同書に付した「注」および併録の徳田秋聲「大学界隈」に関する解題的記述は割愛した。

＊　＊　＊

【資料紹介】「日本文学報国会・小説部会長就任挨拶」原稿

『秋聲と東京回顧』の「東京会館」の章に、徳田一穂は次のように記している。

文学者をこの大広間に集めた時の光景が想い出される。陸軍の将校が胸一杯に勲章を飾り、肩から綬げかけて居並ぶ前で、抜打ちで最初に指名された父は一場のスピーチをさせられたが、それから二、三日して森川町の家へ訪ねて見えた川端康成が、父のスピーチから受けた感銘の深かったことを話して帰った。

この記述について筆者は同書に以下のような「注」を付した。

前年十二月に東京会館は接収されて大政翼賛会本部となり、隣の帝国ホテルは情報局となっていたが、これは太平洋戦争勃発を受けて、昭和十六年十二月二十四日に翼賛会講堂で開催された「文学者愛国大会」のことである。徳田一穂は別のところで、「米英と戦端が開かれた直後、文学者が大勢、東京会館に集まつたことがあつたが、時を得顔の陸軍の将星が、綬を肩にかけ、勲章を胸に並べた盛装で、ずらりと居並ぶ前で、父は抜打ち的に最初に何か喋るやうに指名されてゐた。父は片手には剣を持つても、これからの世界では、片手にはペンをもたねばならない、と云ひ、海軍のことを少し喋つて、陸軍のことは一言も口にしないで、静かに椅子に腰を卸してしまつてゐた。」(「秋聲の家」、『随筆』昭和30・11/12合併号)と書いている。なおこの文学者愛国大会を契機として、翌年「日本文学報国会」が成立、秋聲は小説部会長に推挙されることになる。

ここに紹介するのは、その後徳田家で発見された「日本文学報国会・小説部会長就任挨拶」原稿である。「文学者愛国大会」で発言した「片手に剣、片手にペン」の「ペン」の重要性を、改めて「文化戦」として論じており注目される。しかし、日本文学報国会の創立総会及び発会式では、この原稿が読まれた形跡はない。

＊　＊　＊　＊

徳田秋聲　**日本文学報国会・小説部会長就任挨拶原稿**（徳田家蔵）

文祥堂製200字詰原稿用紙6枚（標題なし）ペン書き

日本文学報国会　創立総会（昭和17年5月26日）

（於）丸の内産業組合中央会館

日本文学報国会　発会式（昭和17年6月18日）

（於）日比谷公会堂

△私ハ既に頽齢に達してをりまして、小説部会長などの重任に堪へうるか否か頗る心元ない気が致します。しかし折角の御推薦を無にするのも忍びないことでありますので、一度だけは皆さんの御援助によって勤めて見ようと思ひます。

△政治、経済、産業など各方面にわたる統合と結集は日米戦争開始以来、益々緊密の度を加へ、愈よ強力なる一元化の実を挙げて来たことはかゝる大規模の長期戦を戦ひぬくために何よりも大切なことで、色々の意味で当局が最も肝胆を砕いたところであらうと考へます。我々も亦対英米の緒戦におきまして、海軍の挙げた驚くべき戦果に対する感激を動機としまして、愛国大会を催うし、続いて本会の結成を企て、情報局並びに文壇の創立委員諸氏の熱意と周密なる企画の下に本会の成立したことは御同慶にたへないところであります。

△爾来陸海空共同の作戦と戦闘によりまして、戦果は益々拡大し、東亜の表情は頓に一変し、亜

細亜人に加へられた長い間の英米の桎梏は一朝にして解き釈かれてしまつた感があります。

しかしながら、戦争の目的は是で達成した訳でハありません。戦果が大きければ大きいほど、それに伴ふ困難も亦大きいことは論を待たず、今後の文化工作も亦一朝一夕で完成するものとは考へられません。昔は亜細亜人が欧州に覇を称へたこともありまして、欧州の文化に先立って東洋の文化が燦然として世界に輝いたことは歴史が物語つてをる通りであります。亜細亜人は例へばヂンギスカンなどは海といふものを征服することが出来なかったのでありませう。欧州人が世界にその貪欲な手を延しはじめたのは、新大陸発見以来、航海術が開けてからのことでありまして、利を猟る点では彼等は相当勇敢であったと言ふべきでせう。学術―重もに科学の力によつた事も争はれない事実でせう。東洋は由来道義の民族でありまして、学問即ち道徳、道徳即ち政治であつたので、文章は経国の大業といはれるのも其の為でありませう。組織立つた学術といはるべきものは先づ無かつたといつても可いでせう。維新以来日本が鋭意西欧の学術を取れ(ママ)入れたのも、何如にして西欧を凌駕すべきかを肉体的に痛感したからでありまして、それを取入れるのに急なため或は軽薄な模倣追随に流れたことも争はれない事実かと考へられます。我々の文学が、封建時代の遊戯三昧の境地を棄てて、生活について来たのも、坪内博士が写実主義を唱へ出して来てからのことでありませうが、日露戦争を契機として、自然主義といふ文学上の思潮が澎湃として張り、それに飽き足りないで、人道主義が起り、ロマン派が起り、感覚派が起り、新感覚派が起り、思想は兎に角、芸術の手法としては、レアリズムの脈を引いたものと見てもいいでせうが、あのプロレタリア文学が圧倒的に優勢な時期もあつたのです。スケールの大きい新進作家は大抵新興思潮の先頭を切つた人達であつたのです。しかしかうした幾多の文学上のイズムも、日本民族の性格に合はないやうなものは、例外なく時と共に征服されるか又は解消されるのが常で、日本の文学が外国文学の影響のために、変質してゐるか何うかは頗る疑問でありませう。その是非は別として、民族の性格は宿命的なもので、いくら色をぬりかへて見ても、日本的性格は矢張日本的性格であらうと思ひます。

△本会の目的要綱の中には、戦争目的遂行上の即時的なものと、東亜の盟主として亜細亜の新文化の創造を目ざす遠大なものとがありまして、これを内容的に現実化し行くことは並大抵のことではないと思はれますが、先頃の川面さんのお話にも文学の特殊性に鑑み云々とあつたやうで、文学の本質への御理解も相当深いものがあらうかと、窃に安心してゐる次第で、従つて不及ながら真に今後の国家目的に添ふやうな重厚な文学の樹立に努めることも出来やうかと考へます。

あとがき

徳田秋聲についての旧稿を中心に、その後断続的に発表した拙文を一本にまとめてみた。もとより秋聲を体系的に論じたものではなく、鬱然たる秋聲文学の森を散策し、枝葉を考察したものに過ぎない。読み返して意に満たないものが多く、幾つかに手を加えてはみたが、ご覧のような変り映えもしないものになった。今は大方の叱正を願うほかない。ただ、内心忸怩たる思いにかられながら、旧稿を読み返し、あらためて秋聲文学や関連文献を読み返す過程で、旧稿執筆時には見えなかった小さな発見も幾つかあったことは愉しい体験であった。それは私的秋聲像の更新というほど大袈裟なものではなく、本書に反映させるまでもないコラム的断片に過ぎないが、二、三ここに書き止めて置きたい。

＊

先ずは『新世帯』前の秋聲について。『凋落』（明治40年9月30日～41年4月6日）は『読売新聞』に連載された長篇だが、連載中に「『凋落』に就いて」と題する秋聲の談話筆記が『文庫』十月号（15日発行）に掲載されている。掲載誌『文庫』の表紙に目次抄録が囲みで印刷され、四編の題名・作者名が記されているが、その最初に一回り大きい活字で〈「凋落」に就いて　徳田秋聲〉と印刷され、さらにこれだけに囲みの半分のスペースを割いて次のような解題（他の三篇は題名と作者名のみ）が付されている。つまり単なる自作解説に過ぎない談話筆記が、『文庫』十月号の最も注目してほしい記事として特別扱いされているのだ。

小説『凋落』は現に読売紙上に連載されつゝあり。人生の奥秘に深沈して、其処に陰惨たる生の苦悩、霊の叫喚を認めんとするものは秋聲氏也、真に露国文学の風趣を伝ふるもの、現今氏を措いて他に覓む可からず。今や『凋落』の大篇成らんとして、日に々々読者は霊彩ある描写に魅せらるゝと雖も、未だ這篇に対する氏が抱負の幾分を聞かず。本誌載する所の者は、氏自らの口に依りて此間の消息を詳にするもの也。

この特別扱いされた秋聲の談話自体には、ここでは触れないが、新聞連載中の『凋落』はかなり世評が高かったことを窺わせる。そして興味深いのは「真に露国文学の風趣を伝ふるもの、現今氏を措いて他に覓む可からず。」という一文である。秋聲がこの頃ゴーリキイやプーシキンなど少なからぬロシア文学の翻訳・翻案（英訳から）をしていたことは知られているが、実作までロシア文学の風趣を伝える作家と目されていたことは思い浮かばなかった。（因みに二葉亭四迷がロシアに赴くのは翌年六月。秋聲は上野精養軒で開催された送別会に出席している。）秋聲は「『凋落』に就いて」でもロシア文学については全く言及していないが、改めて『凋落』を読み返してみると、確かにこの小説の暗い色調はロシア文学を思わせるものがある。『新世帯』以降自然主義作家として注目される秋聲だが、その直前にはロシア文学の風趣を伝える唯一の作家と目されていた事実はやはり興味深く、私の秋聲像からは見えなかったものである。

＊

続いて昭和初期の秋聲について。徳田一穂の秋聲を語ったエッセイの冒頭に次のような一文がある。（末尾もこの一文の繰り返しで結んでいる。）

父は、Ｐ・モオランを好きだと言ふ。だが、父は飾窓の中のシルクハットを羨望しない。父は、自分自身で一揃の礼服を持つてゐる。（彼は銀の鸚鵡を妬まない。）父は、恋愛で a topical man になつた。

（「春陽堂月報」第27号、昭和４・８）

既成の秋聲像から見て、およそかけ離れたポール・モーランとの取り合わせは何とも意外な証言である。ポール・モーランの『夜ひらく』は堀口大學の訳で大正末に紹介され、いわゆる新感覚派とりわけ横光利一等の表現に大きな影響を与えたことはよく知られている。右の徳田一穂の一文が書かれたのは、昭和四年である。この年一月には『夜ひらく・夜とざす』（堀口大學訳）が新潮文庫（第七編）として刊行されている。秋聲が、この新しい作家を好きだと言う以上、秋聲文学にも何かその痕跡が残されていないだろうか。『月光曲』（昭和4）の次のような表現はどうか。

稲村は古屋の家を辞して、吻とした気持で、月色のさえた外へ出た。四辺は静かであつた。と、二三町行くと、月の光を浴びながら、四角《かど》に佇んでゐる女があつた。彼女は白い毛糸のショールをしてゐた。小格な愛らしい体つきが、近よるにつれて、伊萬子の輪郭を鮮かにした。

（『月光曲』五）

会話文の多いこの通俗小説の中で、新感覚派を思わせるこの一節だけがきわめて印象的である。しかし、こうした斬新な表現は他の箇所には見られない。やはり徳田一穂も述べるごとく、秋聲は「飾窓の中のシルクハットを羨望しない」し「銀の鸚鵡を妬まない」。彼は自前の「衣裳」（意匠）を持っていると言えるだろう。しかし、秋聲がこの時期、後に『仮装人物』に「新興芸術、プロレタリヤ文学―そういつた新しい芸術運動の二つの異なつた潮流が、澎湃として文壇に漲つて来たなかに、庸三は満身に創痍を受けながら、何か窃にむず〱するやうなものを感じてゐた。」と書かれる時期に、ポール・モーランが好きだと表明したという証言はやはり留意しておきたいと思う。

*

最後にもう一つ。

中期の代表作『あらくれ』は、秋聲によると当初は「野獣の如く」という題で、義理や人情を解さず、ひたすら活動する人物を書こうと考えていたという。だが、実際にはそういう人物はあまりいないので、書く間際になって、いくらかそういう傾向のあるお島（鈴木ちよをモデルに）を主人公にしたことはよく知られている。（「『爛』と『あらくれ』のモデル」大正4・10、『新潮』）これは、『あらくれ』執筆後の談話だが、これより二年前に既に同様の構想を表明していることに気付いた。「それから私は近い中に斯う自動車なんぞを乗回してまるで動物の様に活動して歩く或る男の事を書いて見たいと思つて居ります。而してそれには『動物の如く』と云ふ題を附けたいと考へて居ります」（「暴風雨《あらし》の後」大正2・8・29『時事新報』）つまり最初は男性を主人公に考えていた訳で、ここには自動車などを乗回して活動する或る男と述べている。この語り口から見ると、秋聲にはある程度具体的な人物（男）が念頭にあったように受け取れるのだが、それはどんな人物か。大正二年頃の時点においては、自動車を乗回す男は限られている。私の推測では、（あまりにも意外に思われるかも知れないが）それは渋沢栄一ではないかと考えている。その根拠を示せば、以下のようなことである。

徳田一穂は、〝本郷通り〟についての回想文の中で、次のように記している。

> 大正の初め、この通りを一台の自動車が通るのを、わたしは小学生の頃見た記憶があり、不思議にその自動車の番号が、七、だったと覚えているが、間違った記憶かも分からず、その頃東京に何台自動車があったか、しらべれば分ることだろうし、その車が渋沢栄一のもので、窓越しに渋沢栄一を見た記憶もあるが・・・・
>
> （『秋聲と東京回顧』平成20・11、日本古書通信社）

当時本郷通りはまだ舗装されておらず、荷馬車の往来も多く、一穂は父秋聲が植栽の肥料にするため馬糞を拾いに行ったとも書いている。そういう時代の自動車である。本郷通りを通る渋沢の自動車は目立ったことであろうし、秋聲もよく目にしたことと思われる。因みに、明治四十年の『朝日新聞』に「日本自働《ママ》車株式会社」の株式募集広告が出ている（1月24日付）が、創立委員長は渋沢栄一である。発起人は福沢桃介・巌本善治・重城巌・

重城養二。それでは、なにゆえ渋沢の自動車が本郷通りをよく通るのかと考えてみると、本郷通りをそのまま北進すれば、渋沢の邸宅がある王子飛鳥山に通じているからである。そして王子は『あらくれ』のヒロインお島の生家がある地であり、養家もまたその近辺である。さらに養家は紙漉き業をしており、渋沢栄一は王子製紙の創業者でもあった。王子製紙の工場は飛鳥山の下に位置している。こうして「動物の如く」「野獣の如く」と『あらくれ』への点と線が、渋沢栄一からお島へと結びつくように思われるのである。もちろん秋聲は渋沢栄一をそのままモデルにした小説を書こうとしたのではあるまい。日本資本主義の父と呼ばれる渋沢と秋聲文学との取り合わせはあまりにも異質に見える。だが、渋沢のこうした実業界における活動と共に、私生活（妻妾同居や十七人以上の子を為したと言われる好色性）、六十八歳で子を為し、〈若気の至りで〉と言ったという人物像には充分興味を持ったと思われる。現に秋聲は、『新世帯』以前の作だが『奈落』（明治39・12〜40・4）において、精力的な大実業家であると共に好色で、息子の妻（華族の出）に執着する〝新倉乙平〟なる怪人物を登場させている。『あらくれ』はお島という女性を造型したことにより今日まで高い評価を得ているが、当初の構想通り、渋沢的男性を描いていたらどうなったか。埒も無い想像だが、『あらくれ』は当初渋沢栄一を書こうとしたのだ。お島の原像は渋沢栄一だった⁉　こんな想像をめぐらしてみたのもなかなか愉しい時間だった。

＊

なお、本書に収録した秋聲関係の拙文の初出は以下の通りである。時々の関心に促されて書いたものもあるが、依頼に応じたテーマで執筆したものもある。本書に見るべきものがあるとしたら、完結までに足掛け九年間を費やした『徳田秋聲全集』（八木書店）の編集委員に加えていただいた成果でもある。加筆・訂正を加えたものも多いが、論旨自体は変わっていない。

【初出一覧】

Ⅰ　金沢という地霊

秋聲伝の古層㈠（原題「徳田秋聲―金沢という地霊Ⅰ」）（『歌子』第十四号、二〇〇六・三、実践女子短期大学）

秋聲伝の古層㈡（原題「徳田秋聲―金沢という地霊Ⅱ」）（『蟹行』第六号、二〇〇六・四、「蟹行」の会）

Ⅱ　『縮図』の諸相

『縮図』論序説―銀座から白山へ（小田切進編『昭和文学論考』一九九〇・四、八木書店）
『縮図』の行方―軍靴と三絃（『歌子』二〇〇二・三、実践女子短期大学）
『縮図』の周辺―ある新聞切抜き㈠（「実践女子短大評論」第十二号「研究ノート」一九九一・三、実践女子短期大学）、
『縮図』の周辺―ある新聞切抜き㈡〔原題『縮図』の周辺―ある新聞切抜本について再び〕（『実践女子短大評論』第十五号、一九九四・一、実践女子短期大学）

Ⅲ　日露戦争・関東大震災・学芸自由同盟

秋聲と日露戦争―「春の月」から「おち栗」へ〔原題「徳田秋聲と日露戦争―掌編「おち栗」の意味」〕（『歌子』第三十一号、二〇二三・三、実践女子短期大学）
秋聲と関東大震災―「ファイヤ・ガン」―爆弾と消火器（紅野謙介・大木志門編『徳田秋聲』二〇一七・二、ひつじ書房）
秋聲と学芸自由同盟のことなど―久米正雄宛郵便物から〔原題「久米正雄宛郵便物から―学芸自由同盟のことなど」〕（『日本古書通信』第一〇〇三号、二〇一三・二、日本古書通信社）

Ⅳ　通俗小説への意欲

『心と心』―『あらくれ』の陰画―もう一人の養女の物語（書き下ろし）
『誘惑』の試み―通俗小説に聊か新紀元を（『徳田秋聲全集』第三十六巻「解説」、二〇〇四・五、八木書店）
『闇の花』という問題作―芸術を民衆の前に（『徳田秋聲全集』第三十三巻「解説」、二〇〇三・一一、八木書店）

V　全集・草稿・代作・出版

『徳田秋聲全集』完結（『日本近代文学』第七十六集、二〇〇七・五、日本近代文学会）
草稿・原稿研究―秋聲と〈代作問題〉（原題「代作・代筆問題と原稿―徳田秋聲の事例を中心に」）（日本近代文学館編『近代文学　草稿・原稿研究事典』二〇一五・二、八木書店）
国民文庫刊行会・玄黄社の鶴田久作と秋聲（『歌子』第十八号、二〇一〇・三、実践女子短期大学）
「フィロソフィーとボディ―漱石『あらくれ』評をめぐって」（『徳田秋聲全集』「月報」28、二〇〇二・五、八木書店）
徳田一穂の〝日和下駄〟―秋聲の影と同行二人の東京歩き（徳田一穂『秋聲と東京回顧』解説、二〇〇八・一一、日本古書通信社）

＊

本書をまとめるにあたり、多くの方々にお世話になった。『徳田秋聲全集』を機にお近づきを得て以来、資料の提供ばかりでなく、いつも温かく接して下さっている徳田章子さん、また、勤務先の国内研修の機会を得、一年近く滞在調査中にお世話になった金沢の石川近代文学館・徳田秋聲記念館、玉川図書館近世史料室、静明寺（大橋俊信住持）、少林寺（河野秀道住持）、白山比咩神社、建部貢氏、さらに『徳田秋聲全集』編集委員の皆さんに謝意を表したい。そしてまた、本書も前著『南摩羽峰と幕末維新期の文人論考』（八木書店）と同じく大学の後輩にあたる滝口富夫（あえて普段通りに敬称略）の手を煩わせた。滝口は『徳田秋聲全集』の編集者であり、当然秋聲文学への造詣も深く、厳しい眼で綿密な校閲を重ねてくれたことは有難いことであった。本書版元の文化資源社は滝口の創業になる新しい個人出版社であり、ここから拙著が出版されることを心から嬉しく思っている。最後になったが、仕事上の関係を超えた永年の友誼に感謝の意を表したい。

二〇二四年十一月十八日秋聲忌に

小　林　修

【著者略歴】

小林修（こばやし　おさむ）

1946年生まれ。立教大学文学部卒。同大学院中退。

立教女学院教諭、実践女子短期大学助教授・教授を経て実践女子大学短期大学部名誉教授。

『徳田秋聲全集』編集委員

主な著書

『南摩羽峰と幕末維新期の文人論考』（八木書店、2017年）
『福田清人・人と文学』（共著）（立教女学院短期大学図書館編・鼎書房、2011年）

論文「『日露戦争実記』と従軍記者田山花袋そして『肉弾』」（『社会文学』第32号、2010年6月）、「下田歌子の宮中出仕と〈歌子〉名下賜前後の考察」（『明治聖徳記念学会紀要』復刊50号、2013年11月）、「南摩羽峰の幕末維新と孝明天皇宸翰問題」（『和漢比較文学』第66号、2021年2月）、「文芸家住所録・住所付き名鑑集成の試み」（『近代日本における人文知移動の動態的研究』平成30年度グローバル社会文化研究センター研究プロジェクトB　研究成果報告、2022年3月日本大学経済学部）など。

徳田秋聲探究

2025年2月25日　初版発行

著　者　小　林　　修
発　行　文 化 資 源 社
発行者　滝　口　富　夫
〒176-0002 東京都練馬区桜台6-30-7
電話＆FAX 03-3557-3408
https://bunkashigensha.com
印刷・製本　精　興　社